张晓风散文

张晓风 / 著

山西出版传媒集团 山西人民出版社

图书在版编目（CIP）数据

张晓风散文 / 张晓风 著 . —太原：山西人民出版社，2024.3
ISBN 978-7-203-13284-4

Ⅰ . ①张… Ⅱ . ①张… Ⅲ . ①散文集—中国—当代 Ⅳ . ① I267

中国国家版本馆 CIP 数据核字（2024）第 041247 号

张晓风散文（精装本）

著　　者：	张晓风
责任编辑：	郝文霞
特约编辑：	程治英
复　　审：	刘小玲
终　　审：	贺　权

出　版　者：山西出版传媒集团·山西人民出版社
地　　　址：太原市建设南路 21 号
邮　　　编：030012
发行营销：0351-4922220　4955996　4956039　4922127（传真）
天猫官网：https://sxrmcbs.tmall.com　电话：0351-4922159
E-mail：sxskcb@163.com 发行部
　　　　　sxskcb@126.com 总编室
网　　　址：www.sxskcb.com

经　销　者：山西出版传媒集团·山西人民出版社
承　印　厂：三河市天润建兴印务有限公司

开　　　本：890mm×1240mm　1/32
印　　　张：10
字　　　数：230 千字
版　　　次：2024 年 3 月　第 1 版
印　　　次：2024 年 3 月　第 1 次印刷
书　　　号：ISBN 978-7-203-13284-4
定　　　价：39.80 元

如有印装质量问题请与本社联系调换

目 录 Contents

第一辑 母亲的羽衣

第二辑 种种有情

目录

第三辑　生命，以什么单位计量

第四辑　不知有花

目

录

第五辑 玉 想

第一辑

母 亲 的 羽 衣

母亲的羽衣

讲完了牛郎织女的故事，细看儿子已经垂睫睡去，女儿却犹自瞪着红红的眼睛。

忽然，她一把抱紧我的脖子，把我坠得发疼：

"妈妈，你说，你是不是仙女变的？"

我一时愣住，只胡乱应道：

"你说呢？"

"你说，你说，你一定要说。"她固执地扳住我不放，"你到底是不是仙女变的？"

我是不是仙女变的？——哪一个母亲不是仙女变的？

像故事中的小织女，每一个女孩都曾住在星河之畔，她们织虹纺霓，藏云捉月，她们几曾烦心挂虑？她们是天神最偏怜的小女儿，她们终日临水自照，惊讶于自己美丽的羽衣和美丽的肌肤。她们久久凝注着自己的青春，被那份光华弄得痴然如醉。

而有一天，她的羽衣不见了，她换上了人间的粗布——她已经决定做一个母亲。有人说她的羽衣被锁在箱子里，她再也不能飞翔了。人们还说，是她丈夫锁上的，钥匙藏在极秘密的地方。

可是，所有的母亲都明白那仙女根本就知道箱子在哪里，她也知道藏钥匙的所在，在某个无人的时候，她甚至会惆怅地开启箱子，用忧伤的目光抚摸那些柔软的羽毛。她知道，只要羽衣一着身，她就会重新回到云端，可是她把柔软白亮的羽毛拍了又拍，仍然无声无息地关上箱子，藏好钥匙。

是她自己锁住那身昔日的羽衣的。

她不能飞了，因为她已不忍飞去。

而狡黠的小女儿总是偷窥到那藏在母亲眼中的秘密。

许多年前，那时我自己还是小女孩，我总是惊奇地窥伺着母亲。

她在口琴背上刻了小小的两个字——"静鸥"，那里面有什么故事吗？那不是母亲的名字，却是母亲名字的谐音，她也曾梦想过自己是一只静栖的海鸥吗？她不怎么会吹口琴，我甚至想不起她吹过什么好听的歌，但那名字对我而言是母亲神秘的羽衣。她轻轻写那两个字的时候，她可以立刻变了一个人，她在那名字里是另外一个我所不认识的有翅的什么。

母亲晒箱子的时候是她另外一种异常的时刻，母亲似乎有好些东西，完全不是拿来用的，只为放在箱底，按时年年在三伏天取出来曝晒。

记忆中母亲晒箱子的时候就是我兴奋欲狂的时候。

母亲晒些什么，我已不记得。记得的是樟木箱子又深又沉，像一个混沌黝黑初生的宇宙。另外还记得的是阳光下竹竿上富丽夺目的颜色，以及怪异却又严肃的樟脑味，以及我在母亲禁喝声中东摸摸西探探的快乐。

我唯一真正记得的一件东西是幅漂亮的湘绣被面，雪白的缎子上，绣着兔子、翠绿的小白菜和红艳欲滴的小杨花萝卜，全幅上还绣了许多别的令人惊讶赞叹的东西。母亲一边整理，一面会忽然回过头来说："别碰，别碰，等你结婚就送给你。"

我小的时候好想结婚，当然也有点害怕，不知为什么，仿佛所有的好东西都是等结了婚就自然是我的了，我觉得一下子有那么多好东西也是怪可怕的事。

那幅湘绣后来好像不知怎么就消失了，我也没有细问。对我而言，那么美丽得不近真实的东西，一旦消失，是一件合理得不能再合理的事。譬如初春的桃花，深秋的枫红，在我看来都是美丽得违了规的东西，是茫茫大化一时的错误，才胡乱把那么多的美堆到一种东西上去。桃花理该一夜消失的，不然岂不教世人都疯了？

湘绣的消失对我而言简直就是复归大化了。

但不能忘记的是母亲打开箱子时那份欣悦自足的表情，她慢慢地看着那幅湘绣，那时我觉得她忽然不属于周遭的世界，那时候她会忘记晚饭，忘记我扎辫子的红绒绳。她的姿势细想起来，实在是仙女依恋地轻抚着羽衣的姿势。那里有一个前世的记忆，她又快乐又悲哀地将之一一拾起，但是她也知道，她再也不会去拾起往昔了——唯其不会重拾，所以回顾的一刹那更特别的深情凝重。

除了晒箱子，母亲最爱回顾的是早逝的外公对她的宠爱，有时她胃痛，卧在床上，要我把头枕在她的胃上，她慢慢地说起外公。外公似乎很舍得花钱（当然也因为有钱），总是带她上街去吃点心，她总是告诉我当年的肴肉和汤包怎么好吃，甚至煎得两面金黄的炒面和女生宿舍里早晨订的冰糖豆浆（母亲总是强调"冰糖"豆浆，因为那是比"砂糖"豆浆为高贵的）都是超乎我想象力之外的美味。我每听她说那些事的时候，都惊讶万分——我无论如何不能把那些事和母亲联想在一起。从我有记忆起，母亲就是一个吃剩菜的角色，红烧肉和新炒的蔬菜简直就是理所当然地放在父亲面前的，她自己的面前永远是一盘杂拼的剩菜和一碗"擦锅饭"（"擦锅饭"就是把剩饭在炒完菜的剩锅中一炒，把锅中的菜汁都擦干净了的那种饭），我简直想不出她不吃剩菜的时候是什么样子。

而母亲口里的外公、上海、南京、汤包、肴肉全是仙境里的东西，母亲每讲起那些事，总有无限的温柔。她既不感伤，也不怨叹，只是那样平静地说着。她并不要把那个世界拉回来，我一直都知道这一点，我很安心，我知道下一顿饭她仍然会坐在老地方吃那盘我们大家都不爱吃的剩菜。而到夜晚，她会照例一个门一个窗地去检点去上闩。她一直都负责把自己牢牢地锁在这个家里。

哪一个母亲不曾是穿着羽衣的仙女呢？只是她藏好了那件衣服，然后用最黯淡的一件粗布衣把自己掩藏了，我们有时以为她一直就是那样的。

而此刻，那刚听完故事的小女儿鬼头鬼脑地在窥伺着什么？

她那么小，她何由得知？她是看多了卡通片，听多了故事吧？她也发现了什么吗？

是在我的集邮册偶然被儿子翻出来的那一刹那吗？是在我拣出石涛画册或汉碑并一页页细味的那一刻吗？是在我猛然回首听他们弹一阕熟悉的钢琴练习曲的时候吗？抑或是在我带他们走过年年的春光，不自主地驻足在杜鹃花旁或流苏树下的一瞬间吗？

或是在我动容地托住父亲的勋章或童年珍藏的北平画片的时候，或是在我翻检夹在大字典里的干叶之际，或是在我轻声地教他们背一首唐诗的时候……

是有什么语言自我眼中流出呢？是有什么音乐自我腕底泻过吗？为什么那小女孩会问道：

"妈妈，你是不是仙女变的呀？"

我不是一个和千万母亲一样安分的母亲吗？我不是把属于女孩的羽衣收藏得极为秘密吗？我在什么时候泄漏了自己呢？

在我的书桌底下放着一个被人弃置的木质砧板，我一直想把它挂起来当一幅画。那真该是一幅庄严的画，那些承受过万万千千生活削砍的刀痕和凿印……但不知为什么，我一直也没有把它挂出来。

天下的母亲不都是那样平凡不起眼的一块砧板吗？不都是那样柔顺地接纳了无数尖锐的割伤却默无一语的砧板吗？

而那小女孩，是凭什么神秘的直觉，竟然会问我：

"妈妈，你到底是不是仙女变的？"

我掰开她的小手，救出我被吊得酸麻的脖子，我想对她说：

"是的，妈妈曾经是一个仙女，在她做小女孩的时候；但现在，她不是了，你才是，你才是一个小小的仙女！"

但我凝视着她晶亮的眼睛，只简单地说了一句：

"不是，妈妈不是仙女，你快睡觉。"

"真的？"

"真的！"

她听话地闭上了眼睛，旋即又不放心地睁开。

"如果你是仙女，也要教我仙法哦！"

我笑而不答，替她把被子掖好，她兴奋地转动着眼珠，不知在想什么。

然后，她睡着了。

故事中的仙女既然找回了羽衣，大约也回到云间去睡了。

风睡了，鸟睡了，连夜也睡了。

我守在两张小床之间，久久凝视着他们的睡容。

地毯的那一端

德：

从疾风中走回来，觉得自己是浮起来了。山上的草香得那样浓，让我想到，要不是有这样猛烈的风，恐怕空气都会给香得凝冻起来！

我昂首而行，黑暗中没有人能看见我的笑容。白色的芦荻在夜色中点染着凉意——这是深秋了，我们的日子在不知不觉中临近了。我遂觉得，我的心像一张新帆，其中每一个角落都被大风吹得那样饱满。

星斗清而亮，每一颗都低低地俯下头来。溪水流着，把灯影和星光都流乱了。我忽然感到一种幸福，那样混沌而又陶然的幸福。我从来没有这样亲切地感受到造物的宠爱——真的，我们这样平庸，我总觉得幸福应该给予比我们更好的人。

但这是真实的，第一张贺卡已经放在我的案子上。撒满了细碎精致的银箔的透明照片，灯光下展示着一个闪烁而又真实的梦境。画上的金钟摇荡，遥遥地传来美丽的回响。我仿佛能嗅到那沁人的玫瑰香！而尤其让我神往的，是那几行可爱的祝词："愿婚礼的记忆存至永远，愿你们的爱情与日俱增。"

是的，德，永远在增进永远在更新永远没有一个边和底——六年了，我们守护着这份情谊，使它依然焕发，依然鲜洁，正如别人所说的，我们是何等幸运。每次回顾我们的交往，我就仿佛走进博物馆的长廊。其间每一处景物都意味着一段美丽的回忆，每一件东西都牵扯着一个动人的故事。

那样久远的事了。刚认识你的那年才十七岁，一个多么容易犯错的年纪！但是，我知道，我没有错。我生命中再没有一个决定比这项更正确了。前天，大伙儿一起吃饭，你笑着说："我这个笨人，我这辈子只做了一件聪明的事。"你没有再说下去，妹妹却拍起手："我知道了！"啊，德，我能够快乐地说："我也知道。"因为你做的那件聪明事，我也做了。

那时候，大学生活刚刚展开在我面前。台北的寒风让我每日思念南部的家。在那小小的阁楼里，我呵着手写蜡纸。在草木摇落的道路上，我独自骑车去上学。生活是那样黯淡，心情是那样沉重。在我的日记上有这样一句话："我担心，我会冻死在这小楼上。"而这时候，你来了。你那种毫无企冀的友谊四面环护着我，让我的心触及最温柔的阳光。

我没有兄长，从小我也没有和男孩子同学过。但和你交往却是那样自然，和你谈话又是那样舒服。有时候，我想，如果我是男孩子多么好呢！我们可以一起去爬山，去泛舟。让小船在湖里任意漂荡，任意停泊，没有人感到惊奇。好几年以后，我将这些想法告诉你，你微笑地注视着我："那，我可不愿意。如果你真想做男孩子，我就做女孩。"而今，德，我没有变成男孩子，但我们可以一起去遨游，去做山和湖的梦。因为，我们将有更亲密的关系了。啊，想象中终身相爱相随是多么美好！

那时候，我们穿着学校规定的卡其服，我新烫的头发又总是被风吹得乱蓬蓬的。想起来，我总不明白你为什么那样喜欢接近我。那年大考的时候，我蜷曲在沙发里念书。你跑来，热心地为我讲解英文文法。好心的房东为我们送来一盘春卷，我慌乱极了，竟吃得撒了一裙子。你瞅着我说："你真像我妹妹，她和你一样大。"我窘得不知如何是好，只是一径低着头，假装抖那长长的裙幅。

那些日子真是冷极了。每逢没有课的下午我总是留在小楼上，弹弹风琴，把一本拜厄琴谱都快翻烂了。有一天你对我说："我常在楼下听你弹琴。你好像常弹那首《甜蜜的家庭》。怎么？在想家吗？"我很感激你的窃听，唯有你了解、关切我凄楚的心情。德，那个时候，当你独自听着的时候，你想些什么呢？你想到有一天我们会组织一个家庭吗？你想到我们要用一生的时间以心灵的手指合奏这首歌吗？

寒假过后，你把那本《泰戈尔诗集》还给我。你指着其中一行请我看："如果你不能爱我，就请原谅我的痛苦吧！"我于是知道发生什么事了。我不希望这件事发生，我真的不希望。并非由于我厌恶你，而是因为我太珍重这份素净的友谊，反倒不希望有爱情去加深它的色彩。

但我却乐于和你继续交往。你总是给我一种安全稳定的感觉。

从头一天起，我就付给你我全部的信任。只是当时我心中总向往着那种传奇式的、惊心动魄的恋爱，并且喜欢那么一点点的悲剧气氛。为着这些可笑的理由，我耽延着没有接受你的奉献。我奇怪你为什么仍作那样固执的等待。

你那些小小的关怀常令我感动。那年圣诞节你把得来不易的几颗巧克力糖，全部拿来给我了。我爱吃笋豆里的笋干，唯有你注意到，并且耐心地为我挑出来。我常常不晓得照料自己，唯有你想到把自己的外衣披在我身上。（我至今不能忘记那衣服的温暖，它在我心中象征了许多意义。）是你，敦促我读书。是你，容忍我偶发的气性。是你，仔细纠正我写作的错误。是你，教导我为人的道理。如果说，我像你的妹妹，那是因为你太像我大哥的缘故。

后来，我们一起得到学校的工读金。分配给我们的是打扫教室的工作。每次你总强迫我放下扫帚，我便只好遥遥地站在教室的末端，看你奋力工作。在炎热的夏季里，你的汗水滴落在地上。我无言地站着，等你扫好了，我就去掸掸桌椅，并且帮你把它们排齐。每次，当我们目光偶然相遇的时候，总感到那样兴奋。我们是这样地彼此了解，我们合作的时候总是那样完美。我注意到你手上的硬茧，它们把那虚幻的字眼十分具体地说明了。我们就在那飞扬的尘影中完成了大学课程——我们的经济从来没有富裕过，我们的日子却从来没有贫乏过。我们活在梦里，活在诗里，活在无穷无尽的彩色希望里。记得有一次，我提到玛格丽特公主在她婚礼中说的一句话："世界上从来没有两个人像我们这样快乐过。"你毫不在意地说："那是因为他们不认识我们的缘故。"我喜欢你的自豪，因为我也如此自豪着。

我们终于毕业了，你在掌声中走到台上，代表全系学生领取毕业证书，我的掌声也夹在众人之中，但我知道你听到了。在那美好的六月的清晨，我的眼中噙着欣喜的泪。我感到那样地骄傲，我第一次分沾你的成功、你的光荣。

"我在台上偷眼看你，"你把系着彩带的文凭交给我，"要不是中国风俗如此，我一走下台来就要把它送到你面前去的。"

我接过它，心里垂着沉甸甸的喜悦。你站在我面前，高昂而谦和，刚毅而温柔。我忽然发现，我关心你的成功，远远超过我自己的。

那一年，你在军中。在那样忙碌的生活中，在那样辛苦的演习里，你却那样努力地准备研究所的考试。我知道，你是为谁而做的。在凄长的分别岁月里，我开始了解，存在于我们中间的是怎样一种感情。你来看我，把南部的冬阳全带来了。那厚呢的陆战队军服重新唤起我童年时期对于号角和战马的梦。我一直没有告诉你，当时你临别敬礼的镜头烙在我心上有多深。

我帮着你搜集资料，把抄来的范文一篇篇断句、注释。我那样竭力地做，怀着无上的骄傲。这件事对我而言有太大的意义。这是第一次，我和你共赴一件事。所以当你把录取通知转寄给我的时候，我忍不住哭了。德，没有人经历过我们的奋斗，没有人像我们这样相期相勉，没有人多年来在冬夜图书馆的寒灯下彼此伴读，因此，也没有人了解成功带给我们的兴奋。

我们又可以见面了，能见到真真实实的你是多么幸福。我们又可以去作长长的散步，又可以蹲在旧书摊上享受一个闲散的黄昏。我永不能忘记那次去泛舟。回程的时候，忽然起了大风。小船在湖里直打转，你奋力摇橹，累得一身都汗湿了。

"我们的道路也许就是这样吧！"我望着平静而险恶的湖面说，"也许我使你的负担更重了。"

"我不在意，我高兴去搏斗！"你说得那样急切，使我不敢正视你的目光，"只要你肯在我的船上，晓风，你是我最甜蜜的负荷。"

那天我们的船顺利地拢了岸。德，我忘了告诉你，我愿意留在你的船上，我乐于把舵手的位置给你。没有人能给我像你给我的安全感。

只是，人海茫茫，哪里是我们共济的小舟呢？这两年来，为着成家的计划，我们劳累到几乎虐待自己的地步。每次，你快乐的笑容总鼓励着我。

那天晚上你送我回宿舍，当我们迈上那斜斜的山坡，你忽然驻足说："我在地毯的那一端等你！我等着你，晓风，直到你对我完全满意。"

我抬起头来，长长的道路延伸着，如同圣坛前柔软的红毯。我迟疑了一下，便踏向前去。

现在回想起来，已不记得当时是否是个月夜了，只觉得你诚挚的言辞闪烁着，使我心中亮起一天星月的清辉。

"就快了！"那以后你常乐观地对我说，"我们马上就可以有一个小小的家。你是那屋子的主人，你喜欢吗？"

我喜欢的，德，我喜欢一间小小的陋屋。到天黑时分我便去拉上长长的落地窗帘，捻亮柔和的灯光，一同享受简单的晚餐。但是，哪里是我们的家呢？哪儿是我们自己的宅院呢？

你借来一辆半旧的脚踏车，四处去打听出租的房子，每次你疲惫不堪地回来，我就感到一种痛楚。

"没有合意的，"你失望地说，"而且太贵，明天我再去看。"

我没有想到有那么多困难，我从不知道成家有那么多琐碎的事，但至终我们总算找到一栋小小的屋子了。有着窄窄的前庭，以及矮矮的榕树。朋友笑它小得像个巢，但我已经十分满意了。无论如何，我们有了可以憩息的地方。当你把钥匙交给我的时候，那重量使我的手臂几乎为之下沉。它让我想起一首可爱的英文诗："我是一个持家者吗？哦，是的。但不止，我还得持护着一颗心。"我知道，你交给我的钥匙也不止此数。你心灵中的每一个空间我都持着一枚钥匙，我都有权径行出入。

亚寄来一卷录音带，隔着半个地球，他的祝福依然厚厚地绕着我。那么多好心的朋友来帮我们整理。擦窗子的，补纸门的，扫地的，挂画儿的，插花瓶的，雍雍熙熙地挤满了一屋子。我老觉得我们的小屋快要炸了，快要被澎湃的爱情和友谊撑破了。你觉得吗？他们全都兴奋着，我怎能不兴奋呢？我们将有一个出色的婚礼，一定的。

这些日子我总是累着。去试礼服，去订鲜花，去买首饰，去选窗帘的颜色。我的心像一座喷泉，在阳光下涌溢着七彩的水珠儿。各种奇特复杂的情绪使我昏眩。有时候我也分不清自己是快乐还是茫然，是在忧愁还是在兴奋。我眷恋着旧日的生活，它们是那样可爱。我将不再住在宿舍里，享受阳台上的落日。我将不再偎在母亲的身旁，听她长夜话家常。而前面的日子又是怎样呢？德，我忽然觉得自己好像要被送到另一个境域里去了。那里的道路是我未走过的，那里的生活是我过不惯的，我怎能不惴惴然呢？如果说有什么可以安慰我的，那就是：我知道你必定和我一同前去。

冬天就要来了，我们的婚礼在即。我喜欢选择这季节，好和你厮守一个长长的严冬。我们屋角里不是放着一个小火炉吗？当寒流来时，我愿其中常闪耀着炭火的红光。我喜欢我们的日子从黯淡凛冽的季节开始，这样，明年的春花才对我们具有更美的意义。

我即将走入礼堂，德，当结婚进行曲奏响的时候，父亲将挽着我，送我走到坛前，我的步履将凌过如梦如幻的花香，那时，你将以怎样的微笑迎接我呢？

我们已有过长长的等待，现在只剩下最后一段了。等待是美的，正如奋斗是美的一样。而今，铺满花瓣的红毯伸向两端，美丽的希冀盘旋而飞舞。我将走向你，和你同去采撷无穷的幸福。当金钟轻摇，蜡炬燃起，我乐于走过众人去立下永恒的誓愿。因为，哦，德，因为我知道是谁，在地毯的那一端等我。

初 雪

诗诗，我的孩子：

如果五月的花香有其源自，如果十二月的星光有其出发的处所，我知道，你便是从那里来的。

这些日子以来，痛苦和欢欣都如此尖锐，我惊奇它们之间的区别竟是这样少。每当我为你受苦的时候，总觉得那十字架是那样轻省，于是我忽然了解了我对你的爱。你是早春，把芬芳秘密地带给了花园。

在全人类里，我有权利成为第一个爱你的人。他们必须看见你，了解你，认识你，而后决定爱你，但我不需要。你的笑貌在我的梦里翱翔，具体而又真实。我爱你没有什么可夸耀的，事实上没有人能忍得住对孩子的挚爱之情。

你来的时候，我开始成为一个爱思想的人。我从来没有这样深思过生命的意义，这样敬重过生命的价值，我第一次被生命的神圣和庄严感动了。

因着你，我爱了全人类，甚至那些金黄色的雏鸡，甚至那些走起路来摇摆不定的小树，它们全都让我爱得心疼。

我无可避免地想到战争，想到人类最不可抵御的一种悲剧。我们这一代人像菌类植物一般，生活在战争的阴影里。我们的童年便在拥塞的火车上和颠簸的海船里度过。而你，我能给你怎样的一个时代？我们既不能回到诗一般的十九世纪，也不能隐向神话般的阿尔卑斯山，我们注定生活在这苦难的年代以及苦难的中国。

孩子，每思及此，我就对你抱歉，人类的愚蠢和卑劣把自己陷在悲惨的命运里。而今，在这充满核子恐怖的地球上，我们有什么给新生的婴儿？不是金锁片，不是香槟酒，而是每人平均相当于一百万吨 TNT 的核子威力。孩子，当你用完全信任的眼光看这个世界的时候，你是否看得见那些残忍的武器正悬在你小小的摇篮上，以及你父母亲的大床上？

我生你于这样一个世界，我也许是错了。天知道我们为你安排了一段怎样的旅程。但是，孩子，我们仍然要你来，我们愿意你和我们一起学习爱人类，并且和人类一起受苦。不久，你将学会为这一切的悲剧而流泪——而我们的时代多么需要这样的泪水和祈祷。

诗诗，我的孩子，有了你我开始变得坚韧而勇敢。我竟然可以面对着冰冷的死亡而无惧它的毒钩，我正视着生产的苦难而仍觉傲然。为你，孩子，我会去战胜它们。我从没有像现在这样热爱过生命，你教会我这样多成熟的思想和高贵的情操，我为你而献上感谢。

前些日子，我忽然想起《新约》上的那句话："你们虽然没有见过他，却是爱他。"我立刻明白爱是一种怎样独立的感情。

当尤加利的梢头掠过更多的北风，当高山的峰巅开始落下第一片初雪的莹白，你便会来到。而在你珊瑚色的四肢还没有开始在这个世界挥舞以前，在你黑玉般的瞳仁还没有照耀这个城市之先，你已拥有我们完整的爱，我们会教导你在孩提以前先了解被爱。诗诗，我们答应你要给你一个快乐的童年。

写到这里，我又模糊地忆起江南那些那么好的春天，而我们总是伏在火车的小窗上，火车绕着山和水而行，日子似乎就那样延续着，我仍记得那满山满谷的野杜鹃！满山满谷又凄凉又美丽的忧愁！

我们是太早懂得忧愁的一代。

而诗诗，你的时代未必就没有忧愁，但我们总会给你一个丰富的童年，在你所居住的屋子里没有无穷的财富，但有许多的爱，许多的书，许多的理想和梦幻。我们会为你砌一座故事里的玫瑰花床，你便在那柔软的花瓣上游戏和休憩。

当你渐渐认识你的父亲，诗诗，你会惊奇于自己的幸运。他诚实而高贵，他亲切而善良。慢慢地你也会发现你的父母相爱得有多么深。经过这么多年，他们的爱仍然像林间的松风，清馨①而又新鲜。

诗诗，我的孩子，不要以为这是必然的，这样的幸运不是每一个孩子都有的。这个世界不是每一对父母都相爱的。曾有多少个孩子在黑夜里独泣，在他们还没有正式投入人生的时候，生命的意义便已经否定了。诗诗，你不会了解那种幻灭的痛苦，在所有的悲剧之前，那是第一出悲剧。而事实上，整个人类都在相残着，历史并没有教会人类相爱。诗诗，你去教他们相爱吧，像那位诗

———————
① 清馨：香而不浓烈。

哲所说的：

> 他们残暴地贪婪着，嫉妒着，他们的言辞有如隐藏的刀锋
> 正渴于饮血。

去，我的孩子，去站在他们不欢之心的中间，让你温和的眼睛落在他们身上，有如黄昏的柔霭淹没那日间的争扰。

让他们看你的脸，我的孩子，因而知道一切事物的意义；让他们爱你，因而彼此相爱。诗诗，有一天你会明白，上苍不会容许你吝守着你所继承的爱。诗诗，爱是蓓蕾，它必须绽放。它必须在疼痛的坼裂中奉献芳香。

诗诗，你也教导我们学习更多更高的爱。记得前几天，一则药商的广告使我惊骇不已。那广告是这样说的："孩子，不该比别人的衰弱，下一代的健康关系着我们的面子。要是孩子长得比别人的健康、美丽、快乐，该多好多荣耀啊。"诗诗，人性的卑劣使我不禁齿冷。诗诗，我爱你，我答应你，永不在我对你的爱里掺入不纯洁的成分。你就是你，你永不会被我们拿来和别人比较，你不需要为满足父母的虚荣心而痛苦。你在我们眼中永远杰出，你可以贫穷，可以失败，甚至可以潦倒。诗诗，如果我们骄傲，是为你本身而骄傲，不是为你的健康美丽或者聪明。你是人，不是我们培养的灌木，我们绝不会把你修剪成某种形态来使别人称赞我们的园艺天才。你可以照你的倾向生长，你选择什么样式，我们都会喜欢——或者学习着去喜欢。

我们会竭力地去了解你，我们会慎重地俯下身去听你诉说一个孩童的秘密愿望，我们会带着同情与谅解帮助你度过忧闷的少年时期。而当你成年，诗诗，我们仍愿分担你的哀伤。人生总有那么多悲怆和无奈的事，诗诗，如果在未来的日子里你感觉孤单，请记住你的母亲，我们的生命曾一度相系，我会努力使这种联系持续到永恒。我再说一遍，诗诗，我们会试着了解你，以及属于你的时代。我们会信任你——上帝从不赐下坏的婴孩。

我们会为你祈祷，孩子。我们不知道那些古老而太平的岁月会在什么时候重现，那种好日子终我们一生也许都看不见了。

如果这种承平永远不会重现，那么，诗诗，那也是无可抗拒无可挽回的事。我只有祝福你的心灵，能在苦难的岁月里有内在的宁静。

常常记得，诗诗，你不单是我们的孩子，你也属于山，属于海，属于五月里无云的天空——而这一切，将永远是人类欢乐的主题。

你即将长大，孩子。每一次当你轻轻地颤动，对你的拳拳之心、殷殷之情便在我的心里急速涨潮。你是小芽，蕴藏在我最深的心里，如同音乐蕴藏在长长的箫笛中。

前些日子，有人告诉我一则美丽的日本故事。说到每年冬天，当初雪落下的那一天，人们便坐在庭院里，穆然无言地凝望那一片片轻柔的白色。

那是一种怎样虔敬动人的景象！那时候，我就想到你。诗诗，你就是我们生命中的初雪，纯洁而高贵，深深地撼动着我。那些对生命的惊叹、敬服和热爱，常使我在静穆中有哭泣的冲动。

诗诗，给我们的大地一些美丽的白色。诗诗，我们的初雪。

遇　见

一个久晦后的五月的清晨，四岁的小女儿忽然尖叫起来。

"妈妈！妈妈！快点来呀！"

我从床上跳起，直奔她的卧室，她已坐起身来，一语不发地望着我，脸上浮起一层神秘诡异的笑容。

"什么事？"

她不说话。

"到底是什么事？"

她用一只肥匀的有着小肉窝的小手指着窗外，而窗外什么也没有，除了另一座公寓的灰壁。

"到底什么事？"

她仍然秘而不宣地微笑，然后悄悄地透露一个字：

"天！"

我顺着她的手望过去，果真看到那片蓝过千古而仍然年轻的蓝天，一尘不染得令人惊呼的蓝天，一个小女孩在生字本上早已认识却在此刻仍然不觉吓了一跳的蓝天，我也一时愣住了。

于是，我安静地坐在她的旁边，两个人一起看那神迹似的晴空。平常是一个聒噪的小女孩，那天竟也像被震慑住了似的，流露出虔诚的沉默。透过惊讶和几乎不能置信的喜悦，她遇见了天空。她的眸光自小窗口出发，澄澈的蓝天从那一端出发，在那个美丽的五月的清晨，它们彼此相遇了。那一刻真是神圣，我握着她的小手，感觉到她不再只是从笔画结构上认识"天"，她正在惊讶赞叹中体认了那份宽阔、那份坦荡、那份深邃——她面对面地遇见了蓝天，她长大了。

那是一个夏天的长得不能再长的下午，在印第安纳州的一个湖边，我起先是不经意地坐着看书，忽然发现湖边有几棵树正在飘散一些白色的纤维，大团大团的，像棉花似的，有些飘到草地上，有些飘入湖水里。我仍然没有十分注意，只当偶然风起所带来的。

可是，渐渐地，我发现情况简直令人暗惊，好几个小时过去了，那些树仍旧浑然不觉地在飘送那些小型的云朵，倒好像是一座无限深广的云库似的。整个下午，整个晚上，漫天漫地都是那种东西，第二天情形完全一样，我感到诧异和震撼。

其实，小学的时候就知道有一类种子是靠风力靠纤维播撒和传送的，但也只是知道一条测验题的答案而已。那几天真的看到了，满心所感到的是一种折服，一种无以名之的敬畏，我几乎是第一次遇见生命——虽然是植物的。

我感到那云状的种子在我心底强烈地碰撞上什么东西，我不能不被生命豪华的、奢侈的、不计成本的投资所感动。也许在不分昼夜地飘散之余，只有一颗种子足以成树，但造物者乐于做这样惊心动魄的壮举。

我至今仍然常在沉思之际想起那一片柔媚的湖水，不知湖畔那群种子中有哪一颗种子成了小树，至少我知道有一颗已经长成。那颗种子曾遇见了一片土地，在一个过客的心之峡谷里，蔚然成荫，教会她，怎样敬畏生命。

我不知道怎样回答

儿子七岁了，忽然出奇地想建构他自己。有一天，我要他去洗手，他拒绝了。

"我为什么要洗手？"

"洗手可以干净。"

"干净又怎么样？不干净又怎么样？"他抬起调皮的晶亮的眼睛。

"干净的孩子才有人喜欢。"

"有人喜欢又怎么样？没有人喜欢又怎么样？"

"有人喜欢才能找个女朋友啊！"

"有女朋友又怎么样？没有女朋友又怎么样？"

"有女朋友才能结婚啊！"

"结婚又怎么样？不结婚又怎么样？"

"结婚才能生小娃娃，妈妈才有孙子抱哪！"

"有孙子又怎么样？没有孙子又怎么样？"

我知道他简直为他自己所发现的句子构造而着迷了。我知道那只是小儿的戏语，但也不由得不感到一阵生命的悲凉。我对他说：

"不怎么样！"

"不怎么样又怎么样？怎么样又怎么样？"

我在瞠目中感到一阵敬意。他在成长，他在强烈地想要建构起自己的秩序和价值。

我感到一种生命深处的感动。

虽然我不知道怎样回答他的问题，虽然我不知道用什么方法使一个小男孩喜欢洗手，但有一件事我们彼此都知道：我仍然爱他，他仍然爱我。我们之间仍然有无穷的信任和尊重。

第一辑

母亲的羽衣

一握头发

洗脸池右角胡乱放着一小团湿头发，"犯人"很好抓，准是女儿干的，她刚才洗了头。

讨厌的小孩，自己洗完了头，却把掉下来的头发放在这里不管，什么意思？难道要靠妈妈一辈子吗？我愈想愈生气，非要去教训她一顿不可！

抓着那把头发，这下子是人赃俱获，还有什么可以抵赖！我朝她的房间走去。

忽然，我停下脚步。

她的头发在我的手指间显得如此细软柔和。我轻轻地搓了搓，这分明只是一个小女孩的头发啊！对于一个乖巧的肯自己去洗头发的小女孩，你还能苛求她什么呢？

而且，她柔软的头发或者是继承了我的吧。许多次，洗头发的小姐对我说：

"你的头发好软啊！"

"噢——"

"头发软的人好性情。"

我笑笑，作为一个家庭主妇，不会有太好的性情吧？

古人以三十年为一世，我现在握着女儿的细细的柔发，有如握着一世以前自己的发肤。

我走到女儿的房间，她正聚精会神地看一本故事书。

"晴晴，"我开门见山地对她说，"你洗完头以后有些头发没有丢掉，放在洗脸池上了。"

她放下故事书，眼中有着等待挨骂的神气。

"我刚才帮你丢了。但是，下一次，希望你自己去丢。"

"好的。"她很懂事地说。

我走开，让她继续沉浸在曲折的故事中——以前，我不也是那样的吗？

母亲·姓氏·里贯·作家

儿子三四岁时，一个人到家门口的公园去玩。有人来问他籍贯，他说："我是湖南人，我妹妹也刚好是湖南人，我的爸爸和爷爷、奶奶都是湖南人，只有我妈妈是江苏人。"

他那时大概把籍贯看成某种血型，他们全属于一个整体，而妈妈很奇怪，她是另类。

这个笑话在我们家笑了很多次，但每次笑的时候，我都暗自觉得生疼，从每一寸肌肤，到每一节骨骸。

我有个同学，她说她母亲当年结婚时最强烈的感觉便是"单刀赴会"。形容得真是孤凄悲壮，让人想起"风萧萧兮易水寒，'淑女'一去兮不复还"。以男人为中心的父系社会，结构完整严密，容不得女子有什么属于她自己的面目。我的儿子并不知道他除了姓林，也该姓二分之一的张，籍贯则除了是湖南长沙，也包含江苏徐州。

母亲生养了孩子，但是她容许孩子去从父姓。其实姓什么并不重要，生命的传递才是重点，正如莎士比亚说的："我们所谓的玫瑰，如果换个名字，不也一样芳香吗？"

可贵的是生命，是内在的气息，而不是顶在头上的姓氏或里贯。

晚明清初，有本书写得极好，叫《陶庵梦忆》。顾名思义，作者当然应该姓陶。其实不然，作者的名字叫张岱。为什么姓张的人却号陶庵呢？简单地说，就是作者在从事怀旧的、委婉的书写之际，不自觉地了解到自己也有属于母亲的、属于女性的一面。而他的母亲姓陶，他就自号"陶庵"。

也许只有那颗纤细的敏感的作者之心，才会使他向母亲的姓氏投靠。

张岱的情况更特别一些，他是遗民，身经亡国之痛。他勉强活下来，是因为想用余年去追述一个华美的、消失了的王朝。他渴望为逝去的朝代作见证并尽孝道，大明朝是他的父亲，也是他的母亲。

英国出生于二十世纪初的剧作家弗雷（写过 *The Lady´s not for Burning*）把自己的姓和宗教，都改成了外婆的。他本姓哈里斯，十八岁才改的。

近代作者中直截了当用笔名来表达皈依母亲之忱的便是鲁迅了。鲁迅原姓周，叫周树人，与周作人是兄弟，并享盛名。鲁迅算是第一个写现代小说的作者，有趣的是他的小说背景永远绕着鲁镇打转。"鲁"是周树人母亲的姓，他选择这个姓来作自己的笔名，似乎有意向父系社会的姓氏制度挑战。一生下来便已被命名为周树人是他无法抗议的，但当他有机会给自己安排一个新名字，他便选择姓母亲的鲁。

附带一提的是，鲁迅的笔一向辛辣犀利，挖苦阿Q或孔乙己丝毫不留余地，但他笔下的女性却在艰苦卓绝中自有其高贵而永恒的刻痕，如华大妈，如夏四奶奶……

改姓改得更晚的是台大外文系的黄毓秀，在她改姓母亲的姓氏"刘"之前，其实常建议同学叫她"毓秀"老师。

还有一位在桃园监狱中服刑的年轻人，忽然从"天人菊写作班"学会了写作，生命也因而重新翻了一翻。他为自己取了个笔名叫苏枏，他的理由如下：

> 因为我最最伟大、最最亲爱的妈妈姓苏，她常常向我们抱怨，家里三个小孩没人和她同姓，无人和她同心。每回闹别扭，都嚷着说，你们这些姓郑的如何怎样、怎样如何的。所以，我的笔名一定要和妈妈同姓。

作家大概是最容易为母亲打抱不平的人，最容易向弱势母亲认同的人。

当代作家中的余光中，其身份证上法定籍贯虽是福建永春，但他少年时期一向认同的却是母亲的故里，江南烟水之地。

下一次，当有人问及我们姓氏里贯之际，让我们——至少在心里——也承认母亲的这一边的姓氏里贯吧！

第二辑

种 种 有 情

种种有情

　　有时候，我到水饺店去，饺子端上来的时候，我总是怔怔地望着那一个个透明饱满的形体，北方人叫它"冒气的元宝"，其实它比冷硬的元宝好多了，饺子自身是一个完美的世界，一张薄茧，包覆着简单而又丰盈的美味。

　　我特别喜欢看的是捏合饺子边皮留下的指纹，世界如此冷漠，天地和文明可能在一刹那之间化为炭劫，但无论如何，当我坐在桌前，桌上摆着某个人亲手捏合的饺子，热雾腾腾中，指纹美如古陶器上的雕痕，吃饺子简直可以因而神圣起来。

　　"手泽"为什么一定要拿来形容书法呢？一切完美的留痕，甚至饺子皮上的指纹不都是美丽的手泽吗？我忽然感到万物之有情。

　　巷口一家饺子馆的招牌上写着"正宗川味山东饺子馆"，也许是一个四川人和一个山东人合开的。我喜欢那招牌，觉得简直可以画上清明上河图。那上面还有电话号码，前面注着 TEL，算是有了三个英文字母，至于号码本身，写的当然是阿拉伯文，一个小招牌，能涵容了四川、山东、中文、阿拉伯数字、英文，不能不说是一种可爱。

校车反正是每天都要坐的，而坐车看书也是每天例有的习惯，有一天，车过中山北路，劈头栽下一片叶子，竟把手里的宋诗打得有了声音，多么令人惊异的断句法。

原来是通风窗里掉下来的，也不知是刚刚新落的叶子，还是某棵树上的叶子在某时候某地方，偶然憩在偶过的车顶上，此刻又偶然掉下来的。我把叶子揉碎，它是早死了，在此刻，它的芳香在我的两掌中复活，我拓开微绿的指尖，竟恍惚自觉是一棵初生的树，并且刚抽出两片新芽，碧绿而芬芳，温暖而多血，镂饰着奇异的脉络和纹路，一叶在左，一叶在右，我是庄严地合着掌的一截新芽。

两年前的夏天，我们到堪萨斯去看朱和他的全家——标准的神仙眷属，博士的先生，硕士的妻子，数目"恰恰好"的孩子，可靠的年薪，高尚住宅区里的房子，房子前的草坪，草坪外的绿树，绿树外的蓝天……

临行，打算合照一张，我四下看看，无心地说：

"啊，就在你们这棵柳树下面照好不好？"

"我们的柳树？"朱忽然回过头来，正色地说，"什么叫我们的柳树？我们反正是随时可以走的！我随时可以让它不是'我们的柳树'。"

一年以后，他和全家都回来了，不知堪萨斯城的那棵树如今属于谁——但朱属于这块土地，他的门前不再有柳树了，他只能把自己栽成这块土地上的一片绿意。

春天，中山北路的红砖道上有人手拿着用粗绒线做的长腿怪鸟兜卖，风吹着鸟的瘦胫，飘飘然好像真会走路的样子。

有些外国人忍不住停下来买一只。

忽然，有个中国女人停了下来，她不顶年轻，三十岁左右，一看就知是由于精明干练日子过得很忙碌的女人。

"这东西很好，"她抓住小贩，"一定要外销，一定会赚钱，你到××路××巷×号二楼上去，一进门有个×小姐，你去找她，她一定会想办法给你弄外销！"

然后她又回头重复了一次地址，才放心地走开。

台湾怎能不富，连路上不相干的路人也会指点别人怎么做外销，其实，那种东西厂商也许早就做外销了，但那女人的热心，真是可爱得紧。

暑假里到中部乡下去，拐入一个岔道，在一棵大榕树底下看到一个身架特别小的孩子，把几根绳索吊在大树上，他自己站在一张小板凳上，结着简单的结，要把那几根绳索编成一个网花盆的吊篮。

他的母亲对着他坐在大门口，一边照顾着杂货店，一边也编着美丽的结。蝉声满树，我停下来搭讪着和那妇人说话，问她卖不卖。她告诉我不能卖，因为厂方签好契约是要外销的，带路的当地朋友说他们全是不露声色的财主。

我想起那年在美国逛梅西公司，问柜台小姐那架录音机是不是台湾做的，她回了一句：

"当然，反正什么都是日本跟中国台湾来的。"

我一直怀念那条乡下无名的小路，路旁那一对富足的母子，以及他们怎样在满地绿荫里相对而坐编那织满了蝉声的吊篮。

我习惯请一位姓赖的油漆工人，他是客家人，哥哥做木工，一家人彼此生意都有照顾。有一年我打电话找他们，居然不在，因为到关岛去做工程了。

过了一年才回来。

"你们也是要三年出师吧？"有一次我没话找话地跟他们闲聊。

"不用，现在两年就行。"

"怎么短了？"

"当然，现代人比较聪明！"

听他说得一本正经，顿时对人类前途都觉得乐观起来。现代的学徒不用生炉子，不用倒马桶，不用替老板娘抱孩子，当然两年就行了。

我一直记得他们一口咬定现代人比较聪明时脸上那份带着尊严的笑容。

老王是一个包工头，圆滚滚的身材加上圆头圆脸圆眼睛——甚至还有个圆鼻子。

可是我一直觉得他简直诗意得厉害。

一张估价单，他也要用毛笔写，还喜欢盯着人问："怎么？这笔字不顶难看吧？"

碰到承包大工程，他就要一个人躲到乌来去，在青山绿水之间仔细推敲工和料的盈亏。

有一次，偶然闲谈，他兴高采烈地提到他在某某地方做过工程。那是一个军事单位。

"有人说那里有核弹，你看到没有？"

"当然有！"

"有，又怎么会让你看见？"我笑了起来。

"老实说，我也没看见。"他也笑起来，不过仍是理直气壮的，"不过，有，我也说有，没有，我也说有，反正我就是硬要说它有。我们做老百姓的就是这样。"

有没有核弹忽然变得不重要，有老王这样的人才是件可爱的事。

学校下面是一所大医院，黄昏的时候，病人出来散步，有些探病的人也三三两两地散步。

那天，我在山径上便遇见了几个这样的人。

习惯上，我喜欢走慢些去偷听别人说话。

其中有一个人，抱怨钱不经用，抱怨着抱怨着，像所有的中老年人一样，话题忽然就回到四十年前一块钱能买几百个鸡蛋的老故事上去了。

忽然，有一个人憋不住地叫了起来：

"你知道吗？抗战前，我念初中，有一次在街上捡到一张钱，哎呀，后来我等到一个礼拜天，拿着那张钱进城去，又吃了馆子，又吃了冰淇淋，又买了球鞋，又买了字典，又看了电影，哎呀，钱居然还没有花完呐……"

山径渐高，黄昏渐冷。

我停下脚步，看他们渐渐走远，不知为什么，心中涌满对黄昏时分霜鬓的陌生客的关爱。四十年前的一个小男孩，曾被突来的好运弄得多么愉快，四十年后山径上薄凉的黄昏，他仍然不能忘记……不知为什么，我忽然觉得那人只是一个小男孩，如果可能，我愿意自己是那掉钱的人，让人世中平白多出一段传奇故事……

无论如何，能去细味另一个人的惆怅也是一件好事。

元旦的清晨，天气异样地好，不是风和日丽的那种好，是清朗见底毫无渣滓的一种澄澈。我坐在计程车上赶赴一个会，路遇红灯时，车龙全停了下来，我无聊地探头窗外，只见两个年轻人骑着单车，其中一个说了几句话忽然兴奋地大叫起来："真是个好主意啊！"我不知他们想出了什么好主意，但看他们阳光下无邪的笑意，也忍不住跟着高兴起来。不知道他们的主意是什么主意，但能在偶然的红灯前遇见一个以前没见过以后也不会见到的人真是一个奇异的机缘。他们的脸我是记不住的，但那不重要，重要的是我记得他们石破天惊的欢呼。他们或许去郊游，或许去野餐，或许去访问一个美丽的笑面如花的女孩，他们有没有得到他们预期的喜悦，我不知道，但我至少得到了，我惊喜于我能分享一个陌路的未曾成形的喜悦。

有一次，路过香港，有事要和乔宏的太太联络，习惯上我喜欢凌晨或午夜打电话——因为那时候忙碌的人才可能在家。

"你是早起的还是晚睡的？"

她愣了一下。

"我是既早起又晚睡的，孩子要上学，所以要早起；丈夫要拍戏，所以晚睡——随你多早多晚打来都行。"

这次轮到我愣了，她真厉害，可是厉害的不止她一个人。其实，所有为人妻为人母的大概都有这份本事——只是她们看起来又那样平凡，平凡得自己都弄不懂自己竟有那么大的本领。

女人，真是一种奇怪的人，她可以没有籍贯、没有职业，甚至没有名字地跟着丈夫活着。她什么都给了人，她年老的时候拿不到一文退休金，但她却活得那么有劲头。她可以早起可以晚睡，可以吃得极少可以永无休假地做下去。她一辈子并不清楚自己是在付出还是在拥有。

资深主妇真是一种既可爱又可敬的角色。

文艺会谈结束的那天中午，我因为要赶回宿舍找东西，午餐会迟到了三分钟。慌慌张张地钻进餐厅，席次都坐好了，大家已经开始吃了，忽然有人招呼我过去坐，那里刚好空着一个座位，我不假思索地就走过去了。

等走到跟前，我才呆了，那是谢东闵主席（台湾省第九任省主席）右首的位子，刚才显然是由于大家谦虚而变成了空位，此刻却变成了我这个冒失鬼的位子。我浑身不自在起来，跟"大官"挨在一起总是件令人手足无措的事。

忽然，谢主席转过头来向我道歉：

"我该给你夹菜的，可是，你看，我的右手不方便，真对不起，不能替你服务了，你自己要多吃点。"

我一时傻眼地望着他以及他的手，不知该说什么。那只伤痕犹在的手忽然美丽起来，炸得掉的是手指，炸不掉的是一个人的风格和气度。我拼命忍住眼泪，我知道，此刻，我不是坐在一个"大官"旁边，而是一个温煦的"人"的旁边。

经过火车站的时候，我总忍不住要去看留言牌。

那些粉笔字不知道铁路局允许它保留半天还是一天，它们不是宣纸上的书法，不是金石上的篆刻，不是小笺上的墨痕，它们注定立刻便要消逝——但它们存在的时候，它们是多好的一根根丝缕，就那样绾住了人间种种的牵牵绊绊。

我竟把那些句子抄了下来：

缎：久候未遇，已返，请来龙泉见。

春花：等你不见，我走了（我二点再来）。荣。

展：我与姨妈往内埔姐家，晚上九时不来等你。

每次看到那样的字总觉得好，觉得那些不遇、焦灼、愚痴中也自有一份可爱，一份人间的必要的温度。

还有一个人，也不署名，也没称谓，只扎手舞脚地写了"吾走矣"三个大字，板黑字白，气势好像要突破挂板飞去的样子。也不知道究竟是写给某一个人看的，还是写给过往来客的一句诗偈，总之，令人看得心头一震！

《红楼梦》里麻屣鹑衣①的跛足道人可以一路唱着"好了歌"，告诉世人万般"好"都是因为"了断"尘缘，但为什么要了断呢？每次我望着大小驿站中的留言牌，总觉万般的好都是因为不了不断、不能割舍而来的。

天地也无非是风雨中的一座驿亭，人生也无非是种种羁心绊意的事和情，能题诗在壁总是好的！

---

① 麻屣鹑衣：形容衣着穿戴破烂不堪，生活困苦窘迫。麻屣（xǐ），麻鞋。鹑（chún）衣，鹑鸟尾巴光秃，似缝补的衣服，故以鹑衣比喻破烂不堪的衣服。

有些人

有些人，他们的姓氏我已遗忘，他们的脸却恒常浮着——像晴空，在整个雨季中我们不见它，却清晰地记得它。

那一年，我读小学二年级，有一个女老师——我连她的脸都记不起来了，但好像觉得她是很美的，（有哪一个小学生心目中的老师不美呢？）也恍惚记得她身上那片不太鲜丽的蓝。她教过我们些什么，我完全没有印象，但永远记得某个下午的作文课，一位同学举手问她"挖"字该怎么写，她想了一下，说：

"这个字我不会写，你们谁会？"

我兴奋地站起来，跑到黑板前写下了那个字。

那天放学的时候，当同学们齐声向她说"再见"的时候，她向全班同学说：

"我真高兴，我今天新学会了一个字，我要谢谢这位同学。"

我立刻快乐得有如胁下生翅一般——我生平似乎再没有出现那么自豪的时刻。

自那以后，我遇见无数学者，他们威严而高贵，似乎无所不知。但他们教给我的，远不及那个女老师为多。她的谦逊，她对人不吝惜的称赞，使我忽然间长大了。

就算她不会写"挖"字，那又何妨？她已挖掘出一个小女孩心中宝贵的自信。

有一次，我到一家米店去。

"你明天能把米送到我们的营地吗？"

"能。"那个胖女人说。

"我已经把钱给你了，可是如果你们不送，"我不放心地说，"我们又有什么证据呢？"

"啊！"她惊叫了一声，眼睛睁得圆突突的，仿佛听见一件耸人听闻的罪案，"做这种事，我们是不敢的。"

她说"不敢"两字的时候，那种敬畏的神情使我肃然，她所敬畏的是什么呢？是尊贵古老的卖米行业，还是"举头三尺即有神明"？

她的脸，十年后的今天，如果再遇到，我未必能辨认，但我每遇见那无所不为的人，就会想起她——为什么其他的人竟无所畏惧呢！

有一个夏天的中午，我从街上回来，红砖铺成的人行道烫得人鞋底都要烧起来似的。

忽然，我看到一个衣衫褴褛的中年人疲软地靠在一堵墙上，他的眼睛闭着，黧黑的脸扭曲如一截枯根，不知在忍受什么。

他也许是中暑了，需要一杯甘洌的冰水。他也许很忧伤，需要一两句鼓励的话，但满街人潮涌动，美丽的皮鞋行过美丽的人行道，竟没有人驻足望他一眼。

我站了一会儿，想去扶他，但我闺秀式的教育使我不能不有所顾忌，如果他是疯子，如果他的行动冒犯我——于是我扼杀了我的同情，让自己和别人一样地漠然离去。

那个人是谁？我不知道。那天中午他在眩晕中想必也没有看到我，我们只不过是彼此生命中的路人。但他的痛苦却盘踞了我的心，他的无助的影子使我陷在长久的自责里。

上苍曾让我们相遇于同一条街，为什么我不能献出一点手足之情？为什么我有权漠视他的痛苦？我何以怀着那么可耻的自尊？如果可能，我真愿再遇见他一次，但谁又知道他在哪里呢？

我们并非永远都有行善的机会——如果我们一度错过。

那陌生人的脸于我是永远不可弥补的遗憾。

对于代数中的行列式，我是一点也记不清了。倒是记得那细瘦矮小貌不惊人的代数老师。

那年七月，当我们赶到联考考场的时候，只觉整个人生都摇晃起来，无忧的岁月至此便渺茫了，谁能预测自己在考试后的人生？

想不到的是代数老师也在那里，他那苍白而没有表情的脸竟会奔波过两个城市而在考场上出现，是颇令人感到意外的。

接着，他蹲在泥地上，拣了一块碎石子，为特别愚鲁的我讲起行列式来。我焦急地听着，似乎从来未曾那么心领神会过。泥土的大地可以成为那么美好的纸张，尖锐的利石可以成为那么流丽①的彩笔——他使我在书本上的朱注之外，第一次了解了所谓"君子谋道"的精神。

那天，很不幸的，行列式没有考，而那以后，我再没有碰过代数书，我的最后一节代数课竟是蹲在泥地上上的。我整个的中学教育也是在那无墙无顶的课堂里结束的，事隔十多年，才忽然咀嚼出那意义有多美。

代数老师姓什么，我竟不记得了。我能记得国文老师所填的许多小词，却记不住代数老师的名字，心里总有点内疚。如果我去母校查一下，应该不甚困难，但总觉得那是不必要的，他比许多我记得住姓名的人不是更有价值吗？

---

① 流丽：（诗文、书法等）流畅而华美。

我想走进那则笑话里去

围坐喝茶的深夜，听到这样的笑话：

有个茶痴，极讲究喝茶，干脆去主宰山高水冽的地方，他常常浩叹世人不懂品茶。如此，二十年过去了。

有一天，大雪，他瀹水泡茶，茶香满室，门外有个樵夫叩门，说："先生啊！可不可以给我一杯茶喝？"

茶痴大喜，没想到饮茶半世，此日竟碰上闻香而来的知音，立刻奉上素瓯香茗，来人连尽三杯，大呼"好极好极"，几乎到了感激涕零的程度。

茶痴问来人："你说'好极'，请说说看，这茶好在哪里？"

樵夫一面喝第四杯，一面手舞足蹈："太好了，太好了，我刚才快要冻僵了，这茶真好，滚烫滚烫的，一喝下去，人就暖和了。"

因为说的人表演得活灵活现，一桌子的人全笑了，促狭的人立刻现炒现卖，说："我们也快喝吧，这茶好啊！滚烫哩！"

我也笑，不过旋即悲伤。

人方少年时，总有些耽溺于美。喝茶，算是生活美学里的一部分。凡是有条件可以在喝茶上讲究的人总舍不得不讲究。及至中年，才不免惘然①发现，世上还有美以外的东西。

大凡人世中的美，如音乐，如书法，如室内设计，如舞蹈，总要求先天的敏锐加上后天的训练。前者是天分，当然足以傲人；后者是学养，也是可以自豪的。因此，凡具有审美眼光之人，多少都不免有些孤傲吧？《红楼梦》里的妙玉已是出家人，独于"美"字头上勘不破，光看她用隔年的雨水招待贾母刘姥姥喝茶，喝完了，她竟连"官窑脱胎填白盖碗"也不要了——因为嫌那些俗人脏。

黛玉平日虽也是个小心自敛的寄居孤女，但一谈到美，立刻扬眉瞬目，眼中无人，不料一旦碰上妙玉，也只好败下阵来。当时妙玉另备好茶在室内款待，黛玉不该问了一句："这也是旧年的雨水？"

妙玉冷笑道："你这么个人，竟是大俗人，连水也尝不出来！这是五年前我在玄墓蟠香寺住着，收的梅花上的雪，统共得了那一鬼脸青的花瓮一瓮，总舍不得吃，埋在地下，今年夏天才开了。我只吃过一回，这是第二回。你怎么尝不出来？隔年蠲②的雨水，哪有这样清凉？如何吃得？"

风雅绝伦的黛玉竟也有遭人看作俗物的时候，可见俗与不俗有时也有点儿像才与不才，是个比较上的问题。

笑话里的俗人樵夫也许可笑——但焉知那"茶痴"碰到"超级茶痴"的时候，会不会也遭人贬为俗物？

为了不遭人看为俗气，一定有人累得半死吧！美学其实严酷

①惘然：忧愁；烦闷。
②蠲（juān）：积存（多见于早期白话）。

冷峻，间不容发。其无情处真不下于苛官厉鬼。

十六世纪的日本有位出身寒微的木下藤吉郎，一度改名羽柴秀吉，后来因为军功成为霸主，赐姓丰臣，便是后世熟知的丰臣秀吉。他位极人臣之余很想立刻风雅起来，于是拜了禅僧千利休上道。一日，丰臣秀吉穿过千利休的茶庵小门，见墙上插花一枝，赶紧跑到师父面前，巴巴地说了一句看似开悟的话："我懂了！"

千利休笑而不语——唉！我怀疑这千利休根本是故布陷阱。见了花而大叫一声"我懂了"的徒弟，自以为因而可以去领"风雅证书"了，却是全然不解风情的。我猜千利休当时的微笑极阴险也极残酷。不久之后，丰臣就借故把千利休杀了，我敢说千利休临刑之际也在偷笑，笑自己有先见之明，早就看出丰臣秀吉不能身列风雅之辈。

丰臣秀吉大概太累了，"风雅"两字令他疲于奔命，原来世上有些东西比打仗还辛苦。不如把千利休杀了，从此一了百了。

相较之下，还是刘姥姥豁达，喝了妙玉的茶，她竟敢大大方方地说："好虽好，就是淡了些。"

众人要笑，由他去笑，人只要自己承认自己愚俗，神经不知可以少绷断多少根。

那一夜，在众人的哄笑声中，我真想走到那则笑话里去，我想站在那茶痴面前，他正为樵夫的一句话气得跺脚，我大声劝他说："别气了，茶有茶香，茶也有茶温，这人只要你的茶温不要你的茶香，这也没什么呀！深山大雪，有人因你的一盏茶而免于冻僵，你也该满足了。是这人来——虽然是俗人——你才有机会可以得到布施的福气，你也大可以望天谢恩了。"

怀不世之绝技，目高于顶，不肯在凡夫俗子身上浪费一丝一毫美，当然也没什么不对。但肯起身为风雪中行来的人奉上一杯热茶，看着对方由僵冷而舒活起来，岂不更为感人——只是，前者的境界是绝美的艺术，后者大约便是近于宗教的悲悯淑世之情了。

花之笔记

　　我喜欢那些美得扎实厚重的花，像百合、荷花、木棉，但我也喜欢那些美得让人发愁的花，特别是开在春天的，花瓣儿薄如蝉翼，眼看着便要薄得没有了的花，像桃花、杏花、李花、三色堇或波斯菊。

　　花的颜色和线条总还比较"实"，花的香味却是一种介乎"虚""实"之间的存在。有种花，像夜来香，香得又野又蛮，的确是"花香欲破禅"的那种香法；含笑和白兰的香是荤的；茉莉是素的，素得可以泡茶的；水仙更美，一株水仙的倒影简直是一块明矾，可以把一池水都弄得干净澄澈；栀子花和珠兰的香总是在日暖风和的时候才闻得出来，所以特别让人着急，因为不知道什么时候就没有了。

　　树上的花是小说，有枝有干地攀在横斜的结构上，俯下它漫天的华美，"江边一树垂垂发""黄四娘家花满蹊，千朵万朵压枝低"，那里面有多层次、多角度的说不尽的故事。

　　草花是诗，由于矮，像是刚从土里蹦出来的，有一种精粹①的、

─────────
① 精粹：精练纯粹。

鲜艳的、凝聚的、集中的美。散文是爬藤花，像九重萝、荼蘼、紫藤、茑萝，乃至牵牛花和丝瓜花、扁豆花，都有一种走到哪里就开到哪里的潇洒。爬藤花看起来漫不经心，等开完了整个季节之后回头一看，倒也没有一篇是没有其章法的——无论是开在疏篱间的，泼撒在花架上的，哗哗地流下瓜棚的，或者不自惜地淌在坡地上的，乃至于调皮刁钻地爬上老树，把枯木开得活了似的……它们都各有其风格，真的，丝瓜花有它自己的文法，牵牛花有它自己的修辞。如果有什么花可以称之为舞台剧的，大概就是昙花了吧。它是一种彻底的时间艺术，在丝帷的开阖间即生即死。它的每一秒钟都在"动"，它简直严格地遵守着古典戏剧的"三一律"——"一时""一地""一事"。使我感动的不是那一夕之间偶然白起来的花瓣，也不是那偶然香起来的细蕊，而是那几乎听得见的怦然有声的舒展的过程。

文学批评如果用花来比喻，大概可以像仙人掌花，高大吓人，刺多花少，却大刺刺①地像一声轰雷似的拔地而起——当然，好的仙人掌花还是漂亮得要命的。

水生花的颜色天生地好，是极鲜润的泼墨画。水生花总是使人惊讶，仿佛好得有点不合常理。大地上有花已经够好了，山谷里有花已经够好了，居然水里也冒出花来，简直是不可信，可是它又偏着了邪似的在那里。水生花是荷也好，睡莲也好，水仙也好，白得令人手足无措的马蹄莲也好，还有一种紫簌簌的涨成满满一串子的似乎叫作布袋莲的也好，都有一种奇怪的特色：它们不管

---

① 大刺刺：形容举止随便，满不在乎的样子。

开它几里地，看起来每朵却都是清寂落寞的，有种伶伶然仿佛独立于时间空间之外的幽远气质。水生花大概是一阕属于婉约派的小词吧，在管弦触水之际，偶然化生而成的花。

不但水生花，连水草像蒹葭，像菖蒲，像芦苇，都美得令人发愁。一部《诗经》是从一条荇菜参差水鸟合唱的水湄开始的——不能想了，那样干干净净的河，那样干干净净的水，那样干干净净的草，那样干干净净的古典的爱情——不能想了，想了让人有一种身为旧王族被放逐后的悲怆。

我们好像真的就要失去水了——干净的水——以及水中的花。

一到三月，校园里一些按捺不住的相思树就哗然一声把那种柔黄的小花球在一夜之间全部释放了出来。四月以后，几乎所有的树都撑不住了，索性一起开起花来，把一整年的修持都破戒了！

我一向喜欢相思树，不为那名字，而是为那满树细腻的小叶子。一看到那叶子就想到"不知细叶谁裁出，二月春风似剪刀"的句子。

相思树的花也细小，简直有点像是不敢张扬的意思，可是整球整球地看去，整树整树地看去，仍然艳丽逼人。

跟儿子聊天，他忽然说：

"我们班上每个人都像一种花。"

"谢婉贞是哪一种？"

谢婉贞是他觉得最不同凡俗的一个女孩。

"她是荷花。"

"为什么？"

"因为一个夏天都是又新鲜又漂亮的。"

"那你自己呢？"

"我是玫瑰，"停了一下他解释说，"因为到死都是香的。"

这样地以香花自喻，简直是屈原，真是语出惊人！

春天，我总是带小女儿去看令人眼花缭乱的杜鹃。

她还小，杜鹃对她而言几乎是树。

她不太专心看花，倒是很专心地找那种纺缍形的小蓓蕾，找到了就大叫一声：

"你看，花 Baby ！"

她似乎只肯认同那些"花婴"，她不厌其烦地沿路把那些尚未启封的美丽一一灌注上她的欢呼！

行走于美国，最喜欢的不是夏威夷，不是佛罗里达，不是剧场，不是高速公路或迪士尼乐园，而是荒地上的野花。在亚利桑那，高速公路上车行几小时，路边全是迤逦的野花，黄灿灿地一径开向天涯，倒教人怀疑那边种的是一种叫作"野花"的农作物，野牛和印第安人像是随时会出现似的。

多么豪华的使用土地的方法，不盖公寓，不辟水田，千里万里只交给野花去发展。

在芝加哥，朋友驱车带我去他家，他看路，我看路上的东西。

"那是什么花？"

"不知道。"

"那种鸟呢？"

"不知道，我们家附近多的是。"

他兴冲冲地告诉我，一个冬天他怎样被大雪所困，回不了家，在外面住了几天旅馆，又说 Sears tower① 怎样比纽约现有的摩天大楼都高一点。

可是，我固执地想知道那种蓝紫色的、花瓣舒柔四伸如绢纱的小花的名字。

我愈来愈喜欢这种不入流的美丽。

一路东行，总看到那种容颜，终于，在波士顿，我知道了它的名字——"蓝水手"，Blue Sailor。

像一个年轻的男孩，一旦惊讶于一双透亮的眼睛，便忍不住千方百计去探问她的名字——知道了又怎样？其实仍是一样。只是独坐黄昏时，让千丝万缕的意念找到一个虚无的、可供挂迹的枝柯罢了。

知道你自己所爱的一种花，岁岁年年，在异国湛蓝的天空下安然地开着，虽不相见，却有一份天涯相共的快乐。

《诗经》有一个别名，叫"葩经"，使我觉得桌上放一部《诗经》简直有一种破页而出的馥馥郁郁的香气。

中学在南部念书，校园大，每个学生都分了一块地来种，那年我们种长豇豆。

不知为什么，小小的田里竟长出了一朵小野菊——也许它的前身就跟豇豆的前身同在一片田野，收种子的时候又仍然混在一起，所以不经意间也就播在一起。也许是今春偶过的风，带来偶然的一抹色彩。

① Sears tower：西尔斯大厦，曾是世界最高的大厦，位于美国芝加哥市中心。

后来，老师要我们拔野草，我拔了。

"为什么不拔掉那棵草？"

"它不是草，"我抗议，"它是一朵小野菊。"

"拔掉，拔掉。"他竟动手拔掉了它。"你不知道什么叫草——不是你要种的东西就是草。"

我是想种豇豆的吗？不，我并没有要种豇豆，我要种的只是生命。

许多年过去了，我仍然记得那丛被剥夺了生存权的小野菊。

花，却被种在菜圃里，或者真是不幸的。

有一种花，叫炮仗花，我真喜欢那名字——因为有颜色，有声音，而且还几乎是一种进行时的动词。

那种花，香港比较多见，属于爬藤类。花不大，黄澄澄的仿佛千足金，开起来就狠狠地开满一架子，真仿佛屋子里有什么喜事，所以那样一路噼哩啪啦地声势壮烈地燃响那欢愉的色彩。

还有一种花的花名也取得好，叫一丈红，很古典，又很泼悍。

其实那花倒也平常，只是因为那么好的名字，看起来只觉得是一柱仰天蹿起的红喷泉，从下往上喷，喷成一丈，喷成千仞，喷成一个人想象的极限。

有些花，是只在中国语文里出现，而在教科书里却不成其为花，像雪花、浪花。

所有的花都仰面而开，唯独雪花俯首而开；所有的花都在泥土深处结胎，雪花却在天空的高处成孕。雪花以云为泥，以风为枝桠，只开一次，飘过万里寒冷，单单地要落在一个赶路人温暖的衣领上，或是一个眺望者朦胧的窗纸上。只在六瓣的秩序里，美那么一霎，然后，回归为半滴水，回归入土。

浪花只开在海里，海不是池塘，不能滋生大片紫色的、白色的、粉色的花，上帝就把浪花种在海里，海里每一秒钟都盛开着浪花。

有什么花能比浪花开得更巨大，更泼旺？那样旋开旋灭，那样方生方死——却又四季不凋，直开到地老天荒。

人站在海边，浪就像印度女子的叮当作响的足环，绕着你的脚踝而灿然作花。

有人玩冲浪，看起来整个人都开在花心里，站在千丝万缕的花蕊里。

把浪说成花，只有中国语文才说得那么好吧！

我讨厌一切的纸花、缎带花和塑胶花，总觉得那里面有一种越分①，一种亵渎。

还有一种"干花"，脱了水，苍黄古旧，是一种花中的木乃伊，永远不枯，但常年地放在案头，让人觉得疲倦不堪。不知为什么，因为它永远不死，反而你觉得它似乎从来没有光灿生猛地活过。

我只愿意爱鲜花，爱那明天就握不住的颜色、气息和形状——由于它明天就要消失了，所以我必须在今天用来不及的爱去爱它。我要好好地注视它，它的每一刹那的美其实都是它唯一一次的美，下一刹那，或开或阖，它已是另一朵了。

我对鲜花的坚持，遇见玻璃花便破例了；哈佛的陈列室里有一屋子的玻璃花，那么纤柔透明——也许人造花做得极好以后就

①越分：超过本分。

有一种近乎泄漏天机的神秘性。

也许我爱的不是玻璃花，而是那份已成绝响的艺术，那些玻璃花是一对父子做的，他们死后就失传了——花做得那么好当然也不是传得下来的。

我真的不知道我是爱上那做得特别好的晶莹得虚幻的花，还是爱那花后面的一段寂寞的故事。

我爱花，也许不完全是爱花本身，而是爱那份乍然相见的惊喜。

有一次，去海边，心里准备好是要去看海的。海边有一座小岩岬，我们爬上去，希望可以看得更远，不料石缝里竟冷不防地冒出一枝百合花来，香喷喷的。

整个事情差不多有点不讲理，来海边当然是要看海捡贝壳的，没有谁想看花，可是意外地遇上了花，不看也不忍心。

自己没有工作进度表，也不管别人的旅游日程——那朵花的可爱全在它的不讲道理。

我从来不能在花展中获得快乐，看到生命那么规矩地站在一列列的瓶瓶罐罐里，而且很合理地标上身价，就让我觉得丧气。

听说有一种罐头花，开罐后几天一定开花，那种花我还没有看就已经先发腻了。

生命不该充满神秘的未知吗？有大成大败、大悲大喜不是才有激荡的张力吗？文明取走了莳花①者犯错误的权利，而使他的成功显得像一团干蜡般的无味。

———————
① 莳（shì）花：种花。莳，栽种。

我所梦想的花是那种可以猛悍得在春天早晨把你大声喊醒的栀子，或是走过郊野时闹得人招架不住的油菜花，或是清明节逼得雨中行人连魂梦都走投无路的杏花，那些各式各流的日本花道纳不进去的、市价标不出来的、不肯许身就范于园艺杂志的那一种未经世故的花。

　　让大地是众水浩淼中浮出来的一项意外，让百花是莽莽大地上扬起来的一声欢呼！

乌鲁木齐女孩

距离乌鲁木齐市大约一个半小时车程的地方，有个牧场，名叫南山。南山，这名字充满汉人意味，牧民却是哈萨克人。

这地方青峰插天，溪涧淙淙，地上仿若铺了一层柔和的绿色羊皮。

然而，它却是个为观光客设计的地方，节目假假的，"姑娘追"一点也不好看，姑娘挥鞭打人的动作完全有名无实。我受不了，为了礼貌，只好坐在原地抬头看白云。多像欧洲啊！这奇异的蓝天。蓝天从来不假，不把自己当一个观光项目。

我们住进一间蒙古包，那包竟是水泥制的，里面有床——这些，也是假假的。

我们去央求一个妇人为我们煮些奶茶，还好，那奶茶，却有几分真意。

夜已深，群星如沸，闹腾不止。那星，扎扎实实，是真的。

天亮了，我们去骑马。马是驯马，路也是柏油路，但山风是真的，阳光、树影、野水，都——是真的。行至瀑布，返辔而回，春风得意马蹄疾，人生快意之事也不过如此而已吧？

跨下马来就准备要走了，路旁却瑟缩着一个小女孩，正在跟我们同队的君儿聊天。只有八九岁吧！看得出来将来会是个美人。原来她是汉人，家住乌鲁木齐。在新疆，除了乌鲁木齐市区，汉人都算"少数民族"。她现在正放着暑假，父亲来牧场做木工，她便跟来了。父亲一早上工去，便锁上屋子（奇怪，我想不出他有什么怕偷的东西），而小女孩不会说哈萨克话多不能跟当地小孩玩在一起，只好呆呆地坐在树下。

"你喜欢骑马吗？"我加入谈话，陪她坐在树下。

"喜欢，可是我爸爸不让我骑！"

"啊！他怕你摔着。"我说。

"不是的，他说十块钱太贵了。"

"去骑，去骑，我请客，你去玩嘛！"

"不要，"她十分懂事，"这十块钱，照我看，还不如买碗饭吃好呢！"

我一下惭愧万分，竟不敢再说什么。这么小的孩子，竟这么乖巧，简直叫人心疼。

阳光升得更高，美丽的观光牧场仍然美得近乎做作，唯有这女孩是如此真实，那样安静自然的垂睫，那样认分知足的黑眸——我不知为什么想起汉墓中的妇人俑，那俑一般叫"长袍女俑"，高五十八厘米，长安出土，她什么动作也没有，只是站着，只是收敛着，只是无所求。她那样卑微，但因为不想祈求什么，所以也自有她的尊严。奇怪，这小小的女孩为什么有两千年前那妇人一般的纤柔无怨？

而令我自己讶异的是我在那汉代妇人俑身上所没有能完全看懂的表情，如今借一个小女孩的脸全懂了。

"你们可以叫我娟儿。"她说。

我想她一定喜欢上美丽活泼的君儿了，她的名字里刚好也有个"娟"字，她就自动地换了一下，叫起自己"娟儿"来了。听起来，像君儿的妹妹。

分手的时候，居然彼此眼里都雾着一片泪光。

一碟辣酱

有一年，在香港教书。

港人非常尊师，开学第一周校长在自己家里请了一桌席，有十位教授赴宴，我也在内。这种席，每周一次，务必使校长在学期中能和每位教员谈谈。我因为是客，所以列在首批客人名单里。

这种好事因为在台湾从未发生过，我十分有兴头地去赴宴。原来菜都是校长家的厨子自己做的，清爽利落，很有家常菜风格。也许由于厨子是汕头人，他在诸色调味料中加了一碟辣酱，校长夫人特别声明是厨师亲手调制的。那辣酱对我而言稍微嫌甜，但我还是取用了一些。因为一般而言广东人怕辣，这碟辣酱我若不捧场，全桌粤籍人士没有谁会理它。广东人很奇怪，他们一方面非常知味，一方面却又完全不懂"辣"是什么。我有次看到一则比萨饼的广告，说"热辣辣的"，便想拉朋友一试，朋友笑说："你错了，热辣辣跟辣没有关系，意思是指很热很烫。"我有点生气，广东话怎么可以把辣当作热的副词？仿佛辣本身不存在似的。

我想这厨子既然特意调制了这独家辣酱，没有人下箸总是很伤感的事。汕头人是很以他们的辣酱自豪的。

那天晚上吃得很愉快也聊得很尽兴，临别的时候主人送客到门口，校长夫人忽然塞给我一个小包，她说："这是一瓶辣酱，厨子说特别送给你的。我们吃饭的时候他在旁边巡巡看看，发现只有你一个人欣赏他的辣酱，他说他反正做了很多，这瓶让你拿回去吃。"

我其实并不十分喜欢那偏甜的辣酱，吃它原是基于一点善意，不料竟回收了更大的善意。我千恩万谢领受了那瓶辣酱——这一次，我倒真的爱上这瓶辣酱了，为了厨子的那份情。

大约世间之人多是寂寞的吧？未被击节赞美的文章，未蒙赏识的赤忱，未受注视的美貌，无人为之垂泪的剧情，徒然地弹了又弹却不曾被一语道破的高山流水之音；或者，无人肯试的一碟食物……

而我只是好意一举箸，竟蒙对方厚赠，想来，生命之宴也是如此吧？我对生命中的涓滴每有一分赏悦，上帝总立即赐下万道流泉。我每为一个音符凝神，它总倾下整匹的音乐如素锦。

生命的厚礼，原来只赏赐给那些肯于一尝的人。

包 子

有个亲戚死了，在遥远的故土。消息传来，已是半年之后，我的悲伤也因不合节拍而显得有些荒谬。何况彼此是远亲，毫无血缘关系。但毕竟我握过她枯瘦如柴的老手，感觉过她泪水滴落在我腕上的温度，也曾经惊讶地看她住在黑如地穴的破屋里，手捧一把小炭篮与之相依为命。毕竟我也曾为她去买她珍视为仙丹的西洋参丸，听她诉说凄凉的晚境……

然而，这个生命却消失了，微贱如蚁。

好些日子以来，我昼思夜梦的常是那老妇人被儿子恶吼一声的悲怆。

那天，我和丈夫去看她，时间是上午，我们谈了两个小时的话，赶在中午前离去。她依依不舍，抵死要留我们吃饭，但环堵萧然①，她哪里有饭可供我们吃呢？不得已，她说：

"这么远来，不吃饭就走，怎么行？我到巷口买包子……"

忽然，他的儿子回过头来，愤然大骂一声：

"哼，包子！台湾来的人会吃你那包子！"

---

① 环堵萧然：形容室中空无所有，极为贫困。

老妇人立即噤声了，我和丈夫一时也不敢回腔。那年轻人，西装笔挺，骑着威风的摩托车，时不时地跑深圳做一票生意，有时赔有时赚，但老不够他花。老母，则丢在那里任她自生自灭。

这老妇人，因为待客的热情，一时忘了那份自卑，此刻被儿子一吼，全部的自卑感又恢复了。她视为美味的包子，此刻竟颓然成了粪土。她怒然①站在那里，不安又惶恐，仿佛她真的说错了话做错了事似的。

我当时心中暗怒激涌，恨不得大声骂回去，说：

"怎么样，我是从台湾来的，但我偏要吃这包子！我的嘴巴可能因为富裕的生活养刁了，我可能看这包子又肥又粗不堪入口，可是我还懂得礼数，我还知道对长辈的好意理应恭敬接受！"

但我终于按捺住了，毕竟人家是母子，我若骂回去，虽逞了一时之快，恐怕长辈觉得连我这个外人都如此贴心，想起儿子就更伤感了。我只好说：

"下次吧！"

"你看，第一次来，什么都没吃，就要走……"她捉住我的手不放，老泪爬满一脸，"晓风，我第一次看到你呀，我一看你就知道你这人好，我是真喜欢你。唉，我也没东西送你，你看，饭也不吃，就要走……"

对于她而言，我大概等于她所有在台湾的已死的和未死的亲戚，而那些亲戚长辈都代表着一切逝去的再也不肯回来的美好岁月。

① 怒（nì）然：忧思貌。

我一面拍着她的背，一面喃喃地保证：

"会再来的，会的，会的，你留步，下回来我们吃包子……今天有事要走了，下次来，一定要吃你这包子。"

然而，有些事，是没有下次的了。老人撒手而去。

如果，有一天，在某个穷僻①的大陆的小巷里，你在穿过公厕，穿过破檐人家的窄道上，遇见一个奇怪的远方女子，手里拿着一团热腾腾的包子，一面流泪，一面咀嚼，那人，就是我。

---

① 穷僻：贫穷偏僻。

你欠我一个故事

一

那个人，我不知道他的名字，却和他打过两次照面——也许是两次半吧！

大约是一九九一年，我因事去北京开会。临行有个好心又好事的朋友，给了我一个地址，要我去看一位奇医。我一时也想不出自己有什么大病，就随手塞进行囊里。

在北京开会之余，发现某个清晨可以挤出两小时空档，我就真的按照地址去寻访一下。那地方是个小陋巷，奇怪的是一大早八点钟离医生开诊还有一小时，门口已排了十几个病人，而那些病人又毫无例外的全是台胞。

他们各自拎个热水瓶，问他们干吗，他们说医生会给他们药。又问他们诊疗费怎么算，他们说随便包，不过他们都会给上千元台币。

其中有个清癯①寡欢的老兵站在一旁，我为什么说他是老兵？

①清癯（qú）：清瘦。

大概因为他脸上的某种烽烟战尘之后的沧桑。

"你是从台湾过来的吗？"

"是的。"

"台湾哪里？"

"屏东。"

"呀！"我差点跳起来，"我娘家也住在屏东，你住屏东哪里？"

"靠近机场。"

"哎呀！"我又忍不住叫了一声，"我娘家就在胜利路呢！那你府上哪里？"

"江苏徐州。"

其实最后那个问题问得有点多余，我几乎早已知道答案了，因为他的口音和我父亲几乎是一模一样的。

"生什么病呢？吃着药管用吗？"

"好像是好些了，谁知道呢。"

由于是初次见面，不好深谈人家的病，但又因为是同乡兼邻居，也有份不忍遽去之情。于是没话说，只淡淡地对站着。不料他忽然说：

"我生病，我谁都没说。我小孩在美国读书，我也不让他们知道。知道了又有什么用？还不是白操心。他们念书，各人忙各人的，我谁也不说，我就自己来治病了。"

"哎呀！这样也不太好吧？你什么都自己担着，也该让小孩知道一下啊！"

"小孩有小孩的事，就别去让他们操心了——你害什么病？"

"我？哎，我没什么病，只听人说这里有位名医，也来望望。啊哟，果真门庭若市，我还有事，这就要走了。"

我走了，他的脸在忙碌的日程里渐渐给淡忘了。

二

一九九三年，我带着父亲回乡探亲，由于父亲年迈，旅途除了我和母亲之外，还请了一位护士J小姐同行。

等把这奇异的返乡仪式完成，我们四人坐在南京机场等飞机返台。在大陆，无论吃饭赶车，都像在抢什么似的心慌。此刻，因为机场报到必须提早两小时，手续办完倒可神闲气定地坐一下。

我于是和J小姐起身把候机楼逛了一圈。候机楼不大，商场也不太有吸引力，我们走着走着，不知不觉在一位旅客面前停了下来。

J小姐忽然大叫了一声说：

"咦？怎么你也在这里？"

我定睛一看，不禁同时叫了起来：

"咦？又碰到了，我们不是在北京见过面吗？你吃那位医生的药后来效果如何？病好一点了吗？"

"唉，别提了，别提了，愈吃愈坏了，病也耽误了，全是骗钱的！"

J小姐说，他们是邻居，在屏东。

聊了一阵，等上飞机我跟J小姐说：

"他这人也真了不起呢！病了，还事事自己打点，都不告诉他小孩！"

"啊呀！你乱说些什么呀？"J小姐瞪了我一眼，"他哪有什么小孩？他住我家隔壁，一个老兵，一个孤老头子，连老婆都没有，哪来小孩？"

我吓了一跳，立刻噤声，因为再多说一句，就立刻会把这老兵在邻里中变成一个可鄙的笑话。

三

白云勤拭着飞机的窗口。

唉，事隔二年，我经由这偶然的机缘知道了真相，原来那一天，他跟我说的全是谎言。

但他为什么要骗我呢？他骗我，也并没有任何好处可得啊！

想着想着我的泪夺眶而出。因为我忽然明白了，在北京那个清晨，那人跟我说的情节其实不是"谎言"，而是"梦"。

在一个遥远的城市，跟一个陌生人对话，不经意的，他说出了他的梦，他的不可能实现的梦；他梦想他结了婚，他梦想他拥有妻子，他梦想他有了儿子，他梦想儿子女儿到美国去留学。

然而，在现实世界里，他没有钱，没有地位，没有学问，没有婚姻，没有子女，最后，连生命本身也无权掌握。

他的梦，并不夸张，本来也并不太难于兑现。但对他而言，却是雾锁云埋，永世不能触及的神话。

不，他不是一个说谎的人，他是一个说梦的人。他的虚构的故事如此真切实在，令我痛彻肝肠。

四

回到台湾之后，我又忙着，但照例过一阵子就去屏东看看垂老的父亲，看到父亲当然也就看到了照顾父亲的 J 小姐。

"那个老兵，你的邻居，就是我们在南京机场碰到的那一个，现在怎么样了？"

"哎呀，" J 小姐一向大嗓门，"死啦！死啦！死了好几天也没人知道，他一个人，都臭了，邻居才发现！"

啊！那个我不知道名字的朋友，我和他打过两次半照面，一次在北京，一次在南京。另外半次，是听到他的死讯。

五

十多年过去了，我忽然发现，我其实才是老兵做梦也想做的那个人。

我的儿子毕业于建中（台北市立建国高级中学），我的女儿毕业于北一女中（台北市立第一女子高级中学），他们读完台大后，一个去了加州理工学院，一个去了 N.Y.U（纽约大学）。然后，他们回来，一个进了中研院，一个进了政大外文系。为人如果能由自己挑选命运，恐怕也不能挑个更好的了。

如果，我是那个陌生老兵在说其"梦中妄语"时所形容的幸运之人，其实我也有我的惶惑不安，我也有我的负疚和深愧。整个台湾的安全和富裕，自在和飞扬，其实不都奠基在当年六十万老兵的牺牲和奉献上吗？然而，我们何以报之？

去岁六月，N.Y.U 在草坪上举行毕业典礼，我和丈夫和儿子飞去美国参加。高耸的大树下阳光细碎，飞鸟和松鼠在枝柯间跑来跑去，我们是快乐的毕业生家人。此时此刻，志得意满，唯一令人烦心的事居然是：不知典礼会不会拖得太久，耽误了我们在牛排馆的订位。

然而，虽在极端的幸福中，虽在异国五光十色的街头，我仍能听见风中有冷冷的声音传来：

"你，欠我。"

"我欠你什么？"

"你欠我一个故事！我不会说我的故事，你会说，你该替我说我的故事。"

"我也不会说——那故事没有人会说……"

"可是我已经说给你听了，而且，你明明也听懂了。"

"如果事情被我说得颠三倒四，被我说得词不达意……"

"你说吧！你说吧！你欠我一个故事！"

我含泪点头，我的确欠他一个故事，我的确欠众生一段叙述。

六

然后，我明白，我欠负的还不止那人，我欠山川，我欠岁月。春花的清艳，夏云的奇谲，我从来都没有讲清楚过。山峦的迤逦，众水的幻设，我也语焉不详。花东海岸腾跃的鲸豚，崇山峻岭中黥面的织布老妇，世上等待被叙述的情境是多么多啊！

天神啊！世人啊！如果你们宽容我，给我一点时间，一点忍耐，一点期许，一点纵容，我想，我会把我欠下的为众生该作的叙述，在有生之年慢慢地一一道来。

雨天的书

一

　　我不知道，天为什么无端落起雨来了。薄薄的水雾把山和树隔到更远的地方去，我的窗外遂只剩下一片辽阔的空茫了。

　　想你那里必是很冷了吧？另芳。青色的屋顶上滚动着水珠子，滴沥的声音单调而沉闷，你会不会觉得很寂寥呢？

　　你的信仍放在我的梳妆台上，折得方方正正的，依然是当日的手痕。我以前没见过你；以后也找不着你，我所能持有的，也不过就是这一片模模糊糊的痕迹罢了。另芳，而你呢？你没有我的只字片语，等到我提起笔，却又没有人能为我传递了。

　　冬天里，南馨拿着你的信来。细细斜斜的笔迹，优雅温婉的话语。我很高兴看你的信，我把它和另外一些信件并放着。它们总是给我鼓励和自信，让我知道，当我在灯下执笔的时候，实际并不孤独。

　　另芳，我没有及时回你的信，人大了，忙的事也就多了。后悔有什么用呢？早知道你是在病榻上写那封信，我就去和你谈谈，陪你出去散散步，一同看看黄昏时候的落霞。但我又怎么想象得到呢？十七岁，怎么能和死亡联想在一起呢？死亡，那样冰冷阴森的字眼，无论如何也不该和你发生关系的。这出戏结束得太早，迟到的观众只好望着合拢的黑绒幕黯然了。

雨仍在落着，频频叩打我的玻璃窗。雨水把世界布置得幽冥昏暗，我不由得幻想你打着一把小伞，从芳草没胫的小路上走来，走过生，走过死，走过永恒。

那时候，放了寒假。另芳，我心里其实一直是惦着你的。只是找不着南馨，没有可以传信的人。等开了学，找着了南馨，一问及你，她就哭了。另芳，我从来没有这样恨自己。另芳，如今我向哪一条街寄信给你呢？有谁知道你的新地址呢？

南馨寄来你留给她的最后字条，捧着它使我泫然①。另芳，我算什么呢？我和你一样，是被送来这世界观光的客人。我带着惊奇和喜悦看青山和绿水，看生命和知识。另芳，我有什么特别值得一顾的呢？只是我看这些东西的时候比别人多了一份冲动，便不由得把它记录下来了。我究竟有什么值得结识的呢？那些美得叫人痴狂的东西没有一样是我创造的，也没有一件是我经营的，而我那些仅有的记录，也是破碎支离，几乎完全走样的。另芳，聪慧如你，为什么心心念念要得到我的信呢？

"她死的时候没有遗憾，"南馨说，"除了想你的信。你能写一封信给她吗？我要烧给她——我是信耶稣的，我想耶稣一定会拿给她的。"

---

① 泫（xuàn）然：水滴下的样子（多指眼泪）。

她是那样天真，我是要写给你的，我一直想着要写的。我把我的信交给她，但是，我想你已经不需要它了。你此刻在做什么呢？正在和鼓翼的小天使嬉戏吧？或是拿软软的白云捏人像吧？（你可曾塑过我？）再不然就一定是在茂美的林园里倾听金琴的轻拨了。

另芳，想象中，你是一个纤柔多愁的影子，皮肤是细致的浅黄，眉很浓，眼很深，嘴唇很薄（但不爱说话），是吗？常常穿着淡蓝色的衣裙，喜欢望着帘外的落雨而出神，是吗？另芳，或许我们真是不该见面的，好让我想象中的你更为真切。

另芳，雨仍下着，淡淡的哀愁在雨里飘零。遥想你墓地上的草早该绿透了，但今年春天你却没有看见。想象中有一朵白色的小花开在你的坟头，透明而苍白，在雨中幽幽地抽泣。

而在天上，在那灿烂的灵境上，是不是也正落着阳光的雨，落花的雨和音乐的雨呢？另芳，请俯下你的脸来，看我们，以及你生长过的地方。或许你会觉得好笑，便立刻把头转开了。你会惊讶地自语："那些年，我怎么那么痴呢？其实，那些事不是都显得很滑稽吗？"

另芳，你看，我写了这么多，是的，其实写这些信也很滑稽，在永恒里你已不需要这些了。但我还是要写，我许诺过要写的。

或者，明天早晨，小天使会在你的窗前放一朵白色的小花，上面滚动着无数银亮的小雨珠。

"这是什么？"

"这是我们在地上发现的，有一个人，写了一封信给你，我们不愿把那样拙劣的文字带进来，只好把它化成一朵小白花了——你去念吧，她写的都在里面了。"

那细碎质朴的小白花遂在你的手里轻颤着。另芳，那时候，你怎样想呢？它把什么都说了，而同时，它什么也没有说。那一片白，乱簌簌地摇着，模模糊糊地摇着你生前曾喜爱过的颜色。

那时候，我愿看到你的微笑，隐约而又浅淡，映在花丛的水珠里——那是我从来没有看见，并且也没有想象过的。

二

细致的湘帘①外响起潺潺的声音，雨丝和帘子垂直地交织着，遂织出这样一个朦胧黯淡而又多愁绪的下午。

山径上两个顶着书包的孩子在跑着、跳着、互相追逐着。她们不像是雨中的行人，倒像是在过泼水节了。一会儿，她们消失在树丛后面，我的面前重新现出湿湿的绿野，低低的天空。

手里握着笔，满纸画的都是人头，上次念心理系的王说，人所画的，多半是自己的写照。而我的人像都是沉思的，嘴角有一些悲悯的笑意。那么，难道这些都是我吗？难道这些身上穿着曳地长裙，右手握着檀香折扇，左手擎着小花阳伞的都是我吗？咦，我竟是那个样子吗？

一张信笺摊在玻璃板上，白而薄。信债欠得太多了，究竟今天先还谁的呢？黄昏的雨落得这样忧愁，那千万只柔柔的纤指抚弄着一束看不见的弦索，轻挑慢捻，触着的总是一片凄凉悲怆。

①湘帘：用湘妃竹制成的帘子。

那么，今日的信寄给谁呢？谁愿意看一带灰白的烟雨呢？但是，我的眼前又没有万里晴岚，这封信却怎么写呢？

这样吧，寄给自己，那个逝去的自己。寄给那个听小舅讲"灰姑娘"的女孩子，寄给那个跟父亲念"新丰折臂翁"的中学生，寄给那个在水边静坐的织梦者，寄给那个在窗前扶头的沉思者。

但是，她在哪里呢？就像刚才那两个在山径上嬉戏的孩童，倏忽之间，便无法追寻了。而那个"我"呢？你隐藏到哪一处树丛后面去了呢？

你听，雨落得这样温柔，这不是你所盼的雨吗？记得那一次，你站在后庭里，抬起头，让雨水落在你张开的口里，那真是很好笑的。你又喜欢一大早爬起来，到小树叶下去找雨珠儿。很小心地放在写算术用的化学垫板上，高兴得像是得了一满盘珠宝。你真是很富有的孩子，真的。

什么时候你又走进中学的校园了，在遮天的古木下，听隆隆的雷声；看松鼠在枝间乱跳，你忽然欢悦起来。你的欣喜有一种原始的单纯和热烈，使你生起一种欲舞的意念。但当天空陡然变黑，暴风夹雨而至的时候，你就突然静穆下来，带着一种虔诚的敬畏。你是喜欢雨的，你一向如此。

那年夏天，教室后面那棵花树开得特别绚丽，你和芷同时都发现了。那些嫩枝被成串的黄花压得低垂下来，一直垂到小楼的窗口。每当落雨时分，那些花串儿就变得透明起来，美得让人简直不敢喘气。

那天下课的时候，你和芷站在窗前。花在雨里，雨在花里，你们遂被那些声音，那些颜色颠倒了。但渐渐地，那些声音和颜色也悄然退去，你们遂迷失在生命早年的梦里。猛回头，教室竟空了。才想起那一节是音乐课，同学们都走光了。那天老师没骂你们，真是很幸运的——不过他本来就不该骂你们，你们在听夏日花雨的组曲呢！

渐渐地，你会忧愁了。当夜间，你不自禁地去听竹叶滴雨的微响；当初秋，你勉强念着"留得残荷听雨声"，你就模模糊糊地为自己拼凑起一些哀愁了。你愁着什么呢？你不能回答——你至今都不能回答。你不能抑制自己去喜欢那些苍凉的景物，又不能保护自己不受那种愁绪的感染。其实，你是不必那么善感的。你看，别人家都忙自己的事，偏是你要愁那不相干的愁。

年齿渐长，慢慢也会遭逢一点人事了，只是很少看到你心平气和过，并且总是带着鄙夷，看那些血气衰败到不得不心平气和的人。在你，爱是火炽的，恨是死冰的，同情是渊深的，哀愁是层叠的。但是，谁知道呢？人们总说你是文静的，只当你是温柔的。他们永远不了解，你所以爱阳光，是钦慕那种光明；你所以爱雨水，是向往那份淋漓。但是，谁知道呢？

当你读到《论语》上那句"知其不可而为之"时，忽然血如潮涌，几天之久不能安坐。你从来没有经过这样大的暴雨——在你的思想和心灵之中。你仿佛看见那位圣人的终生颠沛，因而预感到自己的一部分命运。但你不能不同时感到欣慰，因为许久以来，你所想要表达的一个意念，竟在两千年前的一部典籍上出现了。直到现在，一想起这句话，我心里总激动得不能自已。你真是傻得可笑，你。

凭窗望去，雨已看不分明，黄昏竟也过去了。只是那清晰的声音仍然持续着，像乐谱上一个延长符号。那么，今夜又是一个凄冷的雨夜了。你在哪里呢？你愿意今宵来入梦吗？带我到某个旧游之处去走走吧！南京的古老城墙是否已经苔滑？柳州的峻拔山水是否也已剥落？

下一次写信是什么时候呢？我不知道。当有一天我老了，或许会写一封很长的信给你呢！我不希望你接到一封有谴责意味的信，我是多么期望能写一封感谢和赞美的信啊！只是，那时候的你配得到它吗？

雨声滴答，寥落而美丽。在不经意的一瞥中，忽然发现小室里的灯光竟这般温柔；同时，在不经意的回顾里，你童稚的光辉竟也在遥远的地方闪烁。而我呢？我的光芒呢？真的，我的光芒呢？在许多年之后，当我桌上这盏灯燃尽了，世人还有没有其他的光呢？哦，我的朋友，我不知道那么多，只愿那时候你我仍发着光，在每个黑暗凄冷的雨夜里。

同巷人

巷子口住着个老人，也许不怎么老，弄不清楚。二十多年前我初来的时候他就是那张脸，现在好像也没有添风加霜。但二十多年前我为什么就认定他老呢？大概因为他长着两道又长又白的眉毛吧。也许并不是因为这个，也许是因为那时候我才二十几岁，只要看到四十多岁的人，全都"一视同仁"，归为老类。

我跟他从没打过招呼，倒是起过一场小冲突。那天我停车，停在他家墙外，他出来干涉。下面便是我们的对话实录。

"你不可以停在这里。"

"为什么？"

"因为我们家有车要来。"

"你认为这个位子是你家的吗？"

"不是。"

"不是你的，为什么不准我停呢？"

"你停这里，那我家的车要停哪里？"

"可是，这是你家的停车位吗？"

"不是。"

"不是你的，为什么我不可以停？"

"你停这里，那我家的车要停哪里？"

这番对话反反复复说了七八次，我简直恐慌起来，唐代诗人形容爱情，曾写下这样缠绵悱恻的句子：

天长地久有时尽，此恨绵绵无绝期。

其实，那是胡说，天地都没有了，人也化烟化尘了，"恨"，哪里还能找得到它依附着身的所在呢！

其实说起来，数学才比较可怕，因为数学是"真理中的真理"。就算太阳死了，月亮老了，银河不复存在了，1+1=2 的道理是不能改的。而且，22÷7 也是永远除不完的，循环小数的可怕可畏便在这里。真的，"天长地久有时尽，此'数'绵绵无绝期"。

我跟那老人的对话，其可怕之处便在于是个生生不息的循环小数，可以永世永劫、地老天荒地演绎下去。

其实，我当时完全知道该怎么做，我应该悍然把车停妥，然后砰的一声关上门，斩钉截铁地对他说：

"你家的车要停到哪里？我管你！你大爷自家有停车位，你就去神气！你没停车位，你就大街小巷慢慢找去吧，关我何事？这位子先到先停，我停定了！"

无奈我可恨的教养又使我嗫嗫嚅嚅不能出口骂一个老人，想好好沟通又立刻陷入对方可怕的逻辑里。算了，我认栽，我走。我不是怕他，我怕循环小数，我怕地老天荒。

这事就这样过去了，岁月悠悠，一年后，我看到他家门口贴出"严制①"的白纸条。谁死了？大概就是他吧？而人死了，门口不免搭起棚子，吹吹打打，于是巷头巷尾又被丧家拦起，车子又不能停了。

我终于明白，都市邻居，二三十年混下来，其实也只讲得上一两次话罢了。而这所谓的一两次，居然还包括争吵。

好在一年前的那一次，我没有跟他扯破脸。人生苦短，宇宙浩渺，"让他一（车）位又何妨"。也许那天他远方的儿子或女儿来看他，他才紧张兮兮地预留车位吧。

绕过丧棚，我把车子停到临近的巷子里。法事正锣鼓喧天，师公踢翻小火炉，只见满地红炭乱滚，在夜色中闪着诡异的微光。炉上炖着的药罐子也当啷一声，砸得粉碎。据说，如此便意味着和药罐终于告别了，从此得大自在之躯。

天色愈来愈黑，冥纸轰然的焰光中，不知怎的，那张写着"严制"两字的白纸，竟微微泛起柔和的浅红色来，仿佛在办一场喜丧。

---

① 严制：严令，君令。古时礼俗，家中父亲过世，则称"严制"；母亲过世，则称"慈制"，并以白纸书写，张贴于大门之上。

行道树

每天，每天，我都看见它们，它们是已经生了根的——在一片不适于生根的土地上。

有一天，一个炎热而忧郁的下午，我沿着人行道走着，在穿梭的人群中，听自己寂寞的足音。忽然，我又看到它们；忽然，我发现，在树的世界里，也有那样完整的语言。

我安静地站住，试着去了解它们所说的一则故事：

我们是一列树，立在城市的飞尘里。

许多朋友都说我们是不该站在这里的，其实这一点，我们知道得比谁都清楚。我们的家在山上，在不见天日的原始森林里。而我们居然站在这儿，站在这双线道的马路边，这无疑是一种堕落。我们的同伴都在吸露，都在玩凉凉的云。而我们呢？我们唯一的装饰，正如你所见的，是一身抖不落的煤烟。

是的，我们的命运被安排定了，在这个充满车辆与烟囱的工业城里，我们的存在只是一种悲凉的点缀。但你们尽可以节省下你们的同情心，因为，这种命运，事实上也是我们自己选择的——否则我们不必在春天勤生绿叶，不必在夏日献出浓荫。神圣的事业总是痛苦的，但是，也唯有这种痛苦能把深度给予我们。

当夜来的时候，整个城市里都是繁弦急管，都是红灯绿酒。而我们在寂静里，我们在黑暗里，我们在不被了解的孤独里。但我们苦熬着把牙龈咬得酸疼，直等到朝霞的旗冉冉升起，我们就站成一列致敬——无论如何，我们这城市总得有一些人迎接太阳！如果别人都不迎接，我们就负责把光明迎来。

这时，或许有一个早起的孩子走过来，贪婪地呼吸着鲜洁的空气，这就是我们最自豪的时刻了。是的，或许所有的人早已习惯于污浊了，但我们仍然固执地制造着不被珍惜的清新。

落雨的时分也许是我们最快乐的，雨水为我们带来故人的消息，在想象中又将我们带回那无忧的故林。我们就在雨里哭泣着，我们一直深爱着那里的生活——虽然我们放弃了它。

立在城市的飞尘里，我们是一列忧愁而又快乐的树。

故事说完了，四下寂然。一则既没有情节也没有穿插的故事，可是，我听到它们深深的叹息。我知道，那故事至少感动了它们自己。然后，我又听到另一声更深的叹息——我知道，那是我自己的。

一只丑陋的狗

久雨乍晴，春天的山径上鸟腾花喧，无一声不是悦耳之声，无一色不是悦目之色。

忽然，跑来一只狗，很难看的狗，杂毛不黑不黄脱落殆半，眼光游移戒惧，一看就知道是野狗。经过谨慎的分析，它断定我是个无害的生物，便忽然在花前软趴趴地躺下，然后扭来扭去地打起滚来。

我的第一个反应是厌恶，因为这么好的阳光，这么华灿的春花，偏偏加上这么一只难看的狗，又做着那么难看的动作！

但为了那花，我一时不忍离去。奇怪的是，事情进行到第二步，我忽然觉得不对了，那丑狗的丑陋的动作忽然令我瞠目结舌，因为我清楚地感知，它正在享受生命，它在享受春天，我除了致敬，竟不能置一词。它的身体先天上不及老虎花豹俊硕华丽，后天的动作又不像受过舞蹈训练的人可以有其章法，它只是猥猥琐琐地在打滚——可是，那关我什么事！它是一只老野狗，它在大化前享受这一刻的春光，在这个五百万人的城市里，此刻是否有一个

第
二
辑

种
种
有
情

人用打滚的动作对上帝说话：

"你看！我在这里，我不是块什么料，我活得很艰辛，但我只要有一口气在，我就要在这阳光里打滚，撒欢。我要说，我爱，我感谢。我不优美，但我的欢喜是真的。"

没有，城市族类是惯于忘恩负义的，从不说一句感谢，即使在春天。

那一天，群花在我眼前渐渐淡出，只剩那只老丑狗，在翻滚唱歌，我第一次看懂了那么丑陋的美丽。

第三辑

生命，以什么单位计量

生命，以什么单位计量

这是一家小店铺，前面做门市，后面住家。

星期天早晨，老板娘的儿子从后面冲出来，对我大叫一句：

"我告诉你，我的电动玩具比你多！"

我不知道他在跟谁说话，四面一看，店里只我一人，我才发现，这孩子在跟我作现代版的"石崇斗富"。

"你的电动玩具都是小的，我的，是大的！"小孩继续叫阵。

老天爷，这小孩大概太急于压垮人，于是饥不择食，居然来单挑我，要跟我比电动玩具的质跟量。我难道看起来像一个玩电动玩具的小孩吗？我只得苦笑了。

"我告诉你，我根本没有电动玩具！"我弯腰跟那小孩说，"一个也没有，大的也没有，小的也没有——你不用跟我比，我根本就没有电动玩具。告诉你，我一点也不喜欢电动玩具。"

小孩目瞪口呆地望着我，正在这个时候，小孩的爸爸在里面叫他：

"回来，不要烦客人。"

（奇怪的是他只关心有没有哪一宗生意被这小鬼吵掉了，他完全没想到说这种话的儿子已经很有毛病了。）我不能忘记那小孩惊奇不解的眼神。大概，这正等于你驰马行过草原有人拦路来问：

"远方的客人啊，请问你家有几千骆驼？几万牛羊？"

你说："一只也没有，我没有一只骆驼、一只牛、一只羊，我连一只羊蹄也没有！"

又如雅美人问你："你近年有没有新船下水？下水礼中你有没有准备足够多的芋头？"你却说：

"我没有船，我没有猪，我没有芋头！"

这是一个奇怪的世界。计财的方法或用骆驼，或用芋头，或用田地，或用妻妾，至于黄金、钻石、房屋、车子、古董——都是可以计算的单位。

这样看来，那孩子要求以电动玩具和我比，大概也不算极荒谬吧！

可是，我是生命，我的存在既不是"架""栋""头""辆"，也不是"亩""艘""匹""克拉"等等单位所可以称量评估的啊！

我是我，不以公斤，不以厘米，不以智商，不以学位，不以畅销的"册数"来评估。我，不纳入计量单位。

月，阙也

"月，阙也"，那是一本二千年前的文学专著的解释。阙，就是"缺"的意思。

那解释使我着迷。

曾国藩把自己的住所题作"求阙斋"，求缺？为什么？为什么不求完美？

那斋名也使我着迷。

"阙"有什么好呢？"阙"简直有点像古中国性格中的一部分，我渐渐爱上了阙的境界。

我不再爱花好月圆了吗？不是的，我只是开始了解花开是一种偶然，但我同时学会了爱它们月不圆花不开的"常态"。

在中国的传统里，"天残地缺"或"天聋地哑"的说法几乎是毫无疑问地被一般人所接受。也许由于长期的患难困顿，中国神话对天地的解释常是令人惊讶的。

在《淮南子》里，我们发现中国的天空和中国的大地都是受过伤的。女娲以其柔和的慈手补缀抚平了一切残破。当时，天穿了，女娲炼五色石补了天。地摇了，女娲折断了神鳌的脚爪垫稳了四极（多像老祖母叠起报纸垫桌子腿）。她又像一个能干的主妇，扫了一堆芦灰，止住了洪水。

中国人一直相信天地也有其残缺。

我非常喜欢中国西南部有一少数民族的神话，他们说，天地是男神女神合造的。当时男神负责造天，女神负责造地。等他们各自分头完成了天地而打算合在一起的时候，可怕的事发生了：女神太勤快，她们把地造得太大，以至于跟天没办法合得起来了。但是，他们终于想到了一个好办法，他们把地折叠了起来，形成高山低谷，然后，天地才虚合起来了。

是不是西南地区的崇山峻岭给他们灵感，使他们想起这则神话呢？

天地是有缺陷的，但缺陷造成了皱褶，皱褶造成了奇峰幽谷之美。月亮是不能常圆的，人生不如意事十之八九，当我们心平气和地承认这一切缺陷的时候，我们忽然发觉没有什么是不可以接受的。

在另一则汉民族的神话里，说到大地曾被共工氏撞不周山时撞歪了——从此"地陷东南"，长江黄河便一路浩浩荡荡地向东流去，流出几千里的惊心动魄的风景。而天空也在当时被一起撞歪了，不过歪的方向相反，是歪向西北，据说日月星辰因此哗啦一声大部分都倒到那个方向去了。如果某个夏夜我们抬起头看，忽然发现群星灼灼然的方向，我们就会相信，属于中国的天空是"天倾西北"的吧！

五千年来，汉民族便在这歪倒倾斜的天地之间挺直脊梁生活下去，只因我们相信残缺不但是可以接受的，而且是美丽的。

而月亮，到底曾经真正圆过吗？人生世上其实也没有看过真正圆的东西，一张葱油饼不够圆，一块镍币也不够圆，即使是圆规画的圆，如果用高倍显微镜来看也不可能圆得很完美。

真正的圆存在于理念之中，而在现实世界里，我们只能做圆的"复制品"。就现实的操作而言，一截圆规上的铅笔芯在画圆的起点和终点时，已经粗细不一样了。

所有的天体远看都呈球形，但并不是绝对的圆，地球是约略近于椭圆形。

就算我们承认月亮约略的圆光也算圆，它也是"方其圆时，即其缺时"。犹如十二点整的钟声，当你听到钟声时，已经不是十二点了。

此外，我们更可以换个角度看。我们说月圆月缺其实是受我们有限的视觉所欺骗的。有盈虚变化的是月光，而不是月球本身。月何尝圆，又何尝缺，它只不过像地球一样不增不减地兀自圆着——以它那不十分圆的圆。

花朝月夕，固然是好的，只是真正的看花人哪一刻不能赏花？在初生的绿芽嫩嫩怯怯地探头出土时，花已暗藏在那里。当柔软的枝条试探地在大气中舒手舒脚时，花隐在那里。当蓓蕾悄然结胎时，花在那里。当花瓣怒张时，花在那里。当香销红黯委地成泥的时候，花仍在那里。当一场雨后只见满丛绿肥的时候，花还在那里。当果实成熟时，花恒在那里；甚至当果核深埋地下时，花依然在那里。

或见或不见，花总在那里。或盈或缺，月总在那里。不要做一朝的看花人吧！不要做一夕的赏月人吧！人生在世哪一刻不美好完满？哪一刹那不该顶礼膜拜感激欢欣呢？

因为我们爱过圆月，让我们也爱缺月吧——它们原是同一个月亮啊！

人生的什么和什么

她的手轻轻搭在方向盘上，外面下着小雨。收音机正转到一个不知播报什么内容的频道上，漫溢出来的是安静的古典小提琴声。

前面是隧道，车流如水，汇集入洞。

"各位亲爱的听众，人生最重要的事其实只有两件，那就是……"

主持人的声音向例是华丽明亮的，何况她正在义无反顾地宣称这项真理。

她其实也愿意听听这项真理，可是，这里全是隧道，全长五百米，要四十秒钟才走得出来，隧道里面声音断了，收音机只会嗡嗡地响。她忽然烦起来，到底是哪两项呢？要猜，也真累人，是"物质与精神"吗？是"身与心"吗？是"爱情与面包"吗？是"生与死"吗？或"爱与被爱"？隧道里不能倒车，否则她真想倒车出去听完那段话再进来。

隧道走完了，声音重新出现，是音乐，她早料到了四十秒太久，按一分钟二百字的播报速度来说，播音员已经说了将近一百五十个字了，一百五十字，什么人生道理不都给她说完了吗？

她努力去听音乐，心里想，也许刚才那段话是这段音乐的引言，如果知道这段音乐，说不定也可以猜出前面那段话。

音乐居然是《彼得与狼》——这当然不会是答案。

依照她的个性，她知道自己会怎么做，她会再听下去，一直听到主持人播报他们电台和节目的名字，然后，打电话去追问漏听的那一段，主持人想必也很乐意回答。

可是，有必要吗？四十岁的人了，还要知道人生最重要的事是"什么和什么"吗？她伸手关上了收音机，雨大了，她按下雨刷。

我捡到了一张身份证

似乎，事情如果不带三分荒谬，就不足以言人生。

有个朋友Y，明明是很好的水墨画家，却有几分邋遢习性，画作上不知怎的就会滴上几点不经意而留下的墨迹，设计家W评此事，说：

"嗯，这好，以后鉴定他的画就凭这个，不滴几滴墨点的，就不算真迹。"

圣人的生命里充满圣迹，伟人的生命里写满了勋业，但凡人的生命则如我那位朋友的画面，一方面纵横着奇笔诡墨，一方面却总要滴上几滴无奈的浓浓淡淡的黑墨点子。

就像黑子是太阳的一部分，墨点也必须被承认为画面的一部分。唉！我且来说说我近日生活中的一滴晕散在素面画纸上的墨点吧！

事情是这样的，我的身份证掉了，我自己并不知道，直到有一天我去办公室影印一份唐诗资料才惊觉。那资料是一首短歌谣，只占半页。我环保成性，总认为剩下半页太可惜（虽然用的是旧纸的反面），便打算找出身份证来凑合着印，反正，身份证复印件是个不时需要的文件。

但是，糟糕，它竟然不在我的皮包里。我匆匆印完资料，把自己从《全唐诗》的巨帙里拉回现实，并且追想我最后一次看到身份证是在什么时候。啊，身份证真是一件诡异的事物。我是我，我确确实实地活着，然而一旦没有那张巴掌大的小东西来证明我是我，我就会忽然变得什么都不是。

一百六十厘米的一个人没人承认，人家只承认六厘米乘以九厘米的那张小纸片。

唉，我的那张小纸片在哪里呢？我把资料丢在一旁，苦思冥想起来，一时大有"不了此事，誓不为人"的气概。想着想着，倒也被我想起一些端倪来了。上一次，好像是去电视台，上杨照的节目，事后得了一笔钱，他们曾跟我要身份证复印件供报账，我便去复印了给他们。

然而，那一次，我是在哪里复印的呢？会不会复印完了我就把它放在复印机里忘了拿走了？想到这里不禁悲从中来，觉得在此茫茫五百万人口的大城市里，走失了一个"我"。也不知这个"我"流落何方，为何人所捡拾。悲伤啊！我怎么都不知道"我"已成为失踪人口！

我似乎是在统一超商复印的，家附近这种店有好几家。趁着一个不用上班的星期天，我挂着一副悲戚的面容去一一走访，仿佛去寻找"失踪老人"或"失踪小孩"。我殷殷地打听："请问有没有人在复印机里捡到一张身份证？"

咦？原来还真有。好心的店员拿给我看，有身份证，也有驾照，然而那一把证件上的人都不是我。我瞪着照片上那一双双的眼睛默默致意，希望它早日给认领回去。我继续一家家去找，终于绝望了，黯然返家。

仿佛是一场"自我追寻"的心理游戏，却碰了壁。我找不到"我"了，"我"消失了。更可怕的是，"我"可能沦落了。

这才开始悲伤起来，听说有人专盗人家身份证去冒用，我的不必盗，只消捡就可以了。被冒用的身份证会变成什么下场呢？听说有的会卖给非法入境的人，而非法入境的女人会和色情业挂钩，于是会有一个"我"出现在风月场中，这种事只是想象一下也令人魂飞魄散！又听说有人会拿这种身份证去注册公司，于是"我"就成了董事长，人家就利用"我"去骗财，不久，"我"就有了上亿的债务！啊，那张出走的"我"是可能给人家逼着去干出各种事来的啊！"我"可以是任何人家派定的角色！

第二天是星期一，我下定决心去户政事务所跑一趟，万事之急，莫如此事之急。总算我还有一张户籍誊本、一枚印章和三张照片来作为辅佐证据，证明我自己的确是一具活着的合法生物。

我估量了一下时间，电话中他们虽保证只消半小时就会办好补发手续，但加上来去的车程，少说也要花掉一个半小时。而一个半小时是生命中多么不可弥补的损失啊！这一个半小时如果拿来对月、当花、与朋友聊电话、为自己煮一餐色香味俱佳的海鲜意大利面、对着公园里一只小鸟发痴发愣都不算浪费，唯独拿去办人间烦琐无聊的手续才真是冤哉枉也！

我一面换衣服一面恨自己，恨自己糊涂大意，因此必须付上一个半小时的"生命损耗"以为惩罚。要知道，这一个半小时是永世永劫都扳不回来的啊！我感到像守财奴掉了金子一般揪心扒肝地痛。

衣服是一套去年在广西阳朔外贸街买的水洗丝休闲服。外贸街，是我取的名字，其实是条老街，但专做老外的生意。这件衣服介于蓝色与绿色之间，郁郁的，像阴天的海水。衣服的质地极其柔软，触手柔滑如液体，我的心情稍稍好了一点。当下决定办完手续便去朋友推荐的一家咖啡店，享受一杯咖啡，外加一块玫瑰蛋糕。他在诗作里曾经提过"玫瑰饼"害我垂涎，事后他对我坦白说，其实是玫瑰蛋糕，但因为押韵，所以改成"玫瑰饼"。诗人也真有点可恶，为了押韵竟篡改事实，散文家就比较老实。

但是，且慢，如果去喝咖啡，岂不浪费的时间更多了吗？不，对我而言，喝咖啡不叫浪费时间。生活里的许多事都像音乐上的板眼，一个小节接着一个小节，一个二分音符等于两个四分音符，一切都得照节奏来，徐疾不得有误。但喝咖啡的时间等于是那个延长符号，而延长符号是不纳入节拍的，你爱拉多长便拉多长，它是时间方面的"外国租界"地，不归本土管辖。它又像打篮球时叫一声"暂停"，于是那段时间便不计在分秒必争的战局里。

然而，荒谬的事情发生了！就在此刻，正在我要离家去补办身份证时，却忽然觉得夹克的内层口袋里有个怪怪的硬卡，伸手一摸，天哪，竟是我那"众里寻他千百度"的身份证，我以为自己永世再也见不到的"我"。证上的旧日照片与我互视良久，我把它重新放入皮包。喜悦兴奋当中也不免微微失望，因为不必出门了，那杯咖啡也就取消了。

这天早上我感觉恍若捡到了一张身份证，而既然有了这张身份证，我便可以冒用上面的数据好好活下去！我好像又有理由来凭恃而可以在这个城市里立足了。我捡到了一个"我"，在我以为我们彼此已失之交臂的刹那。重逢不易，自宜珍惜。

这场前因后果说来真有点荒谬，不过，我不是已经说过了吗？事情如果不带三分荒谬，就不足以言人生。

好，我这样告诉自己：

我捡到了一张身份证，在我夹克的内层口袋里。仔细勘验一下，这身份证上的女子其实蛮不错哩！

她有个令人怦然心动的职业，她是个文学教师，她可以凭着告诉别人何以"庭院深深深几许"是个美丽的句子而谋得衣食。让我且来冒充她，好好登坛说法，好让顽石也点头。

她且有个不错的男子为丈夫，让我也来扮演她，跟这个男子结缘相处。

还有，她的住址也令我羡慕，我打算顶她的名，替她住在那栋能遮风避雨的好屋子里，并且亲自浇灌她养大的兰花和马拉巴栗树。啊！容许我来认真地做一做她吧！

大型家家酒

我还想在瓦斯炉下面做一个假的老式灶，小时候读刘大白的诗，写村妇的脸被灶火映红的动人景象，我拒绝不了老灶的诱惑，竟走遍台北找一只生铁铸的灶门……

事情好像是从那个走廊开始的。

那走廊还算宽，差不多两米宽，六米长，在寸土寸金的台北似乎早就有资格摇身变为一间房子了。

但是，我喜欢一条空的走廊。

可是，要"空"，也是很奢侈的事。前廊终于沦落成堆栈了，堆的东西全是那些年演完戏舍不得丢的大件，譬如说，一张拇指粗的麻绳编的大渔网，曾在《武陵人》的开场戏里象征着挣扎郁结的生活的。两块用扭曲的木头做的坐墩，几张导演欣赏的白铁皮，是在《和氏璧》中卞和妻子生产时用来制造扭曲痉挛效果的……那些东西在舞台上，在声光电化所组成的一夕沧桑中当然是动人的，但堆在一所公寓四楼的前廊上却猥琐肮脏，令人一进门就为之气短。

事情的另外一个起因是家里发生了一场灾祸，那就是余光中先生所说的"书灾"。两个人都爱书，偏偏所学的专业又不同，于是各人买各人的。原有的书柜放不下，弄得满坑满谷，举步维艰。可恨的是，下次上街，一时兴奋，又忘情地肩驮手抱地成堆地买了回来。

当然，说来书也有一重好处，那时新婚，租了个旧式的榻榻米房子，前院一棵短榕树，屋后一片猛开的珊瑚藤，在树与藤之间的三十三平方米的空间我们也不觉其小，如果不是被左牵右绊弄得人跌跌撞撞的书堆逼急了，我们不会狗急跳墙想到去买房子。不料这一买了房子，才发现自己数年之间也糊里糊涂地有了"百万身价"了。邱永汉①说"贫者因书而富"，在我家倒是真有这么回事，只是说得正确点，应该是"贫者因想买房子当书柜而富"。

若干年后，我们陆续添了些书架。

又若干年后，我把属于我的书，一举搬到学校的研究室里，逢人就说，我已经安排了"书的小公馆"。书本经过这番大移民倒也相安了一段时候。但又过了若干年，仍然"书口膨胀"，我想来想去，打算把一面九尺高、二十尺长的墙完全做成书墙。

那时刚放暑假，我打算要好好玩上一票，生平没有学过室内装潢，但隐隐约约只觉得自己会喜欢上这件事。原来的计划只是整理前廊，并做个顶天立地的书橱，但没想到计划愈扯愈大。"一室之不治，何以天下为"？终于决定全屋子大翻修。

天热得要命，我深夜静坐，像入定的老僧，把整个房子思前

---

① 邱永汉：本名邱炳南，1924 年生于台湾，1954 年移居日本，2012 年逝世。现代著名的投资家、经济评论家、作家。著有《如何成为有钱人》《只有钱知道》等。

想后参悟一番。一时之间，屋子的前世此世和来世都来到眼前，于是我无师自通地想好了步骤，第一，我要亲自到全台北市去找材料，这些年来我已经愈来愈佩服"纯构想"了，如果市面上没有某种材料，设计图的构想就不成立。

我先去找瓷砖，有了地的颜色比较好决定房间的色调。瓷砖真是漂亮的东西——虽然也有让人恶心想吐的那种。我选了砖红色的窑变小方砖铺前廊，窑变砖看起来像烤得特别焦脆的香喷喷的小饼，每一条纹路都仿佛火的图案。厨房铺土黄，浴室则铺深蓝的罗马瓷砖，为了省钱算准了数目只买二十七块。

两个礼拜把全台北的瓷砖看了个饱，又交了些不生不熟的卖瓷砖的朋友，我觉得无限得意。

厨房流理台①的估价单出来了，光是不锈钢厨具竟要七八万，我吓呆了，我才不买那玩意，我自有办法解决。

到建国南路的旧料行去，那里原是我平日常去的地方，不买什么，只是为了转来转去地去看看那些旧木料。桧木、杉木、香樟……静静地躺在阳光下，蔓草间。那天下午我驾轻就熟地去买了一条八尺长的旧杉木，只花了三十块钱。原想坐计程车回家，不料木料太长，放不进去，我就扛着它在夕阳时分走到信义路去搭公交车，姿势颇像一个扛枪的小兵。回到家把木头刷上透明漆，纹理斑节像雕塑似的全显出来了，真是好看。我请工人把木头钉在墙上，木头上又钉些粗铁钉（那种钉有手指粗，还带一个九十

---

① 厨房流理台：亦称料理台或厨房台面，是厨房中用来洗菜、准备原料、临时摆放厨具的台面。

度的钩，我在重庆北路买到的，据说原来是钉铁轨用的），水壶、水罐、平底锅就挂在上面，颇有点美国殖民地时期的风味。

其实，白亮的水壶，以及高雄船上买回来的大肚水罐都是极漂亮的东西，花七八万块钱买不锈钢厨具来把它们藏起来太可惜了。我甚至觉得一只平底锅跟一个花钵是一样亮眼的东西，大可不必藏拙。

我决定在瓦斯炉下面做一个假的老式柜，我拒绝不了老灶的诱惑。小时候读过刘大白的诗，写村妇的脸被灶火映红的动人景象，不知道是不是那首诗作怪，我竟然真的傻里傻气地满台北去找生铁铸的灶门。有人说某个铁厂有，有人说莺歌有，有人说后车站有，有人说万华有……我不管消息来源可靠不可靠，竟认真地一家一家地去问。我走到双连，那是我小时候住过的地方，走着走着，二三十年前的台北在脚下像浪一样地涌动起来。我曾经多爱吃那圆圆的中间有个小洞的小芝麻饼（咦！现在也不妨再买个来吃呀），我曾在挤得要死的人群里惊看野台戏中的蚌壳精如何在翻搅的海浪中载浮载沉。铁路旁原来是片大泥潭，那些大片的绿叶子已经记不得是芋头叶还是荷叶了，只记得有一次去采叶子几乎要陷下去，愈急愈拔不出脚来……

三十年，一个小女孩走着走着，走成一个妇人，双连，仍是熙熙攘攘的双连。而此刻走着走着，竟像变魔术似的，又把一个妇人变回一个小女孩。

天真热，我一路走着，有点忘记自己是出来买灶门的了，猛然一惊，赶紧再走，灶门一定要买到，不然就做不成灶了。

"灶门是什么？"一个年轻的伙计听了我的话高声地问他的老板。

我继续往前走，那家伙大概是太年轻了。

"你跟我到后面仓库去看看。"终于有一位老者答应我去翻库存旧货。

"唉哟，"他唠唠叨叨地问着，"台北市哪有人用灶门，你是怎么想到用灶门的？"天，真给他翻到了！价钱他已经不记得了，又在灰尘中去翻一本陈年账簿。

我兴冲冲地把灶门交给工人去安装，他们一直不相信这东西还没有绝迹。

灶门里头当然没有烧得哗哗剥剥的木柴，但是我也物尽其用地放了些瓶瓶罐罐在肚子里。

不知道在台北市的万千公寓里，有没有哪个厨房有一个"假灶"的。我觉得在厨房里自苦了这么多年，用一个棕红色瓷砖砌的假灶来慰劳一下自己，是一件言之成理的事。自从有了这个灶，丈夫总把厨房当作观赏胜地引朋友来看，有些人竟以为我真的有一个灶，我也不去说破它。

给孩子们接生的大夫退休了，他有始有终地举行了告别仪式。没过多久，那栋原来作为医院的日式房子就拆了。有一天，我心血来潮，想去看看那房子的旧址。曾经也是夏天，在那栋房子里，大夫告诉我初孕的讯息，我和丈夫，一路从那巷子里走出来，回家，心里有万千句话……孩子出生，孩子在那小小的婴儿磅秤^①上愈

———————
① 磅秤：台秤。

秤愈大，终于大到快有父母高了……

而医院，此刻是废墟，我想到那邈远的生老病死……

忽然，我低下头来，不得了，我发现了一些被工人拆散的木雕了，我趴在地上仔细一看，禁不住怦然心动，这样美丽！一幅松鼠葡萄，当下连忙抱了一堆回家。等天色薄暮了，才把训练尚未有素而脸皮犹薄的丈夫拉来，第二次的行动内容是拔了一些黄金葛，并且扛了一些乡下人坐的那种条凳，浩浩荡荡而归。

那种旧式的连绵的木雕有些破裂，我们用强力胶粘好，挂在前廊，又另外花四十元买了在旧料行草丛里翻出来的一块棕色的屋角瓦，也挂在墙上。兴致一时弄得愈来愈高，把别人送的一些极漂亮的装潢参考书都傲气十足地一起推开，那种书看来是人为占地两英亩①的房子设计的，跟我们没有关系，我对自己愈来愈有信心了。

我又在邻巷看中了一个陶瓮，想去"骗"来。

我走到那户人家门口，向那老太婆买了一盆一百块钱的植物。她是个"业余园艺家"，常在些破桶烂缸里种些乱七八糟的花草，偶然也有人跟她买，她的要价不便宜，但我毫不犹豫地付了钱，然后假装漫不经心地指着陶瓮说：

"把那个附送给我好不好？"

"哦，从前做酒的，好多年不做了，你要就拿去吧！"

我高兴得快要笑出来，牛刀小试，原来我也如此善诈。她以为我是嫌盆栽的花盆太小，要移植到陶瓮里去。那老太婆向来很

---

① 两英亩：将近 8100 平方米。1 英亩等于 4046.86 平方米。

计较，如果让她知道我爱上那只陶瓮，她非猛敲一记不可。

陶瓮虽然只有尺许高，容量却惊人。过年的时候，我把向推车乡下人买来的大白菜和萝卜全塞进去，隐隐觉得有一种沉甸甸喜孜孜的北方农家地窖里的年景。

过年的时候存放阳明山橘子的是一口小水缸，那缸也是捡来的，巷子里拆违章建筑的时候，原主人不要的。缸平日放我想看而一时来不及看的报纸。

我们在桶店买了两个木桶，上面还有竹制的箍子，大的那只装米，小的那只装糖。我用茶褐色的涂桶子的杉木料将其涂得旧兮兮的，放在厨房里。

婆婆有一只黑箱子，又老又笨，四面包着铁角，婆婆说要丢掉，我却喜欢它那副笨样子，要了来，当起居室的茶几。箱子里面是一家人的小箱子，我一直迷信着“每个孩子都是伴着一只小箱子长大的”，一只蝉壳，一张蝴蝶书笺，一个茧，一块石头，那样琐琐碎碎的一只小盒子的牵挂。然后，人长大了，盒子也大了，一口锅，一根针，一张书桌，一面容过两个人三个人四个人的镜子……有一天才发现箱子大成了房子，男孩女孩大成了男人女人，那个盒子就是家了。

我曾在彰化买过五个磬，由大到小一路排下去，现在也拿来放在书架上，每次累了，我就依次去敲一下，一时竟有点“古木无人径，深山何处钟”的错觉。

我一直没发现玩房子竟是这么好玩的，不知道别人看来，像不像在办“家家酒”？原来不搞壁纸、不搞地毯也是一种室内设计。

　　我第一次一个人到澎湖去的时候，曾惊讶地站在一家小店门口。

　　"那是什么？"

　　"鲸鱼的脊椎骨，另外那个像长刀的是鲸鱼的肋骨。"

　　"怎么会有鲸鱼的骨头？"

　　"有一头鲸鱼，冲到岸上来，不知怎么死了，后来海水冲刷了不知多少年，只剩下白骨了。有人发现后捡了来，放在这里卖。要是刚死的鲸鱼，骨头里全是油，哪里能碰！"

　　"脊椎骨一截多少钱？"

　　"大的一截六百。"

　　我买了个最大的来，那样巨大的脊椎节，分三个方向放射开来，有些生物即使死得只剩骨头也还是很有尊严很高贵的。

　　我第二次去澎湖的时候，在市场里转来转去，居然看到了一截致密的竹根牛轭，喜欢得不得了。我一向以为只有木料才可以做轭，没想到澎湖的是牛拉竹轭。

　　"你买这个干什么？"

　　虽然我也跟别人一样付一百八十元，可是老板非常不以为然。我想告诉他，有一本书，叫《圣经》，其中"马太福音"里有一段是这样说的：

　　"你们应当负我的轭，学我的样式。"

　　我又想说：

　　"负轭犁田的，岂止是牛。我们也得各自负起轭来，低着头，慢慢地走一段艰辛悠长的路。"

但我什么也没有说，只一路接受些并无恶意的怪笑，和丈夫把那副轭背回台北来。

对于摆设品，我喜欢诗中"无一字无来历"的办法，也就是说，我喜欢有故事有出身的东西。

而现在，鱼骨在客厅茶几上，像一座有宗教意味的香炉。轭在高墙上挂着，像一枚"受苦者的图腾"。

床头悬的是一个箩筛，因为孔多，台湾人结婚时用它预兆百子千孙。我们当然不想百子千孙，只想二子四孙，所以给筛子找了个"象征意义"，筛子也可以表示"精神绵延"。不过，这些都无关紧要，基本上我是从普通艺术的观点来惊看筛子的美感。筛子里放了两根路过新墨西哥州买的风干红玉米和杂鱼玉米。两根印第安人种的玉米，怎么会跑到中国人编的箩筛里来？也只能说是缘分吧！人跟物的聚散，或者物跟物的聚散，除了用缘分，你又能用什么解释呢？

除了这些，还有一种东西，我魂牵梦萦，却弄不到手，那就是石磨。太重了，没有缘，只好算了。

丈夫途经中部乡下买了两把秫秸扫把，算是对此番天翻地覆的整屋事件（作业的确从天花板弄到地板）的唯一贡献。我把它们分别钉在墙上，权且当作画。帚加女就是"妇"，想到自己做了半生的执帚人，心里渐渐浮起一段话，托人去问台静农先生可不可以写，台先生答应了，那段话是这样的："杜康以秫造酒，余则制帚（秫秸扫把为取秫造酒后的余物）。酒令天下独，帚令万古清。吾欲倾东海洗乾坤，以天下为一洒扫也。"

　　我时而对壁发呆，不知怎么搞的，有时竟觉得台先生的书法已经悬在那里了，甚至，连我一直想在卧房门口挂的"有巢"和厨房里挂的"燧人"斗方，也仿佛一并写好悬在那里了——虽然我还迟迟没去拜望书法家。

　　九月开学，我室内设计的狂热慢慢冷了，但我一直记得，那个暑假我玩房子玩得真愉快。

窃 据

　　下课铃响了，那时是六月，时间是正午，那堂课是我学年中的最后一堂课。对，所有的唐诗宋词到此终于掩卷，屈灵均或陶渊明都请暂时引退。六月已至，熏风南来，知识且去匿身，我自有我自己的去处。

　　我跳上车，从城北直驱城南，下了车，径自进入植物园，直逼荷花池。待我屏息注目，果见千柄高荷，清艳绝伦。虽然一切皆在预料中，我仍然不觉为之动容。

　　站在池边，仿佛刚下飞机归国述职的大使，一时有很多话想跟荷花报告，有委屈，也有得意。想告诉它这一年的业绩，想告诉它美的讯息已经向学生传达。想让它知道，其实，截至目前，并没有人知道我是奉派自荷花的使者。想说，我有点累，让我再嗅一口荷香，我就能复活，就能有本事去对抗尘世中坏人所加之于我的种种的奇招怪式，并且能保住我自己婴儿般的一味灵明。

　　呀！小小的水鸟在翠叶间施展轻功

　　美丽的红蜻蜓也来认祖归宗

　　　　它们是荷花的堂兄弟

　　　　互相追叙着属于红系的高贵血统

　　仿佛听到歌声，却不见有人唱歌。

　　荷香常令我迷惑，它是如此厚实且具质感。梅香属于月光，兰香属于绝壁，菊香和田陇不分，桂花则宜于在四合院一家人初醒的韵律里含芳吐馥……但荷香是云梦大泽中升起的幻象，是神秘沼泽中冒出的魔法泡影，它的香气亦灵亦肉，令人怅怅惘惘，目夺神授，而不知所从。

　　在一本名叫《指月录》的禅书里，记载着一条奇怪的戒令，原来，对于严格律己的僧人而言，当经过别人的荷花池的时候，是不可以偷嗅荷香的。看来，他应该行闭气大法来行过花香阵，以免吸入了属于别人的馥郁。

　　啊！这一点倒提醒了我，原来荷香是值得盗取的资产，我今身在台北市植物园，所嗅的芳烈算来应属"公物"。但这番闻嗅却是天真无罪的"侵吞公物"，是高妙美丽的巧取豪夺，是不着痕迹的彻底霸占，是光明正大的蚕食鲸吞。啊！我为此而沾沾自喜。

　　对，我赤手空拳来到这世界，如果不窃据那些本来不属于我的东西，又怎能活得下去？所以，容我是偷闻荷香的现行犯，容我是偷听鸟语的惯窃，且容我是偷偷披着阳光金斗篷的一名风华老去的少年犯。

附记：是因为冷气团来袭吗？在拥着羊毛毯枯坐的冬夜，我会痴痴地想起某个六月正午的一汪池水，以及池中绝美的荷花布阵。还有那诡异的荷香，令我反刍又反刍，咀嚼不尽。原来，曾经被荷香充塞过的胸臆，也是某种永恒。

专　宠

那天早晨，天无端地晴了，使人几乎觉得有点不该。昨天才刚晴过，难道今天还有如此运气再晴一天？那阵子被早春的风风雨雨折磨怕了，竟然连阳光也不敢信任了。

从研究室的窗子望出去，相思林里已经有一两棵开了黄花，仿佛春天出了题目，那才思敏捷的便先交了卷。

到了九点钟，阳光的这份晴看起来是认真而负责的，不像会随时溜走的样子。山路经过昨天和今天的朗照，想来应该干爽了。我于是打电话叫朋友来分享后山相思林里的花香，结果一个说："妈妈病了。"另一个说："要赶着送东西给明天出国的一位太太，让她到美国的时候顺道带给姐姐。"

唉，真复杂。

还有一个更可恶，居然说："如果你昨天通知我或许还可以，今天临时不行，我的车子出去跑业务了，一时回不来。"

"活见鬼哩。"我心里想，"昨天，昨天我怎么通知你？昨天连我自己也不知道我今天想去爬山啊！别说我，连太阳老兄也没决定他要不要出来执勤呢。"

小小的旅行团组不成，我于是决定自己一个人出发。星期六的下午，一切都可以了断的一刹那，我离开书桌，循着花香的暗记一路行去。此刻只觉自己是"天下第一闲人"，又觉得自己是古代强悍的独擅专宠的嫔妃，在大化的纵容里占据一座春山做我的昭阳宫或者长生殿。

多好的事情！

每到春天，漫说大化宠我，连我自己也宠惜①起自己来。纵容自己疏懒，纵容自己不务正业，纵容自己疯疯癫癫。

前几天，和阿伦阿机疯到高速公路上去了，车近台中忽见一行羊蹄甲，一棵一棵全专心致志地开着，三个人忍不住尖声鬼叫起来。阿伦起先还忍着，终于忍不住，把车子往路旁停了下来。

"高速公路不准停车的呀！警察来了怎么办？"

"怎么办？我就说你们两个病了！"阿伦向来蛮悍。

"病了？什么病？"

"想看花的病！"

我们就那样又疯狂又安静地坐着，看风中一阵阵飘下花来，羊蹄甲的美像北地胭脂，非常凶霸，眼看它一批批往下落，树上的阵容却老也不减，这样的场面要连演一个月，它才肯换上绿叶的新戏码。

那天正坐着，一朵花蓦然叩②到扫雨器上来了，另一朵更过分，竟然穿窗而入，直直地嵌入我的发箍。

---

① 宠惜：宠爱，爱怜。
② 叩：敲；打。

看花，要乘时机啊，被花所看亦然。

所以在有花可看、有树可看的日子，疯一点，也不算过分。未来的人生功业是可以努力以致的，看花的权利却不是努力就拼得到手的。

走出研究室，由于天好，粉紫色的酢浆草和嫩黄色的小金英便开了一地。如果春天是一个美丽的、多层的大蛋糕，这些野花我想便应该看作"蛋糕的底层"——可是，不对，还有更低的底层。前些日子在植物园里，看见新荷乍浮，圆圆青青小小，像婴儿最无心机的凝视，却又因毫无心机而无不洞悉。那些水生的萍藻与荷叶，与马蹄莲，与布袋莲，都可看作最基层的春天干部。

校园真是好地方，从小学入学第一天算起，已经过了三分之一个世纪了，我从来没有离开校门一步。校园总有些花有些树有些草有孩子的歌声笛声吉他声，一年四季，看不完的时序，涌溢不尽的青春。想起前些日子在东海和一位朋友走过一大列盛开着细小白花的灌木丛，他悠然停步微笑，说："你知道吗？有时在这春天的校园里走着走着，忽然间，我就羡慕起自己来了！"

我一时愕然。这句话他不说，我亦不知，他一说，我才觉得这正该是我要说的话啊，怎么倒被他先说了！世间若真有可羡之身，岂不正是我自己吗？而此"可羡之身"不是昨日之我，不是来日之我，正是此时此刻此风此雨此花此月之间的我啊！

学校附近的这座山叫乌尖连峰，标高不过五百米，却已经足以看遍半个台北。山头是一整块大岩石，号称军舰岩，我每走到此处总想起那死于肺癌的卢光舜副院长，想他火化之后，曾将一半的骨灰撒在此处，只因这里可以守望他生前深爱的医院。这里曾有他壮年岁月最轻飏的登山脚踪①，及至骨灰飘飘也无非等于最后一次最痛快的远足。

山河之美，宫室之胜，应该与岁月与血脉与故事与人物相结合，这一点是我游罢伦敦西敏寺才知道的。随着逶迤的观光队伍看遍寺中的名人之墓，明明知道这一座一座华美的墓雕下，都有一段显赫的历史，但不管走过"血腥玛丽"或"但尼生"，心中竟硬是丝毫感动不起来。盛暑中我悄然驻足在阴凉的冢穴间，终于忍不住问了自己一个问题：

"如果现在看的不是西敏寺，而是王嫱的昭君墓，杜甫的浣花草堂，或吴季札②生死无违的挂剑台，我会不会也如此反应木然呢？"

不料只此一念，竟已心血沸腾，不能自抑。当下才明白原来有些"不亲"的东西即使面面相觑，也自不亲，必须有亲有分的东西才足以惊心动魄。

军舰岩如巨艨③，在粉碧翠绿的山林巨浪中独航，本来已是一番美景，现在却因前人的风范和遗爱而益发有情有义起来。

有一种小花，白色的，匍匐在地上毫无章法地乱开一气。它长得那么矮，恍如刚断奶的孩子，独自依恋着大地的母怀，暂时

---

① 脚踪：脚印。踪迹。

② 吴季札：亦称"公子札"。生卒年不详，春秋时吴国贵族。吴王诸樊弟，品德高尚，有远见卓识，多次推让君位。富于才学，多次出使鲁、齐、郑、晋、徐等国，为各国士大夫所称誉。

③ 艨（méng）：指艨艟（chōng），古代的一种战船。

不肯长高，而每一朵素色的花都是它烂漫的一笑。

初春的嫩叶照例不是浅碧而是嫩红。状如星雨的芒萁蕨如此，尖苞如纺锤的雀榕如此，柔枝纷披的菩提如此。想来植物年年也要育出一批"赤子"——红彤彤的、血色充沛的元胎。

几乎每到春天，我就要嫉妒画家一次。像阿伦背着画架四处跑，仿佛看起风景来硬是比我们多了一种理由，使我差不多要自卑了。当然，我倒也不是终年羡慕他们，我只是说春天，在花事最盛的时候，一切都来不及地在演出在谢幕的时候，只有他们有权利将美一把拦截住，并且"标价出售"。

好在春天很快就过去了，我的妒意也在不知不觉间忘记了，直到翌年春天才会再犯。

不能画春天就吃一点春天也是好的。前些日子回娘家去看父母，早上执意要自己上菜场买菜。说穿了哪里是什么孝心，只不过想去看看屏东小城的蔬菜。一路走，一路看绿茎红根的菠菜，看憨憨白白的胖萝卜，看紫得痴愚的茄子，以及仿佛由千百粒碧玉坠子组成的苦瓜，而终于，我选了一把叫"过猫"的春蕨，兴冲冲拿回家炒了。想想那就是伯夷所食的薇，不觉兴奋起来，我把那份兴奋保密，直到上了饭桌才宣布。

"爸爸，你吃过蕨类没有？"

"吃过，那时在云南的山里逃难，云南人是吃蕨的。"

当然，想来如此，云南如此多山多涧多烟岚，理当有鲜嫩可食的蕨。

"可是，在台湾没吃过。"

"喏，你看，这盘便是，叫'过猫'，很好吃呢！"

"奇怪，怎么叫'过猫'？"爸爸小声嘀咕。

可是，我就是喜欢它叫"过猫"呢，我心里反驳道。它是一只顽皮的小野猫，不听话，不安分，却有一身用不完的精力，宜于在每一条山沟上跳来蹿去，处处留下它顽皮的足迹。

吃新上市的春蔬，总让我感到一种类似草食动物的咀嚼的喜悦。对不会描画春天的我而言，吃下春天似乎是唯一的补偿吧！

爬着山，不免微喘，喘息仿佛是肺部的饥饿。由于饿，呼吸便甜美起来，何况这里是山间的空气，有浮动着草香花香土香的小路。这个春天，我认真地背诵野花的名字："紫花藿香蓟""南国蓟""昭和草""桃金娘""鼠麹草""兰花蓼""通泉草""龙葵""睫穗蓼"……可恨的山野永远比书本丰富，我仍然说不出鼻孔里吸进的芬芳有些什么名字。

最近几乎天天想到前人笔记里的"二十四番花信风"，中国人真是好客，冬末春初我们惜花如待上宾，如对韵友。四个月里，一百二十天，每五日是一番花信，我们翘首以盼，原来花也是可以纳入一种秩序规矩的。喜欢《镜花缘》里的百花仙，喜欢有品有秩有纪律的美丽，一丝也错不得的——万一错了，还得领受惩罚贬入凡尘呢！

其实四个月里当然不止开了二十四种花，这满山的花也自不止二十四种，但能说出"二十四番花信风"的民族是聪明到懂得和花订好约会的民族——并且非常笃定地相信，群花自会一一前来践约。

不需要真的看遍梅花、水仙、桃花、杏花、麦花、桐花、柳花、荼蘼花、楝花……只消一想"二十四番花信风"这句话说得有多么好，已觉深意千重。一春花事，是说不尽的繁盛和殷勤啊！

唉，春天走路总是走不快，一路上有好多要看要听要闻要摸要思要想以及要兴奋要惆怅的东西。

终于，我独坐下来，不肯再走了，反正"百草千花寒食路"，春天的山是走不完的。

整个山，只专宠一个像我这样平凡的女子，我开始有点感谢我的朋友不曾来。所有的天光，所有的鸟语，所有新抽的松蕊，所有石上的水痕，所有俯视和仰视的角度，所有已开和未开的花，都归我一个人独享——而且决然①不是由于我的努力认真才获得的报偿。相反的，正是由于我的疏狂懒散，我的无所图为，我的赖皮无状，才使我能走到这山上来，领略此刻的专宠。

在径旁坐久了，忽然从石头上蹦来一只土色的小蚱蜢，停在我的袖子上。我穿的衫子恰好也是自己喜欢的土褐色，想必这只今春才孵化的糊里糊涂的小蚱蜢误以为我也是一块岩石吧？想到这里，我忽然端肃起来，一动也不敢动，并且非常努力地扮演一块石头，一时心里只觉好笑好玩，竟不断地告诉自己："不要动，不要动，这只小蚱蜢刚出道，它以为你是岩石，你就当岩石好了——免得打击它的自信心。"

相持了几分钟，小蚱蜢还是跳走了，不知它临走时知不知道真相，它究竟是因停久了，觉得没趣才走的；还是因为这岩石居

①决然：必然；一定。

然有温度，有捶鼓似的音节自中心部分传来而恐惧不安才走的？不管怎么说，至少它一度视我为岩石，倒也令人自慰。如果我是智者，如果我来向石头说法，倒不须它们点头称是，只希望群石接耳道：

"喂，你们看说话的那一位，我敢打赌，她自己也是石头。"

从登山到出山，前后不到一个小时，但世上却是几多年呢？我走下山来，自觉是千年后的自己，披着一身时间的斗篷，斧老柯烂，我已观罢一局春色与春色对弈的步步好棋。

怀着独擅专宠的窃喜，我一面步下山径，一面把整座山的丰富密密实实地塞进背袋里。

有一件事，我不知道该怎么说，才能讲清楚。我曾手植一株自己，在山的岩缝里。而另一方面我也盗得一座山，挟在我的臂弯里——挟泰山以超北海，其实也不难呢！如果你听人说，今年春天我在山中走失了，至今未归，那句话也并不算错。但如果你听说有一座山，忽然化作"飞去峰"，杳然无踪，请相信，那也是丝毫不假的。

到山中去

德：

从山里回来已经两天了，但不知怎的，总觉得满身仍有拂不掉的山之气息。行坐之间，恍惚以为自己就是山上的一块石头，溪边的一棵树。见到人，再也想不起什么客套辞令，只是痴痴傻傻地重复一句话："你到山里头去过吗？"

那天你不能去，真是可惜。你那么忙，我向来不敢用不急之务打扰你。但这次我忍不住要写信给你。德，人不到山里去，不到水里去，那真是活得冤枉。

说起来也够惭愧了，在外双溪住了五年多，从来就不知道内双溪是什么样子。春天里曾沿着公路走了半点钟，看到山径曲折，野花漫开，就自以为到了内双溪。直到前些天，有朋友到那边漫游归来，我才知道原来山的那边还有山。

平常因为学校在山脚下，宿舍在山腰上，推开窗子，满眼都是起伏的青峦，衬着窗框，俨然就是一卷横幅山水，所以逢到朋友邀我出游，我总是推辞。有时还爱和人抬杠道："何必呢？余胸中自有丘壑。"而这次，我是太累了，太倦了，也太厌了，一种说不出的情绪鼓动着，告诉我在山那边有一种神秘的力量。

我于是换了一身绿色轻装，趿拉上一双绿色软鞋，掷开终年不离手的红笔，跨上一辆跑车，和朋友相偕而去。——我一向喜欢绿色，你是知道的，但那天特别喜欢，似乎觉得那颜色让我更接近自然，更融入自然。

德，人间有许多道理，实在是讲不清的。譬如说吧，山山都是石头、都有树木、都有溪流，但，它们是不同的，就像我们人和人不同一样。

这些年来，在山这边住这么久，每天看朝云、看晚霞、看阴晴变化，自以为很了解山了，及至到了山那边，才发现那又是另一种气象，另一种意境。其实，严格地说，常被人践踏观赏的山已经算不得什么山。

如果不幸成为名山，被那些无聊的人盖了些亭台楼阁，题了些诗文字画，甚至办起了观光旅社，那便不成其为山，也不能成其为地了。德，你懂我说的吗？内双溪一切的优美，全在那一片未凿的天真。让你想到，它现在的形貌和伊甸园时代是完全一样的。我真愿做那样一座山，那样沉郁，那样古朴，那样深邃。德，你愿意吗？

我真希望你看到我，碰见我的人都说我那天快活极了，我怎能不快活呢！我想起了前些年，戴唱给我们听的一首英文歌，那歌词说："我的父亲极其富有，全世界在他杖下，我是他的孩子——我掌管平原山野。"德，这真是最快乐的事了——我无法表达我所感受到的。

我们照了好些相片，以后我拿给你看，你就可以明白了。唉，其实照片又何尝照得出所以然来！暗箱里容得下风声水响吗？镜头中摄得出草气花香吗？

爱默生说，大自然是一件从来没有被描写过的事物。可是，那又怎能算是人们的过失呢？用人的思想去比配上帝的思想，用人工去模拟天工，那岂不是近乎荒谬的吗？

这些日子应该已是初冬了，但那宁静温和的早晨，淡淡地像溶液般四面包围着我们的阳光，只让人想到最柔美的春天。我们的车沿着山路而上，洪水在我们的右方奔腾着，森然的峦石垒叠着。我从没有见过这样湍急的流水和这样巨大的石块。而芦苇又一大片一大片地杂生在小径溪旁。人行到此，只见渊中的水声澎湃，雪白的浪花绽开在黑色的岩石上。

那种苍凉的古意四面袭来，心中便无缘无故地惆怅起来。回头看游伴，他们也都怔住了，我真了解什么叫"摄人心魄"了。

"是不是人类看到这种景致，"我悄声问矛，"就会想到自杀呢？"

"是吧，可是不叫自杀——我也说不出来。那时候，我站在长城上，四野苍茫，心头就不知怎的乱撞起来。那时只有一个想法，就是跳下去。"

我无语痴立，一种无形的悲凉在胸臆间上下摇晃。漫野芦草凄然地白着，水声低咽而怆绝。而山溪却依然急窜着。啊，逝者如斯，如斯逝者，为什么它不能稍一回顾呢？

扶车再行，两侧全是壁立的山峰，那样秀拔的气象似乎只能在前人的山水画中一见。远远地有人在山上敲着石头，那单调无变化的金石声传来，令我怵然而惊。有人告诉我，他们是要开一段梯田。

我望着那些人，他们究竟知不知道外面的世界呢？当我们快要被紧张和忙碌扼死的时候，当宽广平坦的街市上树立着被速度造成的伤亡牌，为什么他们独有那样悠闲的岁月——用最原始的凿子，在无人的山间，敲打出最迟缓的时钟？他们似乎也望了望这边，那么，究竟是他们羡慕我们，还是我们羡慕他们呢？

峰回路转，坡更陡了，推车而上，十分吃力。行到水源地，把车子寄放在一家人门前，继续前行。阳光更浓了，山景益发清晰，一切气味也都被蒸发出来。稻香扑鼻，真有点醺然欲醉的味儿。

这时候，只恨自己未能着一身宽袍，好兜两袖素馨回去。路旁更有许多叫得出来和叫不出来的野花，也都晒干了一身的露水而抬起头来了。在别人看得见和看不见的山径上挥散着它们的美。

渐渐地，我们更接近终点。我向几个在禾场上游戏的孩子问路，立刻有一个浓眉大眼的男孩挺身而出。我想问他瀑布在什么地方，却又不知道台湾话要怎样表达。那孩子用狡黠的眼光望了望我："水墙，是吗？我带你去。"

啊，德，好美的名词，水墙。我把这名词翻译出来，大家都赞叹了一遍。

那孩子在前面走着，我们很困难地跟着他跑，又跟着他涉过小河。他停下来，望望我们，一面指着路边的野花蓓蕾对我们说：

"它还没开，要是开了，你真不知道它有多漂亮。"

我点头承认——我相信，山中一切的美都超过想象。德，你信吗？我又和那孩子谈了几句话，知道他已经小学五年级了。"你毕业以后要升初中吗？"他回过头来，把正在嚼的草根往路边一扔，大眼中流露出一种不屑的神情："不！"德，你真不知道，当时我有多羞愧。只自觉以往所看的一切书本、一切笔记、一切讲义，都在他的那声"不"中被否定了。德，我们读书干什么呢？究竟干什么呢？我们多少时候连生活是什么都忘了呢！

我们终于到了"水墙"了。德。那一霎真是想哭，那种兴奋，是我没有经历过的。人真该到田园中去，因为我们的老祖宗原来是从那里被赶出来的！啊，德，如果你看到那样宽、那样长、那样壮观的瀑布，你真是什么也不想了。我那天就是那样站着，只觉得要大声唱几句，震撼一下那已经震撼了我的山谷。我想起一首我们都极喜欢的黑人歌曲："我的财产放置在一个地方，一个地方，远远地在青天之上。"

德，真的，直到那天我才忽然憬悟到，我有那样多的美好的产业。像清风明月，像山松野草。我要把它们寄放在溪谷内，我要把它们珍藏在云层上，我要把它们怀抱在深心中。

德，即使当时你胸中折叠着一千丈的愁烦，及至你站在瀑布面前，也会一泻而尽。甚至你会觉得惊奇，何以你常常会被一句话骚扰。何以常常因一个眼色而气愤。德，这一切都是多余的，都是不必要的。你会感到压在你肩上的重担卸下去了，蒙在你眼睛上的鳞片也脱落下来了。

那时候，如果还有什么欲望的话，只是想把水面上的落叶聚拢来，编成一个小筏子，让自己躺在上面，浮槎①放海而去。

那时候，德，你真不知道我们变得有多疯狂。我和达赤着足在石块与石块之间跳跃着。偶尔苔滑，跌在水里，把裙边全弄湿了。那真叫淋漓尽兴呢！山风把我们的头发梳成一种脱俗的型式，我们不禁相望大笑。

哎，德，那种快乐真是说不出来——如果说得出来也没有人肯信。

瀑布很急，其色如霜。人立在丈外，仍能感觉到细细的水珠不断溅来。我们捡了些树枝，燃起一堆火，就在上头烤起肉来。又接了一锅飞泉来烹茶。在那阴湿的山谷中，我们享受着原始人的乐趣。火光照着我们因兴奋而发红的脸，照着焦黄喷香的烤肉，照着吱吱作响的清茗。德，这时候，你会觉得连你的心也是热的、亮的、跳跃的。

我们沿着原路回来，山中那样容易黑，我们只得摸索而行了。冷冷的急流在我们足下响着，真有几分惊险呢！我忽然想起"世道艰难，有甚于此者"，自己也不晓得这句话是从书本上看来的，还是平日的感触。

唉，德，为什么我们不生作樵夫渔夫呢？为什么我们都只能做暂游的武陵人呢？

寻到大路，已是繁星满天了，稀疏的灯光几乎和远星不辨。行囊很轻，吃的已经吃下去了，而带去看的书报也在匆忙中拿去

_____
① 槎（chá）：木筏。

做了火引子。事后想想，也觉好笑，这岂是斯文人做的事吗？但是，德，这恐怕也是一定的，人总要疯狂一下，荒唐一下，矫时干俗①一下，是不是呢？路上，达一直哼着《苏三起解》，矛喊他的秦腔，而我，依然唱着那首黑人歌曲："我的财产放置在一个地方，一个地方，远远地在青天之上……"

找到寄存车的地方，主人留我们喝一杯茶。

"住在这里怎样买菜呢？"我们问他们。

"不用买，我们自己种了一畦。"

"肉呢？"

"这附近有几家人，每天由计程车带上一大块也就够了。"

"不常下山玩吧？"

"很少。住在这里，亲戚都疏远了。"

不管怎样，德，我羡慕那样一种生活。人是泥做的，不是吗？我们的脚总不能永远踏在柏油路上、水泥道上和磨石子地上……我们得踏在真真实实的土壤上。

山岚照人，风声如涛。我们只得告辞了。顺路而下，不费一点脚力，车子便滑行起来。所谓列子御风，大概也只是这样一种意境吧。

那天，我真是极困乏而又极有精神，极混沌而又极能深思。你能想象我那夜的晚祷吗？德，我真不信有人从大自然中归来而仍然不信上帝的存在。

德，你愿意附和我吗？今天又是一个晴天呢！风声在云外呼

①矫时干俗：匡正国事，改革敝俗。

唤着，远山也在送青了。德，拨开你一桌的资料卡，拭净你尘封的眼镜片，让我们到山中去！

一钵金

　　乡居的日子是一钵闪烁的黄金，在贫乏的生活里流溢着旧王族的光辉。

　　过完了整个没有花的春，过完了半个只有热风没有蝉鸣的夏，我们遂把行囊携到这一排密生的丛竹之下。竹影中有一幢小屋，小屋前有绕宅的七里香，小屋后有老去的葡萄藤。

　　这里是一所安静的学院，暑假中学生都离去了，空留下大片美丽的红土操场和校园中盘旋的清风。而风过时满屋生香，把我们借住的小屋弄得像一个搅拌中的草莓冰淇淋桶。

　　将诗诗放在一张大木床上，他清亮的眼睛便惊讶地转动着，满足而又欢欣。他的满足使我们悲哀了好一阵，我们禁锢你太久，诗诗，我们也禁锢自己太久，在都市的黑尘里。

　　多么喜欢那些竹子，在窗外撑起万竿青葱。整个安静的下午，那些长长的尖叶在微风中优美地翻动，风便由竹丛那边的世界滤了过来，没有人能想象过滤后的风是怎样地充满了绿意和凉意。落雨的夜里，竹叶也负责过滤雨声。把雨依次漏下，听来像什么人在临轩纵击羯鼓。翌日黎明，许多小笋便悄然出土，露出尖尖的骄傲，像一个埋藏了许多世纪而乍被掘出的城市。

走着走着，便想起在远古的时代里，有一个僧人，专喜欢在清晨时分去摘取竹叶上的露水，研为墨汁，以作书画。又想起东坡，在放逐流浪的岁月中，却永远能拥有几竿翠竹。竹是一种怎样的树啊！竹是五言诗，原始而古典，美丽而苍凉。

那时候，你会觉得，汉很近，唐很近，竹林七贤不过就在几尺以外的地方饮酒。

靠窗的地方放着我的小桌，仅容一盏灯、一卷书和一杯茶的小桌。当我偶然铺开纸的时候，就有那么多美好的东西令我掷笔。没有围墙也没有门扉，我们的小屋因此看起来便像一辆偶然停在林荫下的跑车，可以憩息，也可以观望。太多的风景重叠着，最远的一幅是蓝天，其次是如烟的平林，再其次是草地，再其次是瘦竹。偶然间杂其中，成为流动的画面的，则是一些低飞的麻雀和一群跳跃的孩童——这一切使文学变得笨拙而多余。

而在我背后，小诗诗朗声地笑着，叫着。长久以来，我们不曾如此地接近，不曾如此地以整日的时间什么都不做而只是谈那些轻柔的、语言之外的语言。五个月的他是那样地兴奋，那样地忙碌。时而望着窗外的浓荫，时而去捉墙上自己的影子，时而摇响他的玩具铃，时而抢爸爸的阔边眼镜，又时而煞有介事地倾听远方火车的长鸣。

当我向前瞭望，当我向后俯视，我就默无一言。我已被夹在自然和婴儿之间，世间还有什么可羡慕的幸福？

有一天清晨，当我醒来，小室里摇漾着淡淡的阳光，葡萄藤的影子在雕镂着粉墙。而当我抬头看窗外，我惊讶地发现竹林上开遍了蓝紫色的牵牛花。

"这是什么奇迹？"我披衣而起，"昨天还没有的，是什么精灵在一夜之间幻化出这样的花蔓？"

而当我走出室外，牵牛花全不见了，蓝紫色的小点仍在——原来是致密的竹叶所遮不住的细细碎碎的八月晴空。

但我仍然相信那是一些牵牛花，在我今晨睁开眼睛，不知身在何处的那一霎间，某些善良的小仙子就将竹影中的蓝天点化成花。为了给我一些温柔的回忆，一些孩提时代甜蜜而伤感的回忆，让我复习我生命初期那幢满篱牵牛花的老屋。

那天，整个早晨，我的胸中便鼓荡着那些神圣的余响。

又有无数黄昏，我们推着流苏四垂的婴儿车，走在松枝交映的红砖道上。学校的伙食团五点就让我们吃了晚饭，我们变得好像是在时间方面得到一笔横财的暴发户，可以挥霍地掷出。夏日的傍晚，在乡间竟同时是这样安恬而又这样喧闹。整个晚间我们便什么也不做地扶车而行，不时肃立道旁，凝视着烧霞的长天。渐渐地，暮色被四野的虫声淹没。渐渐地，虫声被灌溉渠的水响淹没。渐渐地，水响被初生的月华淹没。而小诗诗的推车微微地颠簸着，颠满车的暮色，颠满车的虫声，颠满车的水响，颠满车的月华。当我们俯身而视的时候，小诗诗不知在什么时候已经睡去了，带着满足与信任，垂下他细密的黑睫毛。他的小手搭在车子的两侧，如同夏夜中两茎散香的莲花。

"我不相信婴儿没有梦，虽然他们没有语言。"有一天我对心理系的刘教授说，"他总是笑，他必是梦见什么了。"

"他们会有很简单的梦。"他说，"但他们分不清楚，在梦与现实之间他们找不到分界。"

那么，睡吧，诗诗。乡居的日子自有迷人的摇篮曲——在梦中，以及现实中。

最爱那些傍晚的阵雨，雨收之后，小园里的茉莉白得如一把新采出水的珠子。校园里的红土红得发沉，绿树绿得透明，我们便走在恍恍惚惚的往事里。仿佛仍是昨天，那些在大学念书的美好日子，而梦和现实是这样地混淆。

走到那排松树下，我们忽然怔住了，放射形的松针上，遍生着晶亮的小雨珠。那些细细尖尖的青针，有着比花瓣更美好的形状，每一枝都指向一个崭新的方向。而那些雨珠，像一把撒自天际的晶莹的梦，被兜在松针的网里。对着月亮，每一个梦都闪烁生辉。那两侧枝柯相接的松径，在此刻看来竟像是一道碎冰砌成的拱门，清冷而华贵，令人在敬畏中却步。我们肃立良久，感到一种宗教般的庄严肃穆。

学校后面有一曲湖水，湖边水浅的地方丛生着大片浅紫色的花串。隔着湖水回望校园中的小教堂，便有那么朴拙可爱的意味。湖畔有一些苦楝树，恣意横生的枝子竟伸到水中去了，树影下憩息着垂钓的人，一次次地换他们的饵。

如果我有一根钓竿，我就钓那些花，我就钓那些水中的云影，我就钓那些失去了的闲情。

而事实上乡居的日子，一切都满着溢着，我不禁窃笑起自己来了。我何需钓些什么呢？我竟那样不可救药地怀着都市人的想法。我何需花呢？这些日子本来就如同花心中的小憩。我何需云影？它们在我窗前日夜周游。我何需额外的闲情？我早已拥有它——在我心灵的深处。

让日子周而复始，让生活如一枝七节鞭笞打我们，我们能忍受——我们曾有炳耀的今夏。

乡居的日子是一钵黄金，在我们贫乏的生活中流溢着旧王族的光辉。

一山昙花

"你们来晚了！"

我老是听到这句话。

旅行于世界各地，总是有热心的朋友跑来告诉我这句话。

于是，我知道，如果我去年就来，我可以赶上一场六十年来仅见的瑞雪。或者一个月前来，丁香花开如一片香海。或者十天以前来，有一场热闹的庙会。一星期以前来，正逢热气球大赛。三天以前是啤酒节……

开头的时候，听到这样的话，忍不住顿足叹息，自伤命苦。久了，也就认了。知道有些好事情，是上天赏给当地居民的。旅客如果碰上了，是万幸；碰不上，是理所当然。凭什么你把"华枝春满""天心月圆"的好景都碰上了？

因此，我到夏威夷，听朋友说："满山昙花都开了——好像是上个礼拜某个夜里。"心里也只觉坦然，一面催促他带我们仍去看看，毕竟花谢了山还在。

到得山边，不禁目瞪口呆，果真每株花都垂着一朵大大的枯萎的花苞。遥想上个礼拜花千朵万朵深夜竞芳时，不知是如何热闹熙攘的盛况。而此刻，我仿佛面对三千位后宫美女——三千位垂垂老去的美女，努力揣想她们当年如何风华正茂……

如果不是事先听友人说明，此刻我也未必能发现那些残花。花朵开时，如敲锣打鼓，腾腾烈烈，声震数里，你想不发现也难。但花朵一旦萎谢，则枝柯间忽然幽冥如墓地，你只能从模糊的字迹里去辨认昔日的王侯将相、才子佳人。

此时此刻，说不憾恨是假的，我与这一山昙花，还未见面，就已经诀别。

但对这种憾恨我却早已经"习惯"了，人本来就不是有权利看到每一道彩虹的。王羲之的兰亭雅集我没赶上，李白宴于春夜桃李园我也没赶上。就算我能逆时光隧道赶回一千多年前去参加，他们也必然因为我的女性身份而将我峻拒^①门外。是啊，不是所有的好事都是我可以碰上的。哥伦布去新大陆没带我同行，莎士比亚《李尔王》的首演日我没接到招待券，而地球的启动典礼上帝也没让我剪彩……反正，是好事，而被我错过的，可多着呢！这一山白灿灿的昙花又算什么！

我呆站在山前，久久不忍离去。这一山残花虽成往事，面对它我却可以驰骋无穷之想象。想一周前的某个深夜，满山花开如素烛千盏，整座山燃烧如月下的烛台，那夜可有人是知花之人？可有心是惜香之心？

凡眼睛无福看见的，只好用想象去追踪揣摩；凡鼻子不及嗅闻的，只好用想象去填充臆测；凡手指无缘接触的，也只得用想

①峻拒：严厉拒绝。

象去弥补假设。

　　我曾淡忘无数亲眼目睹的美景，反而牢牢记住了夏威夷岛上不曾见识的一山昙花。这世间，究竟什么才叫拥有呢?

林中杂想

一

我躺在树林子里看《水浒传》。

事情是这样开始的，暑假前，我答应学生"带队"，所谓"带队"，是指带"医疗服务队"到四湖乡去。起先倒还好，后来就渐渐不怎么好了。原来队里出了一位"学术气氛"极浓的副队长，他最先要我们读胡台丽的《媳妇入门》，这倒罢了，不料他接着又一口气指定我们读杨懋春①的《乡村社会学》、吴湘相②的《晏阳初传》、苏兆堂翻译的《小龙村》，等等。这些书加起来怕不有一尺高，这家伙也太烦人了，这样下去，我们医学院的同学都有成为人类学家和社会学家的危险。

奇怪的是口里虽嘟嘟嚷嚷地抱怨，却也不免动心，甚至下决

① 杨懋春：字勉斋，生于 1904 年，卒于 1988 年。山东胶州台头村（今隶属于青岛市黄岛区）人。中国社会学家。代表作有《一个村庄：山东台头》《乡村社会学与农业发展》《乡村社会学》等。
② 吴湘相：生于 1912 年，卒于 2004 年。台湾大学历史系教授，史学家。湖南常德人，毕业于北京大学历史系。主要著作有《第二次中日战争史》《民国百人传》《孙逸仙先生传》等。

心要去看一本早就想看的萨孟武的《水浒传与中国社会》。问题是要看这本书就该把《水浒传》从头再看一遍。当时就把这本厚厚的章回小说塞进行囊，一路同去四湖。

而此时，我正躺在林子里看《水浒传》，林子里是一片木麻黄，有几分像好汉出没的黑松林，这里没有好汉，奇怪的是倒有一批各自说着乡音的退伍军人，（在这遍地说着海口腔的台西地带，哪里来的老兵呢？）正横七竖八地躺在石凳上纳凉，我睡的则是一张舒服的折叠床，是刚才一个妇人让给我的，她说：

"喂，我要回家吃饭了，小姐，你帮我睡好这张床。"

咦，世间竟有如此好事！我当时把内含巨款的皮包拿来当枕头（所谓巨款，其实也只有五千元，我一向不爱多带钱，这一次例外，因为自觉是"领队老师"，说不定队伍有"不时之需"），舒舒服服躺下，看我的《水浒传》。当时我也刚吃过午饭，太阳正当头，但经密密的木麻黄一过滤，整个林子荫荫凉凉的，像一碗柠檬果冻。

我正看到二十八回，武松被刺配二千里外的孟州，路上其实他尽有机会逃跑，他却宁可把松下的枷重新带上，把封皮贴上，一步步自投孟州而来。

二

一路看下去，不能不叫痛快，武松那人容易让人记得的是景阳冈打虎的那一段。现在自己年纪大了，回头看那一段，倒也不觉可贵，他当时打虎，其实也是非打不可，不打就被虎吃，所以就打了，此外看不出他有什么高贵动机，只能证明，他是天生的拳击好手罢了。倒是二十八回里做了囚徒的武松，处处透出洒脱的英雄骨气。

初到孟州牢城营，照例须打一百杀威棒，武松既不去送人情，也不肯求饶，只大声大气地说：

"都不要你众人闹动。要打便打，也不要兜拖①。我若是躲闪一棒的，不是打虎好汉！从先打过的都不算，从新再打起！我若叫一声，便不是阳谷县为事的好男子！"——两边看的人都笑道："这痴汉弄死！且看他如何熬——"

武松不肯折了好汉的名声，仍然嚷道：

要打便打毒些，不要人情棒儿，打我不快活！

不想事情有了转机，管营想替他开脱，故意说：

新到囚徒武松，你路上途中曾害甚病来？

武松不领情，反而强嘴②：

---

① 兜拖：捆绑起来，驮在背上。
② 强嘴：同"犟嘴"。指顶嘴，强辩。

"我于路不曾害病！酒也吃得，饭也吃得，肉也吃得，路也走得！"管营道："这厮是途中得病到这里，我看他面皮才好，且寄下他这顿杀威棒。"两边行仗的军汉低低对武松道："你快说病，这是相公将就你，你快只推曾害便了。"武松道："不曾害！不曾害！打了倒干净！我不要留这一顿'寄库棒'！寄下倒是钩肠债，几时得了！"两边看的人都笑。管营也笑道："想你这汉子多管害热病了，不曾得汗，故出狂言，不要听他，且把去禁在单身房里。"

及至关进牢房，其他囚徒看他未吃杀威棒，反替他担忧起来，告诉他此事绝非好意，想必是使诈，想置他于死地，还活龙活现地形容"塞七窍"的死法叫"盆吊"，用黄沙压则叫作"大布袋"。不料武松听了，最有兴趣的居然是想知道除了此两法以外，还有没有第三种，他说：

还有什么法度害我？

当下，管营送来美食。

武松寻思道："敢是把这些点心与我吃了却来对付我？……我且落得吃了，却再理会！"武松把那坛酒来一饮而尽，把肉和面都吃尽了。

武松那一饮一食真是潇洒！人到把富贵等闲看，生死不萦怀之际，并且由于自信，相信命运也站在自己这一边时，才能有这种不在乎的境界，才能要这种高级的天地也奈何他不得的无赖。吃完了，他冷笑一声：

看他怎的来对付我！

等正式晚饭送来，他虽怀疑是"最后的晚餐"，还是吃了。饭后又有人提热水来，他虽怀疑对方会趁他洗澡时下毒手，仍然不在乎，说：

我也不怕他！且落得洗一洗。

这几段，真的越看越喜，高兴起来，便翻身拿笔画上要点，加上眉批，恨不得拍掌大笑，觉得自己也是黑松林里的好汉一条，大可天不怕地不怕地过它一辈子。

三

回想起前天随队来四湖的季医生跟我说的一段话，她说："你看看，这些小朋友，他们问我，目前群体医疗的政策虽不错，但是将来卫生主管部门总要换人的呀，换了人，政策不同，怎么办？"

两人说着不禁摇头叹气，我们其实不怕卫生主管部门的政策不政策，我们怕的是这才二十岁左右的年轻人，为什么先自把初生牛犊的锐气给弄得没有了？

是因为一直是好孩子吗？是因为觉得一切东西都应该准备好，布置好，而且，欢迎的音乐已奏响，你才顺利地踏在夹道花香中启程吗？唐三藏之取经，岂不是"向万里无寸草处行脚"！盘古开天辟地之际，混沌一片，哪里有天地？天是由他的头颅顶高的，地是由他踏脚处来踩实踩平的，为什么这一代的年轻人，特别是年轻人中最优秀的那一批，却偏偏希望像古代的新媳妇似的，一路由别人抬花轿，抬到婆家？在婆家，有一个姓氏在等她，有一个丈夫在等她，有一碗饭供她吃——其实，天晓得，这种日子会好过吗？

武松算不得英雄算不得豪杰，只不过一介草莽武夫，这一代的人却连这点草莽气象也没有了吗？什么时候我们才不会听到"饱学之士"的"无知之言"道："我没办法回国呀，我学的东西太尖端，国内没有我吃饭的地方呀！"

孙中山革命的时候，是因为有个"中华民国筹备处"成立好了，并且聘请他当主任委员，他才束装回国赴任的吗？曹雪芹是因为"国家文艺基金会"委派他着手撰写一部"当代最伟大的小说"，才动笔写下《红楼梦》第一回的吗？

能不能不害怕不担忧呢？甚至是过了许多年回头一望的时候，才猛然想起来大叫一声说："哎呀，老天，我当时怎么都不知道害怕呢！"

把孔子所不屑的"三思而行"的踌躇让给老年人吧！年轻不就是有莽撞往前去的勇气吗？年轻就是手里握着大把岁月的筹

码，那么，在命运的赌局里作乾坤一掷的时候，虽不一定赢，气势上总该能壮阔吧？

四

前些日子，不知谁在服务队住宿营地的门口播放一首歌，那歌因为是早晨和中午的代用起床号，所以每天都要听上几遍。其实那首歌唱得极有味道，沙哑中自有其抗颜欲辩的率真，只是走来走去刷牙洗澡都要听他再三重复那无奈的郁愤，心里的感觉有点奇怪。

> 告诉我，世界不会变得太快，
>
> 告诉我，明天不会变得更坏，
>
> 告诉我，人类还没有绝望，
>
> 告诉我，上帝也不会疯狂，
>
> ……
>
> 这未来的未来，我等待……

听久了，心里竟有些愀然①，为什么只等待别人来"告诉我"呢？一颗恭谨聆受的心并没有"错"，但，那么年轻的嗓音，那么强盛的肺活量，总可以做些比"等待别人告诉我"更多的事吧？少年振衣，岂不可作千里风幡看？少年瞬目，亦可壮作万古清流想。如此风华，如此岁月，为什么等在那里，为什么等人家来"告

① 愀（qiǎo）然：形容突然变得严肃或不愉快。

诉我"呢?

为什么不是我去"告诉别人"呢?去啊!去昭告天下!悬崖上的红心杜鹃不会等人告诉它春天来了,才着手筹备开花。它自己开了花,并且用花的旗语告诉远山近岭,春天已经来了。明灿逼人的木星,何尝接受过谁的手谕才长倾其万斛光华?小小一只绿绣眼,也不用谁来告诉它清晨的美学,它把翠羽的身子浓缩为一撇"美的据点"。万物之中,无论尊卑,不都各有其美丽的讯息要告诉别人吗?

有一首英文的长歌,名字叫 *To tell the untold*,那名字我一看就入迷,是啊,"去告诉那些不曾被告知的人"。真的,仲尼仆仆风尘,在陌生的渡口,向不友善的路人问津,为的是什么?为的岂不是去告诉那些不曾被告知的人吗?达摩一苇渡江,也无非圣人同样的一点初衷。而你我十几年乃至几十年孜孜以求于知识的殿堂,为的又是什么?难道不是要得到更真切的道和理,以便告诉后人吗?我们认真,其实也只为了让自己告诉别人的话更诚恳更扎实而足以掷地有声(无根的人即使在说真话的时候也类似谎言——因为单薄不实在)。

那唱歌的人"等待别人来告诉我"并不是错误,但能"去告诉别人"岂不更好?去告诉世人,我们的眼波未枯,我们的心仍在奔驰。去告诉世人,有我在,就不准尊严被抹杀,生命被冷落。告诉他们,这世界仍是一个允许梦想、允许希望的地方。告诉他们,这是一个可以栽下树苗也可以期迁就清荫的土地。

五

回家吃饭的妇人回来了，我把床还给她，学生还在不远处的海清宫睡午觉，我站起身来去四处乱逛。想想这世界真好，海边苦热的地方居然有一片木麻黄，木麻黄林下刚好有一张床等我去躺，躺上去居然有千年前的施耐庵来为我讲故事，故事里的好汉又如此痛快可喜。想来一个人只要往前走，大概总会碰到一连串好事的。至于倒霉的事呢？那也总该碰上一些才公平吧？可是事是死的，人是活的，就算碰到倒霉事，总奈何我不得呀！

想想年轻是多么好，因为一切可以发生，也可以消弭，因为可以行可以止可以歌可以哭，那么还有什么可担心的呢？

真的，还有什么可担心的呢？

春　俎

春天一则谎言

那女孩说，春天是一则谎言，饰以软风，饰以杜鹃。那女孩斩钉截铁地说，春天，是一则谎言。

——可是，她说，二十年过去，我仍不可救药地甘于被骗。那些偶然红的花，那些偶然绿的水，竟仍然令我痴迷。春天一来，便老是忘记，忘记蓝天是一种骗局，忘记急湍是一种诡语，忘记千柯都不过在开些空头支票，忘记万花只不过服食了迷幻药。真的，老是忘记——直到秋晚醒来时，才发现它们玩的只不过是些老把戏，而你又被骗了，你只能在苍白的北风中向壁叹息。

她说她的，我总不能拒绝春天。春水一涨潮，我就变得盲目，变得混沌，像一个旧教徒，我恭谨地行到溪畔去办"告解"，去照鉴自己的心，看看能不能仍拼成水仙——虽然，可能她说得对，虽然春天可能什么都不是，虽然春天可能只是一则谎言。

过　客

　　别墅的主人买了地,盖了房子,却无奈地陷在楼最高,气最浊,车马最喧腾的地方,把别墅的所有权证当作清供①。

　　而第一位在千山夜雨中拧亮玻璃吊盏的人,却竟是我这陌生的过客,一时之间恍惚竟以为别墅是我的——或者也是云的。谁是客?谁是主?谁是物?谁是我?谁曾占有过什么?谁又曾管领过什么?

　　长长的甬道,只回响我的软履;寂然的阳台,只留我独饮风露;穆然的大柜,只垂挂我的春衫;初涨的新溪,只流过我的门槛——那主人不在,我把一切的美好霸占得那样彻底。

　　纤草初渥②,足下的春泥几乎在升起一种柔声的歌。而这片土地,两年以前属于禾稻,千纪以前属于牧畜,万年以前属于渔猎,亿载以前属于洪荒,而此刻,它属于一张一尺见方的所有权证。

　　而我是谁?为什么我感到自己强烈的占有,不是今夜的占有,而是亿载之前的占有?我几乎能指出哪一带蓝天曾腾跃过飞龙,哪一丛密林曾隐居着麒麟,哪一片水滩曾映照七彩的凤凰,哪一座小桥曾负载夹弓猎人的歌;而今夜,我取代他们,继承他们,让我的十趾来膜拜泥土。

　　今夜,我是拙而安的鸠鸟,我占着别人的别墅,我占着有巢氏的巢,我占着昭阳宫,我占着含章殿,我占着裴令的绿野堂,我占着王摩诘的辋川和终南别业,我占着亘古长存的大地庙

————————————

① 清供:室内放置在案头供观赏的物品摆设。

② 渥(wò):沾湿浸润。

堂——我，一个过客。

坠　星

山的美在于它的重复，在于它是一种几何级数，在于它是一种循环小数，在于它的百匝千遭，在于它永不干休[1]的环抱。晚上，独步山径。两侧的山又黑又坚实，有如一锭古老的徽墨，而徽墨最浑凝的上方却被一点灼然的光突破。

"星坠了！"我忽然一惊。

而那一夜并没有星，我才发现那或者只是某一个人的一盏灯。一盏灯？可能吗？在那样孤绝的高处？伫立许久，我仍弄不清那是一颗低坠的星还是一盏高悬的灯。而白天，我什么也不见，只见云来雾往，千壑生烟。但夜晚，它不瞬地亮着，令我迷惑。

山　月

山月升起的地方刚好是对岸山间一个巧妙的缺口。中宵惊起，一丸冷月像颗珠子，荧荧然地镶嵌在山的缺处。

有些美，如山间月色，不知为什么美得那样无情，那样冷绝白绝，触手成冰。无月之夜的那种浑厚温暖的黑色此刻已被扯开，山月如雨，在同样的景片[2]上硬生生地安排下另一种格调。

真的，山月如雨，隔着长窗，隔着纱帘，一样淋得人兜头兜脸，眉发滴水，连寒衾也淋湿了，一间屋子竟无一处可着脚，整栋别

①干休：罢休；了结。

②景片：舞台上布景的构件，上面绘有表示墙壁、门窗、山坡、田野等的图案和景物。

第三辑　生命，以什么单位计量

墅都漂浮起来，混漾起来，让人有一种绝望的惊惶。

山月总是触动人最深处的忧伤，山月让人不能遗忘。

山月照在山的这一边，山月照在山的那一边。山的这一方是长帘垂地的别墅，山的那一方是海峡深蕴的忧伤。

山月照在岛上，山月也绕过岛去照一千一百万平方公里的旧梦，在不眠的中宵，在万窍含风的永夜，山月吹起令人愁倒的胡笳。

山月何以如此凛冽，山月何以如此无情，山月何以如此冷绝愁绝，触手成冰！

夜　雨

雨声有时和溪声是很难分辨的，尤其在夜里。有时为了证实是雨，我必须从回廊探出双臂。探着雨，便安心地回去躺下，欣喜而满足，夜是雨声中拥书而眠。

书不多。但从"毛诗"到皮兰德娄①，从陶渊明到《乌托邦》都有，只是落雨的夜里，我却总想起秦少游，以及他的"可堪孤馆闭春寒，杜鹃声里斜阳暮"。雨声中唯一的缺憾是失去鸟声。有一种鸟声，平时总听得到，细长而无尾声，却自有一种直抒胸臆的简捷的悲怆，像一个不善言辞的人的低喟。雨夜中有时不免想起那只鸟，不知在何处抖动它潮湿的羽毛和潮湿的叹息。

盛夏中偶落的骤雨，照例总扬起一阵浓郁的土香。而三月的夜

---

① 皮兰德娄：路伊吉·皮兰德娄（1867—1936），意大利小说家、戏剧家。1934 年获得诺贝尔文学奖。代表作有《已故的帕斯加尔》《六个寻找剧作家的角色》《亨利四世》等。

雨不知为什么也能渗出一丝丝的青草味，跟太阳蒸发出来的强烈的草薰不同，是一种幽微的、细致的、嫩生生的气味。我想如果有一天我失明了，光凭嗅觉，我也能毫无错误地辨认出三月的夜雨。

野　溪

从来没有想到溪声会那样执着，日以继夜，夜以继日，像一个喧嚷的小男孩，使我感到一种疲倦。我爱那水，但它使我疲倦——它使我疲倦，但我仍然爱那水——我之所以疲倦，或者是因为无论梦着醒着，我不能一秒钟不恭谨地聆听它，过分的爱情常使人疲累不胜。

水极浅，小溪中多半是乱石小半是草，还有一些树，很奇怪地都有着无比苍老嶙峋的根，以及柔嫩如婴儿的透明绿叶，让人猜不透它们的年龄。大部分的巨石都被树根抓住了，树根如网，巨石如鱼，相峙似乎已有千年之久，让人重温渔猎时代敦实的喜悦。

谁在溪中投下千块巨石？谁在石间播下春芜①秋草？谁在草中立起大树如碑？谁在树上剪裁三月的翠叶如酒旆？谁在这无数张招展的酒旆间酝酿亿万年陈旧而新鲜的芬芳？

溪水清且浅，溪声激以越，世上每日有山被斩首肢解，每日有水被奸污毁容，而眼前的野溪却浑然无知地坚持着今年的歌声；而明年，明年谁知道？我们且对斟今年的春天。让千穴的清风吹彻玉笙，让千转的白湍拨起泠泠古弦，我们且对斟今年的春天。

---

① 春芜：浓碧的春草。

只因为年轻啊

一、爱——恨

小说课上，正讲着小说，我停下来发问：

"爱的反面是什么？"

"恨！"

大约因为对答案很有把握，他们回答得很快而且大声，神情明亮愉悦，此刻如果教室外面走过一个不懂中国话的老外，随他猜一百次也猜不出他们唱歌般快乐的声音竟在说一个"恨"字。

我环顾教室，心里浩叹，只因为年轻啊，只因为太年轻啊。

我放下书，说："这样说吧，譬如说你现在正谈恋爱，然后呢？就分手了，过了五十年，你七十岁了，有一天，黄昏散步，冤家路窄，你们又碰到一起了，这时候，对方定定地看着你，说：'×××，我恨你！'如果情节是这样的，那么，你应该庆幸，居然被别人痛恨了半个世纪。恨也是一种很容易疲倦的情感，要有人恨你五十年也不简单，怕就怕在当时你走过去说：'×××，还认得我吗？'对方愣愣地呆望着你说：'啊，有点面熟，你贵姓？'"

全班学生都笑起来，大概想象中那场面太滑稽太尴尬吧？

"所以说，爱的反面不是恨，是漠然。"

笑罢的学生能听得进结论吗？——只因为太年轻啊，爱和恨是那么容易说得清楚的一个字吗？

二、受　创

来采访的学生在客厅沙发上坐成一排，其中一个发问道：

"读你的作品，发现你的情感很细腻，并且充满关怀，但是关怀就容易受伤，对不对？那怎么办呢？"

我看了她一眼，多年轻的额，多年轻的颊啊！有些问题，如果要问，就该去问岁月，问我，我能回答什么呢？但她的明眸定定地望着我，我忽然笑起来，以几乎有点促狭的口气说：

"受伤，这种事是有的——但是你要保持一个完完整整不受伤的自己做什么用呢？你非要把你自己保卫得好好的不可吗？"

她惊讶地望着我，一时竟答不上话来。

人生世上，一颗心从擦伤、灼伤、冻伤、撞伤、压伤、扭伤，乃至到内伤，哪能一点伤害都不受呢？如果关怀和爱就必须包括受伤，那么就不要完整，只要撕裂。基督不同于世人的，岂不正在那双钉痕宛在的受伤的手掌吗？

小女孩啊，只因年轻，只因一身光灿晶润的肌肤太完整，你就舍不得碰碰撞撞，你就害怕受创吗？

三、经济学的旁听生

"什么是经济学呢？"他站在讲台上，戴着眼镜，穿着灰西装，声音平静，典型的中年学者风范。

台下坐的是大学一年级的学生，而我，是置身在这二百人大教室里偷偷旁听的一个。

从一开学我就昂奋起来，因为在课表上看见要开一门《社会科学概论》的课程，包括四位教授来开设"政治""法律""经济""人类学"四个讲座。想起可以重新做学生，去听一门门对我而言崭新的知识，那份喜悦真是掩不住藏不严，一个人坐在研究室里都忍不住要轻轻地笑起来。

"经济学就是把'有限的资源'做'最适当的安排'，以得到'最好的效果'。"

台下的学生沙沙地抄着笔记。

"经济学为什么发生呢？因为资源稀少，不单物质稀少，时间也稀少。——而稀少又是为什么？因为，相对于欲望，一切就显得稀少了……"

原来是想在四门课里跳过经济学不听的，因为觉得讨论物质的东西大概无甚可观，没想到一走进教室竟听到这样一番解释："你以为什么是经济学呢？一个学生要考试，时间不够了，书该怎么念，这就叫经济学啊！"

我愣在那里反复想着他那句"为什么有经济学——因为资源稀少——为什么资源稀少——因为欲望太多"而战栗惊诧，

如同山间顽崖愚壁偶闻大师说法，不免震动到石骨土髓格格作响的程度。原来整场生命也可作经济学来看，生命也是如此短暂稀少啊！而人的不幸却在于那颗永远渴切不止的有所索求，有所跃动，有所未足的心。为什么是这样的呢？为什么竟是这样的呢？我痴坐着，任泪下如麻不敢去动它，不敢让身旁年轻的助教看到，不敢让大一年轻的孩子看到。奇怪，为什么他们都不流泪呢？只因为年轻吗？因为年轻就看不出生命如果像戏，也只能像一场短短的独幕剧吗？"朝如青丝暮成雪"，乍起乍落的一朝一暮间又何尝真有少年与壮年之分？"急把盏，夜阑灯灭"，匆匆如赴一场喧哗夜宴的人生，又岂有早到晚到早走晚走的分别？然而他们不悲伤，他们在低头记笔记。听经济学听到哭起来，这话如果是别人讲给我听，我大概会大笑，笑人家的滥情，可是……

"所以，"经济学教授又说话了，"有位文学家卡莱尔这样形容：经济学是门'忧郁的科学'……"①

我疑惑起来，这教授到底是因有心而前来说法的长者，还是以无心来度化的异人？至于满堂的学生正襟危坐是因岁月尚早，早如揭衣初涉水的浅溪，所以才凝然无动吗？为什么五月山栀子的香馥里，独独旁听经济学的我，为这被一语道破的短促而多欲的一生而又惊又痛泪如雨下呢？

---

① 一种说法认为这一观点是马尔萨斯提出来的，苏格兰作家托马斯·卡莱尔对此进行了批改。

四、如果作者是花

"年年岁岁花相似，岁岁年年人不同。"

诗选课上，我把句子写在黑板上，问学生：

"这句子写得好不好？"

"好！"

他们的声音听起来像真心的，大概在强说愁的年龄，很容易被这样工整、俏皮而又怅惘的句子所感动吧？

"这是诗句，写得比较文雅，其实有一首新疆民谣，意思也跟它差不多，却比较通俗，你们知道那歌词是怎么说的？"

他们反应灵敏，立刻争先恐后地叫出来：

> 太阳下山明早依旧爬上来，
>
> 花儿谢了明年还是一样地开。
>
> 美丽小鸟一去无影踪，
>
> 我的青春小鸟一样不回来，
>
> 我的青春小鸟一样不回来。

那性格活泼的干脆就唱起来了。

"这两种句子从感性上来说，都是好句子，但从逻辑上来看，却有不合理的地方——当然，文学表现不一定要合乎逻辑，但是我还是希望你们看得出来问题在哪里。"

他们面面相觑，又认真地反复念诵句子，却没有一个人答得上来。我等着他们，等满堂红润而聪明的脸，却终于放弃了，只因太年轻啊，有些悲凉是不容易觉察的。

"你们知道为什么说'花相似'吗？是因为陌生，因为我们不懂花。正好像一百年前，我们中国很少看到外国人，所以在我们看起来，他们全是一个样子；而现在呢，我们看多了，才知道洋人和洋人大有差别，就算都是美国人，有的人也有本领一眼看出住在纽约、旧金山和南方小城之人的不同。我们看去年的花和今年的花一样，是因为我们不是花，不曾去认识花，体察花，如果我们不是人，是花，我们会说：'看啊，校园里每一年都有全新的面孔，可是我们这些花却一年老似一年了。'同样的，新疆歌谣里的小鸟虽一去不回，太阳和花其实也是一去不回的。太阳有知，太阳也要说：'我们今天早晨升起来的时候，已经比昨天疲软苍老了，奇怪，人类却一代一代永远有年轻的面孔……'我们是人，所以感觉到人事的沧桑变化。其实，人世间何物没有生老病死？只因我们是人，说起话来就只能看到人的痛。你们猜，那句诗的作者如果是花，花会怎么写呢？"

"年年岁岁人相似，岁岁年年花不同。"他们齐声回答。

他们其实并不笨，不，他们甚至可以说是聪明的，可是，刚才他们为什么全不懂呢？只因为年轻，只因为对宇宙间生命共有的枯荣代谢的悲伤有所不知啊！

五、高倍显微镜

他是一个生物系的老教授，外国人，我认识他的时候他已经退休了。

"小时候，父亲是医生，他看病，我就站在他旁边，他说：'孩子，你过来，这是哪一块骨头？'我就立刻说出名字来……"

我喜欢听老年人说自己幼小时候的事，人到老年还不能忘的记忆，大约有点像太湖底下捞起的石头，是洗净尘泥后的硬瘦剔透，上面附着一生岁月所冲积洗刷出的浪痕。

这人大概注定要当生物学家的。

"少年时候，喜欢看显微镜，因为那里面有一片神奇隐秘的世界，但是看到最细微的地方就看不清楚了，心里不免想，赶快做出高倍数的新式显微镜吧，让我看得更清楚，让我对细枝末节了解得更透彻，这样，我就会对生命的真相明白得更多，我的疑难就会消失……"

"后来呢？"

"后来，果然显微镜愈做愈好，我们能看清楚的东西愈来愈多，可是……"

"可是什么？"

"可是我并没有成为我自己所预期的'更明白生命真相的人'，糟糕的是比以前更不明白了。以前的显微镜倍数不够，有些东西根本没发现，所以不知道那里隐藏了另一段秘密；但现在，我看得愈细，知道的愈多，就愈不明白了，原来在奥秘的后面还连着另一串奥秘……"

我看着他清癯渐消的颊和清灼明亮的眼睛，知道他是终于"认了"。半个世纪以前，那意气风发的少年以为只要一架高倍数的显微镜，生命的秘密便迎刃可解，什么使他敢生出那番狂想呢？只因为年轻吧？而退休后，在校园的行道树下看花开花谢的他终于低眉而笑，以近乎撒赖①的口气说：

"没有办法啊，高倍显微镜也没有办法啊！在你想尽办法以为可以看到更多东西的时候，生命总还留下一段奥秘，是你想不通猜不透的……"

六、浪　掷

开学的时候，我要他们把自己形容一下，因为我是他们的导师，想多知道他们一点。

大一的孩子，新从成功岭下来，从某一点上看来，也只像高四罢了，他们倒是很合作，一个一个把自己尽其所能地描述了一番。

等他们说完了，我忽然惊讶得难以置信，照我来看，他们可以分成两类，一类说："我从前爱玩，不太用功，从现在起，我要好好读点书。"另一类说："我从前就只知道读书，从现在起，我要好好参加些社团，或者去郊游。"

奇怪的是，两者都有轻微的追悔和遗憾。

我于是想起一段三十多前年的旧事，那时流行一首电影插曲（影片名叫《渔光曲》），阿姨舅舅都热心地学唱，我虽小，听到"月儿弯弯照九州"觉得是可以理解的，却对其中另一句大为疑惑。

"舅舅，为什么要唱'小妹妹青春水里丢'呢？"

---

① 撒赖：蛮横胡闹，耍无赖。

"因为她是渔家女嘛，渔家女打鱼不能上学，当然就浪费青春啦！"

我当时只知道自己心里立刻不服气起来，但因年纪太小，不会说理由，不知怎么吵，只好不说话，但心中那股不服倒也可怕，可以埋藏三十多年。

等读中学听到"春色恼人"，又不死心地去问，春天这么好，为什么反而好到令人生恼？别人也答不上来，那讨厌的甚至狎邪地眨眨眼睛，暗示春天给人的恼和"性"有关。但事情一定不是这样的，一定另有一个道理，那道理我隐约知道，却说不出来。

更大以后，读《浮士德》，那些埋藏许久的问句都汇拢过来，我隐隐知道那里有番解释了。

年老的浮士德，坐对满屋子自己做了一生的学问，在典籍册页的阴影中他乍猛地瞥见窗外的明月，歌声传来，是庆祝复活节的喧哗队伍。那一霎间，他懊悔了，他觉得自己的一生都抛掷了，他以为只要再让他年轻一次，一切都会改观。中国元杂剧里老旦上场照例都要说一句"花有重开日，人无再少年"（说得淡然而确定，也不知看戏的人惊不惊动），而浮士德却以灵魂押注，换来第二度的少年以及因少年才"可能拥有的种种可能"。可怜的浮士德，学究天人，却不知道生命是一桩太好的东西，好到你无论选择什么方式度过，都像是一种浪费。

生命犹如一枚神话世界里的珍珠，出于沙砾，归于沙砾，晶光莹润的只是中间这一段短短的幻象啊！然而，使我们颠之倒之甘之苦之的不正是这短短的一段吗？珍珠和生命还有另一个类同之处，那就是你倾家荡产去买一粒珍珠是可以的，但反过来你要拿珍珠换衣换食却是荒谬的，就连镶成珠坠挂在美人胸前也是无奈的，无非使两者合作一场"慢动作的人老珠黄"罢了。珍珠只是它圆灿含彩的自己，你只能束手无策地看着它，你只能欢喜或喟然——因为你及时赶上了它出于沙砾且必然还原为沙砾之间的这一段灿然。

而浮士德不知道——或者执意不知道，他要的是另一次"可能"，像一个不知是由于技术不好或是运气不好的赌徒，总以为只要再让他玩一盘，他准能翻本。三十多年前想跟舅舅辩的一句话我现在终于懂得该怎么说了，打鱼的女子如果算是浪掷青春的话，挑柴的女子岂不也是吗？读书的名义虽好听，而令人眼目为之昏眊①，脊骨为之伛偻，还不该算是青春的虚掷吗？此外，一场刻骨的爱情就不算烟云过眼吗？一番功名利禄就不算滚滚尘埃吗？不是啊，青春太好，好到你无论怎么过都觉浪掷，回头一看，都要生悔。

"春色恼人"那句话现在也懂了，世上的事最不怕的应该就是"兵来有将可挡，水来以土能掩"，只要有对策就不怕对方出招。怕就怕在一个人正小心翼翼地和现实生活斗阵，打成平手之际，忽然阵外冒出一个叫宇宙大化的对手，他斜里杀出一记叫"春天"的绝招，身为人类的我们真是措手不及。对着排山倒海而来的桃红柳绿，对着蚀骨的花香，夺魂的阳光，生命的豪奢绝艳怎能不令我们张皇无措。当此之际，真是不做什么既要懊悔——做了什

① 昏眊（mào）：眼睛昏花。

么也要懊悔。春色之叫人气恼跺脚，就是气在我们无招以对啊！

回头来想我导师班上的学生，聪明颖悟，却不免一半为自己的用功后悔，一半为自己的爱玩后悔——只因太年轻啊，只因年轻啊，以为只要换一个方式，一切就扭转过来而无憾了。孩子们，不是啊，真的不是这样的！生命太完美，青春太完美，甚至连一场匆匆的春天都太完美，完美到像喜庆节日里一个孩子手上的气球，飞了会哭，破了会哭，就连一日日空瘪下去也是要令人哀哭的啊！

所以，年轻的孩子，连这个简单的道理你难道也看不出来吗？生命是一个大债主，我们怎么混都是他的积欠户。既然如此，干脆宽下心来，来个"债多不愁"吧！既然青春是一场"无论做什么都觉是浪掷"的憾意，何不反过来想想？那么，也几乎等于"无论诚恳地做了什么都不必言悔"，因为你或读书或玩，或作战，或打鱼，恰恰好就是另一个人叹气说他遗憾没做成的。

——然而，是这样的吗？不是这样的吗？在生命的面前我可以大发职业病做一个把别人都看作孩子的教师吗？抑或我仍然只是一个太年轻的蒙童，一个不信不服欲有辩而又语焉不详的蒙童呢？

情　怀

不知从什么时候开始，我变成了一个容易着急的人。

行年渐长，许多要计较的事都不计较了，许多渴望的梦境也不再使人颠倒，表面看起来早已经是个可以令人放心的循规蹈矩的良民，但在胸臆里仍然暗暗地郁勃着一声闷雷，等待某种不时的炸裂。

仍然落泪，在读说部故事诸葛武侯废然一叹，跨出草庐的时候；在途经罗马看米开朗琪罗一斧一凿每一痕都是开天辟地的悲愿的时候；在深宵不寐，感天念地凝视小儿女睡容的时候。

忽焉就四十岁了，好像觉得自己一身竟化成两个，一个正咧嘴嬉笑，抱着手冷眼看另一个，并且说：

"嘿，嘿，嘿，你四十岁啦，我倒要看看你四十岁会变成什么样子哩！"

于是正正经经开始等待起来，满心好奇兴奋地伸着脖子张望即将上演的"四十岁时"，几乎忘了主演的人就是自己。

好几年前，在朋友的一面素壁上看见一句英文格言，说的是：

"今天，是此后余生的第一天。"

我谛视良久，不发一语，心里却暗暗不服：

"不是的，今天是今生到此为止的最后一天。"

我总是着急，余生有多少，谁知道呢？果真如诗人说的"百年梳头三万六千回"的悠悠栉发①岁月吗？还是"四季候往来，寒暑变为贼。偷人面上花，夺人头上黑"的霸道不仁呢？有一年，眼看着患癌症的朋友史惟亮一寸寸地走远，那天是二月十四，日历上的情人节，他必然还有很缠绵不足的爱情吧——"中国"总是那最初也是最后的恋人。然而，他却走了，在情人节。

我走在什么时候？谁知道！只知道世方大劫，一切活着的人都是叨天之幸；只知道，且把今天当作我的最后一天，该爱的，要害怕来不及地去爱，该恨的，要担心来不及地去恨。

从印度、尼泊尔回来，有小小的人世间的得意，好山水，好游伴，好情怀，人生至此，夫复何求！夫复何夸！回来以后，急着去看植物园的荷花，原来不敢期望在九月看荷的，但也许克什米尔的荷花湖使人想痴了心，总想去看看自己的那片香红。没想到它们仍在那里，比六月那次更灼然。回家忙打电话告诉慕容，没想到这人阴险，竟然已经看过了。

"你有没有想到，"她说，"就连这一池荷花，也不是我们'该'有的啊！"人是要活很多年才知道感恩的，才知道万事万物包括投眼而来的翠色，附耳而至的清风，无一不是豪华的天宠。才知道生命中的每一刹那都是向永恒借来的片羽，才相信胸襟中的每一缕柔情都是无限天机所流泻的微光。

———————————
① 栉（zhì）发：梳理头发。古代成年人栉发，因以借指年长。

而这一切，跟四十岁又有什么关联呢？

想起古代的东方女子，那样小心在意地贮香膏于玉瓶，待香膏一点一滴地积满了，她忽然竟渴望就地一掷，将浓烈的馨香并作一次挥尽。啊！只要那样一度，够了。

想起绝句里的剑客，"十年磨一剑，霜刃未曾试。今日把示君，谁有不平事？"分明一个按剑的侠者，在清晨跨鞍出门，渴望及锋而试[①]。

想起朋友亮轩在意气风发的十七岁，过中华路，在低矮的小馆里见于右任的一副联"与世乐其乐，为人平不平"，私慕之余，竟真能效志。人生如果真有可争，也无非这些吧？

又想起杨牧的一把纸扇，扇子是在浙江绍兴买的，那里是秋瑾的故乡，扇上题诗曰：

连雨清明小阁秋，

横刀奇梦少时游。

百年堪羡越园女，

无地今生我掷头。

冷战的岁月是没有掷头颅的激情的，然而，我四十岁了，我是那扬颈欲作一投掷的女子，我是那挎刀直行的少年，人世间总有一件事，是等着我去做的，石槽中总有一把剑，是等着我去拔的。

---

① 及锋而试：相关典故出自《史记·高祖本纪》。原指乘士气高涨的时候使用军队，后比喻乘有利的时机行动。

去年九月，我们全家四人到恒春一游。由于娘家至今在屏东已住了二十八年，我觉得自己很有理由把那块土地看作故乡了。阳光薄金，秋风薄凉，猫鼻头的激浪白亮如抛珠溅玉，立身苍茫之际，回顾渺小的身世，一切幼时所曾羡慕的，此刻全都有了。

曾听人说流星划空之际，如果能飞快地说出祈愿便可实现。当时多急着想练好快利的口齿啊，而今，当流星过眼，我只能知足地说：

"神啊，我一无祈求！"

可是，就在那一天，我走到一个小摊子前面，一些褐斑的小鸟像水果似的绑成一串吊在门口，我习惯后伸出手摸了它一下，忽然，那只鸟反身猛啄我一口，我又痛又惊，急速地收回手来，惶然无措地愣在那里。

就在那一瞬间，我忽然忘记痛，第一次想起鸟的生涯。

它必然也是有情有知的吧？它必然也正忧痛煎急吧？它也隐隐感到面对死亡的不甘吧？它也正郁愤悲挫忽忽如狂吧？

我的心比我的手更痛了。这是我第一次遇见不幸的伯劳，在这以前它一直是我案头古老的《诗经》里的一个名字，"七月鸣鵙①"，便是伯劳了，伯劳也是"劳燕分飞"典故里的一部分。

稍往前走，朋友指给我看烤好的鸟，再往前走，他指给我看堆积满地的小伯劳鸟的嘴尖。

"抓到就先把嘴折下来，免得咬人。然后才杀来烤，刚才咬

---

① 鵙（jú）：鸟名，又名伯劳。背灰褐色，尾长，上嘴钩曲，捕食鱼虫小鸟等，是一种益鸟。

你的那种因为打算卖活的，所以嘴尖没有折断。”

朋友是个尽责的导游，我却迷离起来。这就是我的老家屏东吗？这就是古老美丽的恒春古城吗？这就是海滩上有着发光的"贝壳沙"的小镇吗？这就是入夜以后沼气的蓝焰会从小泽里亮起来的神话之乡吗？"恒春"不该是"永恒的春天"吗？为什么有名的"关山落日"前，为什么惊心动魄的万里夕照里，我竟一步步踩着小鸟的嘴尖？

要不要管这档子闲事呢？

寄身在所谓的学术单位里已经几十年了，学人的现实和计较有时不下于商人，一位教授直言不讳地说：

"要我帮忙做食品检验？那对我的研究计划有什么好处？这种事是该卫生部门、管理部门做的，他们不做，我多管什么闲事？我自己的 Paper（论文）出不来，我在学术界怎么混？"

他说的没有错，只是我有时会想起胡金铨的《龙门客栈》，大门砰然震开，白衣侠士飘然当户。

"干什么的？"

"管闲事的！"

回答得多么理直气壮。

我为什么想起这些？四十岁还会有少年侠情吗？为什么空无中总恍惚有一声召唤，使人不安。

我不喜欢"善心人士"的形象，"慈眉善目"似乎总和衰老、妇道人家、愚弱有关。

而我，做起事来总带五分赌气性质，气生命不被尊重，气环境不被珍惜。但是，真的，要不要管这档子闲事呢？管起来钱会浪费掉，睡眠会更不足，心力会更交瘁，而且，会被人看成我最不喜欢的"善士"的模样，我还要不要插手管它呢？

教哲学的梁从香港来，惊讶地看我在屋顶上种出一畦花来。看到他，我忽然唠唠叨叨地在嬉笑中也哲学起来了。

"你知道，在这个世界上，我终于慢慢明白，我能管的事太少了。北爱尔兰那边要打，你管得着吗？巴基斯坦这边要打，你压得了吗？小学四年级的音乐课本上有这样一首歌：'看我们少年英豪，抖着精神向前跑，从心底喊出口号，要把世界重改造。为着民族求平等，为着人类争公道，要使全球万国间，到处腾欢笑。'那时候每逢刮风，我就喜欢唱着这首歌顶着风往前走。

"可是，三十年过去了，我不敢再说这样的大话，'要把世界重改造'，我没有这种本事，只好回家种一角花圃，指挥指挥四季的红花绿卉。这就是辛稼轩说的，人到了一个年纪，忽然发现天下事管不了，只好回过头来'乃翁依旧管些儿，管竹、管山、管水'。我呢，现在就管它几丛花。"

说的时候自然是说笑的，朋友认真地听，但我也知道自己向来虽不怕"以真我示人"，只是也不曾"以全我示人"。种花是真的，刻意去买了竹床竹椅放在阳台上看星星也是真的，却像古代长安街上的少年，耳中猛听得金铁交鸣，才发觉抽身不及，自己又忘了前约，依然伸手管了闲事。

一夜，歇下驰骋终日的疲倦，十月的夜，适度地凉，我舒舒服服地独倚在一张为看书而设计的躺榻上，算是对自己一点小小的纵容吧！生平好聊天，坐在研究室里是与古人聊天，与西人聊天；晚上读闲书读报是与时人聊天；写文章，则是与世人与后人聊天；旅行的时候则与达官贵人或老农老圃闲聊……想来属于我的一生，也无非是聊了些天而已。

忽然，一双忧郁愠怒的眼睛从报纸右下方一个不显眼的角落向我投视来，一双鹰的眼睛，我开始不安起来。不安的原因也许是因为那怒睁的眼中天生有着鹰族的锐利奋扬，但是不止这些，还有更多。

我静静地读下去，在花莲，一个叫玉里的镇，一个叫卓溪乡古风村的地方，一只赫氏角鹰被捕了。从来不知道赫氏角鹰的名字，连忙去查书，知道它曾在几万年前，从喜马拉雅和云南西北部南下，然后就留在中央山脉了。它不是台湾特有的鸟类，也不是偶然过境的候鸟，而是留鸟。这一留，就是几万年，听来像绵绵无尽期的一则爱情故事。

却有人将这种鸟用铁夹捕了，转手卖掉，得到五千元。

我跳起来，打长途电话到玉里，夜深了，没人接。我又跑到桌前写信，急着找限时信封作读者投书。信封贴上了，我跑下楼去推脚踏车寄信，一看腕表已经清晨五点了，怎么会弄得这么晚的？也只能如此了，救生命要紧！

骑车回来，心中亦平静亦激动，也许会带来什么麻烦，会有人骂我好出风头，会有人说我图名图利，会有人铁口直断地说："我看她是要竞选了！"不管他，我且先去睡两个小时吧！

我开始隐隐地知道刚才和那只鹰的一照面间我为什么不安，

我知道那其间有一种召唤，一种几乎是命定的无可抗拒的召唤。那声音柔和而坚实，那声音无言无语，却又清晰如面晤，那声音说："为那不能自述的受苦者说话吧！为那不能自伸的受屈者表达吧！"

而后，经过报上的风风雨雨，侦骑四出，却不知那只鹰流落在哪里。我的生活从什么时候开始竟和一只鹰莫名其妙地连在一起了？每每我凝视照片，想象它此刻的安危，人生际遇，真是奇怪。

过了二十天，我来到花莲，主持了两个座谈会，当晚住在旅社里，当门一关，廊外海潮声隐隐而来，心中竟充满异样的感激。生平住过的旅社虽多，这一间却是花莲的父老为我预定并付钱的。

我感激的是自己那一点的善意和关怀被人接纳，有时也觉得自己像说法化缘的老僧，虽然每遭白眼，但也能和人结成肝胆相照的朋友。我今夕蒙人以一饭相款，设一榻供眠，真当谢天，比起古代风餐露宿的苦行僧，我是幸运的。

第二天一早搭车到宜兰，听说上次被追索的赫氏角鹰便是在偷运台北的途中死在那里的。我和鸟类专家张万福从罗东问到宜兰，终于在一家"山产店"的冷冻箱里找到那只曾经搏云而上的高山生灵，而今是那样触手如坚冰的一块尸骨。站在午间陌生的市镇上，山产店里一罐罐的毒蛇药酒，从架上俯视着我。

这样的结果其实多少也是意料中的，却仍忍不住悲怆。四十岁了，风尘仆仆，站在小城的小街上一家破败的山产店前，不肯服输的心底，要对抗的究竟是什么呢？

和张万福匆匆包了它就沿北宜公路赶回家来，黄昏时在台北道别，目送他继续赶往台中，心中充满感恩。只为我一通长途电话，他就肯舍掉两天的时间，背着一大包幻灯片，从台中、台北再转花莲去"说鸟"。

此人也是一奇人，阿美族人，台大法律系毕业，在美军顾问团做事，拿着高薪，却忽然发现所谓律师常是站在有钱有势却无理的一边。这一惊非同小可，于是弃职而去，一跑跑到大度山的东海潜心研究起鸟类生态来。

故事听起来像江洋大盗忽然收山不做而削发皈依、反度起众人一般的神奇。而他却是如此平实的一个人，会傻里傻气地待在野外从早上六点到下午六点，仔细数清楚棕面莺的母鸟喂了四百八十次小鸟的记录，并且会在座谈会上一一学鸟类不同的鸣声。

而现在，赫氏角鹰交给他去做标本，一周以后，那胸前一片粉色羽毛的幼鹰会乖乖地张开翅膀，乖乖地停在标本架上，再也没有铁夹去夹它的脚了，再也没有商人去辗转贩卖它了，那永恒的展翼啊！台北的暮色和尘色中，我看着他和鹰绝尘而去，心中的冷热一时也说不清。

我是个爱鸟的人吗？不是。我爱的那个东西必然不叫鸟，那又是什么呢？或许是鸟的振翅奋扬，是一掠而过将天空横渡的意气风发。也许我爱的仍不是这个，是一种说不清的生命力的展示，是一种突破无限时空的渴求。

曾在翻译诗里爱过希腊废墟的蔓草荒烟，曾在风景明信片上爱过夏威夷的明媚海滩，曾在线装书里迷上"黄河之水天上来"，曾在江南的歌谣里想象自己驾一叶迷途于十里荷香的小舟……而半生碌碌，灯下惊坐，忽然发现魂牵梦萦的仍是中央山脉上我未及睹其生面的一只鹰鸟。

四十岁了，没有多余的情感和时间可以挥霍，且专心致志地爱脚下的这片土地吧！且虔诚地维护头顶的那片青天吧！生平不识一张牌，却生就了大赌徒的性格。押下去的那份筹码其数值自己也不知道，只知道是余生的岁岁年年。赌的是什么？是在我垂睫大去之际能看到较澄澈的河流，较清新的空气，较青翠的森林，较能繁息生养的野生生命……

输赢何如？谁知道呢！但身经如此一番大搏，也就不枉来人世间一遭了。

和丈夫去看一部叫《女人四十一枝花》的电影，回家的路上咯咯笑个不停，好莱坞的爱情向来是如此简单荒唐。

"你呢？"丈夫打趣道，"你是不是女人四十一枝花？"

"不是，"我正色道，"我是'女人四十一枚果'。女人四十岁还做花，也不是什么含苞盛放的花了；但是如果是果呢，倒是透青透青初熟的果子呢！"

一切正好，有看云的闲情，也有犹热的肝胆；有尚未收敛也不想收敛的遭人妒恨的地方，也有平凡敦实容许别人友爱的余裕；有高龄的父母仍容我娇痴无忌如稚子，也有广大的国家容我去展怀一抱如母亲；有怫然而怒的盛气，也有粲然一笑的淡然。

还有什么可说呢？嫩芽期已过，花期已过，如今打算来做一枚果，待果熟蒂落，愿上天复容我是一粒核，纵身大化，在新着土处，期待另一度的芽叶。

衣履篇

人生于世，相知有几？而衣履相亲，亦凉薄世界中之一聚散也——

羊毛围巾

所有的巾都是温柔的，像汗巾、丝巾和羊毛围巾。

巾不用剪裁，巾没有形象，巾甚至没有尺码，巾是一种温柔得不会坚持自我形象的东西，它被捏在手里、包在头上或绕在脖子上，巾是如此轻柔温暖，令人心疼。

巾也总是美丽的，那种母性的美丽，或抽纱或绣花，或泥金或描银，或是织锦，或是钩纱，巾总是美得那么细腻娴雅。

而这个世界是越来越容不下温柔和美丽了，伊丽莎白·泰勒死了，史都华·格兰杰老了，费雯·丽消失了，取而代之的是查尔斯·布朗森，是007，是冷硬的珍·芳达和费·唐娜薇。

唯有围巾仍旧维持着一份古典的温柔，一份美。

我有一条浅褐色的马海毛围巾，是新春去了壳的大麦仁的颜色，错觉上几乎嗅得到麸皮的干香。

即使在不怎么冷的日子，我也喜欢围上它。它是一条不起眼的围巾，但它的抚触轻暖，有如南风中的琴弦，把世界遗留在恻恻轻寒中，我的项间自有一圈暖意。

忽有一天，我在惯行的山径上走，满山的芦苇柔软地舒开，怎样的年年苇色啊！这才发现芦苇和我的羊毛围巾有着相同的色调和触觉，秋山清寂，秋容空寥，秋天也正自搭着一条"苇"巾吧，从山巅绕到低谷，从低谷拖到水湄，一条古旧温婉的围巾啊！

以你的两臂合抱我，我的围巾，在更冷的日子你将护住我的两耳焐着我的发。你照着我的形象而委曲地重叠你自己，从左侧环护我，从右侧萦绕我。你是柔韧而忠心的护城河，你在我的坚强梗硬里纵容我，让我也有小小的柔弱，小小的无依，甚至小小的撒娇作痴。你在我意气风发飘然上举几乎要破躯而去的时候，静静地伸手挽住我，使我忽然体味到人间的温情，你使我怦然间软化下来，死心塌地留在人间。如山，留在茫茫扑扑的芦苇里。

巾真的是温柔的，人间所有的巾，包括我的那一条。

背　袋

我有一个背袋，用四方形碎牛皮拼成的。我几乎天天背着，一背竟背了五年多了。

每次用破了皮，我就到鞋匠那里请他补。他起先还背，渐渐地就好心地劝我不要太省了。

我拿它去干洗，老板娘含蓄地对我一笑，说："你大概很喜欢这个包吧？"

我说："是啊！"

她说："怪不得用得这么旧了！"

我背着那包，在街上走着，忽然看见一家别致的家具店，我一走进门，那闲坐无聊的小姐忽然迎上来，说：

"咦，你是学绘画的吧？"

我坚决地摇摇头。

不管怎么样，我舍不得丢掉它。

它是我所有使用过的皮包里唯一可以装得下一本《辞源》，外加一个饭盒的。它是那么大，那么轻，那么强韧可信。

在东方，囊袋常是神秘的，背袋里永远自有乾坤，我每次临出门把那装得鼓胀的旧背袋往肩上一搭，心中一时竟会万感交集起来。

多少钱，塞进又流出；多少书，放进又取出。那里面曾搁入我多少次午餐用的面包，又有多少信，多少报纸，多少学生的作业，多少名片，多少婚丧喜庆的消息在其中驻足而又消失。

一只背袋简直是一段小型的人生。

曾经，当孩子的乳牙掉了，你匆匆将它放进去。曾经，山径上迎面栽跌下一枚松果，你拾了往袋中一塞。有的时候是一叶青橄，有的时候是一捧贝壳，有的时候是身份证、护照、公交车票，有的时候是给那人买的袜子、熏鸡、鸭肫或者阿司匹林。

我爱那背袋，或者是因为我爱那些曾经真真实实发生过的生活。

背上袋子，两手都是空的，空了的双手让你觉得自在，觉得有无数可以掌握的好东西。你可以像国画上的隐士去策杖而游，你可以像英雄擎旗而战，而背袋不轻不重地在肩头，一种甜蜜的牵绊。

夜深时，我把整好的背袋放在床前，爱怜地抚弄那破旧的碎片，像一个江湖艺人在把玩陈旧的行头，等待明晨的冲州撞府。

明晨，我仍将背上我的背袋去逐明日的风沙。

穿风衣的日子

香港人好像把那种衣服叫成"干湿褛"，那实在也是一个好名字，但我更喜欢我们在台湾的叫法——风衣。

每次穿上风衣，我都莫名其妙地感觉异样起来。不知为什么，尤其刚系好腰带的时候，我在错觉上总怀疑自己就要出发去流浪。

穿上风衣，只觉风雨在前路飘摇，小巷外有万里未知的路在等着，我有着"一蓑烟雨任平生"的莽莽情怀。

穿风衣的日子是该起风的，不管是初来乍到还不惯于温柔的春风，或是绿色退潮后寒意陡起的秋风。风在云端叫你，风透过千柯万叶以苍凉的颤音叫你，穿风衣的日子总无端地令人凄凉——但也因而无端地令人雄壮。

穿了风衣，好像就该有个故事要起头了。

必然有风在江南，吹绿了两岸，两岸飘动杨柳帷幕。

必然有风在塞北，拨开野草，让你惊见大漠的牛羊。

必然有风像旧戏中的流云彩带，圆转柔和地圈住一千一百万平方公里的海棠残叶。

必然有风像歌，像笛，一夜之间遍洛城。

曾翻阅汉高祖的白云的，曾翻阅唐玄宗的牡丹的，曾翻阅陆放翁的大散关的那风，今天也翻阅你满额的青发，而你着一袭风衣，走在千古的风里。

风是不是天地的长喟？风是不是大块血气涌腾之际搅起的不安？

风鼓起风衣的大翻领，风吹起风衣的下摆，唰唰地打我的腿。我蘧然①四顾，人生是这样辽阔，我觉得有无限渺远的天涯在等我。

旅行鞋

那双鞋是麂皮的，黄铜色，看起来有着美好的质感，下面是软平的胶底，足有两厘米厚。

鞋子的样子极笨，秃头，上面穿着鞋带，看起来牢靠结实，好像能穿一辈子似的。

想起"一辈子"，心里不免怆然一惊，但惊的是什么，也说不上来。一辈子到底是什么意思？半生又是什么意思？七十年是什么？多于七十或者少于七十又是什么？

每次穿那鞋，我都忍不住问自己：一辈子是什么？我拼命思索，但我依然不知道一辈子是什么。

已经四年了，那鞋秃笨厚实如昔，我不免有些恐惧。会不会有一天，我已老去，再不能赴空山灵雨的召唤，再不能一跃而起前赴五湖三江的邀约，而它，却依然完好？

事实上，我穿那鞋，总是在我心情最好的时候。它是一双旅行鞋，我每穿上它，便意味着有一段好时间好风光在等我。别的鞋底惯于踏一片黑沉沉的柏油，但这一双，踏的是海边的湿沙，

———————————
① 蘧（qú）然：惊喜的样子。

岸上的紫岩，它踏过山中的泉涧，蹚尽林下的月光。但无论如何，我每见它时，总有一丝怅然。

也许不为什么，只为它是我唯一穿上以后真真实实去走路的一双鞋，只因我们一起踩遍花朝月夕万里风沙。

或穿或不穿，或行或止，那鞋常使我惊奇。

牛仔长裙

牛仔布，是当然该用来做牛仔裤的。

穿上牛仔裤显然应该属于另外一个世界，但令人讶异的是牛仔布渐渐地不同了，它开始接受了旧有的世界，而旧世界也接受了牛仔布，于是牛仔短裙和牛仔长裙出现了，原来牛仔布也可以是柔和美丽的。牛仔马甲和牛仔西装上衣、牛仔大衣也出现了，原来牛仔布也可以是典雅庄重的。

我买了一条牛仔长裙，深蓝色的，直拖到地，我喜欢得要命。旅途中，我一口气把它连穿七十天。脏了，就在朋友家的洗衣机里洗好、烘好，依旧穿在身上。

真是有点疯狂。

可是我喜欢带点疯狂的自己。

所以我喜欢那条牛仔长裙，以及穿长裙时候的自己。

对于旅人而言，多余的衣服是不必要的。没有人知道你昨天穿什么，所以，今天，在这个新驿站，你有权利再穿昨天的那件。旅人是没有衣橱没有穿衣镜的，在夏天，旅人可凭两衫一裙走天涯。

假期结束时，我又回到学校，牛仔长裙挂起来，我规规矩矩地穿我该穿的衣服。

只是，每次，当我拿出那条裙子的时候，我的心里依然涨满喜悦。穿上那条裙子我就不再是母亲的女儿或女儿的母亲，不再是老师的学生或学生的老师，我不再有任何头衔任何职分。我也不是别人的妻子，不管那一百三十九平方米的公寓。牛仔长裙对我而言渐渐变成了一件魔术衣，一旦穿上，我就只是我，不属于任何人，甚至不隶属于大化。因为当我一路走，走入山，走入水，走入风，走入云，走着，走着，事实上竟是根本把自己走成了大化。

那时候，我变成了无以名之的我，一径而去，比无垠雪地上身披猩红斗篷的宝玉更自如，因为连左右的一僧一道都不存在。我只是我，一无所系，一无所属，快活得要发疯。

只是，时间一到，我仍然回来，扮演我被同情或羡慕的角色，我又成了有以名之的我。

我因此总是用一种异样的情感爱我的牛仔长裙——以及身系长裙时的自己。

项　链

温柔之必要，

肯定之必要。

这句话是痖弦[1]说的。

① 痖弦：中国台湾著名诗人。本名王庆麟，河南南阳人。代表作有《痖弦诗抄》《深渊》《盐》等诗集。

一点点酒和木樨花之必要。

项链，也许本来也是完全不必要的一种东西，但它显然又是必要的，它甚至是跟人类文明史一样长远的。

或者是一串贝壳，一枚野猪牙，或者是埃及人的黄金项圈，或者是印第安人天青色的石头，或者是中国人的珠圈玉坠，或者是罗马人的古钱，乃至土耳其人的宝石……项链委实是一种必要。

不单项链，一切的手镯、臂钏，一切的耳环、指环、头簪和胸针，都是必要的。

怎么可能有女孩子会没有一只小盒子呢？

怎么可能那只盒子里会没有一圈项链呢？

田间的番薯叶，堤上的小野花，都可以是即兴式的项链。而做小女孩的时候，总幻想自己是美丽的。吃完了释迦果，黑褐色的种子是项链；连爸爸抽完了烟，那层玻璃纸也被扭成花样，串成一圈。那条玻璃纸的项链终于只做成半串，爸爸的烟抽得太少，而我长大得太快。

渐渐地，也有了一盒可以把玩的项链了，竹子的、木头的、石头的、陶瓷的、骨头的、果核的、贝壳的、镶嵌玻璃的，总之，除了一枚值四百元的玉坠，全是些不值钱的东西。

可是，那盒子有多动人啊！

小女儿总是瞪大眼睛看那盒子，所有的女儿都曾喜欢"借用"妈妈的宝藏，但她们真正借去的，其实是妈妈的青春。

我最爱的一条项链是骨头刻的（刻骨两个字真深沉，让人想到刻骨铭心，而我竟有一枚真实的刻骨，简直不可思议），以一条细皮革系着，刻的是一个拇指大的襁褓中的小娃娃，圆嘟嘟的脸，可爱得要命。买的地方是印第安村，卖的人也说刻的是印第安婴儿，因为只有印第安人才把娃娃用绳子绑起来养。

我一看，几乎失声叫起来，我们中国娃娃也是这样的呀，我忍不住买了。

小女儿问我那娃娃是谁，我说：

"就是你呀！"

她仔细地看了看，果真相信了，满心欢喜兴奋，不禁拿出来摸摸弄弄，真以为就是她自己的塑像。

我其实没有骗她，那骨刻项链的正确名字应该叫作"婴儿"，它可以是印第安婴儿，可以是中国婴儿，可以是日本婴儿，它可以是任何人的儿子、女儿，或者它甚至可以是那人自己。

我将它挂在胸前，贴近心脏的高度，它使我想到"彼亦人子也"，我的心跳几乎也因此温柔起来，我会想起孩子极幼小的时候，想起所有人类的襁褓中的笑容。

挂那条项链的时候，我真的相信，我和它，彼此都美丽起来。

红绒背心

那件红绒背心是我怀孕的时候穿的，下缘极宽，穿起来像一口钟。

那原是一件旧衣，别人送给我的，一色极纯的玫瑰红，大口袋上镶着一条古典的花边。

其他的孕妇装我全送人了，只留下这一件舍不得，挂在储藏室里，它总是牵动着一些什么，藏伏着一些什么。

怀孕的日子里的那些不快，不知为什么，想起来都模糊了。那些疼痛和磨难竟然怎么想都记不真切，真奇怪，生育竟是生产的人和被生的人都说不清楚过程的一件事。

而那样惊天动地的过程，那种参天地之化育的神秘经验，此刻几乎等于完全不存在了。仿佛星辰，我虽知道它在亿万年前形成，却完全不能重复那份记忆。你只见日升月恒①，万象回环，你只觉无限敬畏。世上的事原来是可以在混沌浑噩中成就其美好的。

而那件红绒背心悬挂在那里，柔软鲜艳，那样真实，让你想起自己怀孕时期像一块璞石含容一块玉的旧事。那时，曾有两脉心跳，交响于一副胸腔之内——而胸腔，在火色迸发的红绒背心之内。对我而言，它不是一件衣服，而是孩子的"创世纪"。每当我怔望着它，就重温小胎儿在腹中来不及似的膨胀时的力感。那时候，作为一个孕妇，怀着的竟是一个急速增大的银河系。真的，那时候，所有的孕妇是宇宙，有万种庄严。

孩子大了，在那里自顾自地玩着他的集邮册或彩色笔。年复一年，寒来暑往，我拣衣服的时候，总看见那像见证人似的红绒背心悬挂在那里，然后，我习惯地转眼去看孩子，我感到寂寥和甜蜜。

---

①日升月恒：像太阳刚刚升起，像上弦月渐圆。出自《诗经·小雅·天保》："如月之恒，如日之升。"恒，上弦月渐趋盈满的样子。

我　有

那天下午回到家，心里颇不如意，坐在窗前，禁不住怜悯起自己来。

窗棂间爬着一溜紫藤，隔着青纱和我对坐着，在微凉的秋风里和我互诉哀愁。

事情总是这样的，你总得不到你所渴望的公平。你努力了，可是并不成功，因为掌握你成功的是别人，而不是你自己。我也许并不稀罕那份成功，可是，心里总不免有一种受愚的感觉。就好像小时候，你站在糖食店的门口，那里有一块抽奖的牌子，你的眼睛望着那最大最漂亮的奖品，可是你总抽不着。你袋子里的镍币空了，可是那份希望仍然高高地悬着。直到有一天，你忽然发现，事实上根本没有那份奖品，那些藏在一排红纸后面的签全是些空白的或者是近于空白的小奖。

那串紫藤这些日子美得有些出奇，秋天里的花就是这样的，不但美丽，而且有那么一份凄凄艳艳的韵味。风一过的时候，醉红乱旋，把怜人的红意都荡到隔窗的小室中来了。

唉，这样美丽的下午，把一腔怨烦衬得更不协调了。可恨的还不只是那些事情本身，更有被那些事扰乱得不再安宁的心。

翠生生的叶子簌簌作响，如同檐前的铜铃，悬着整个风季的音乐。这音乐和蓝天是协调的，和那一滴滴晶莹的红也是协调的——只是和我受愚的心不协调。

其实我们已经受愚多次了，而这么多次，竟没有能改变我们的心。我们仍然对人抱孩子似的信任，仍然固执地期望着良善，仍然宁可被人负而不负人，所以，我们仍然容易受伤。

我们的心敞开，为要迎一只远方的青鸟，可是扑进来的总是蝙蝠，而我们不肯关上它，我们仍然期待着青鸟。

我站起身，眼前的绿烟红雾缭绕着，使我有着微微眩晕的感觉。遮不住的晚霞破墙而来，把我罩在大教堂的彩色玻璃下。我在那光辉中伫立着，撒金的分量很沉重地压着我。

"这些都是你的，孩子，这一切。"

一个遥远而又清晰的声音穿过脆薄的叶子传来，很柔和，很有力，很使我震惊。

"我的？"

"我的，我给了你很久了。"

"唔，"我说，"我不知道。"

"我晓得，"他说，声音里流溢着悲悯，"你太忙。"

我哭了，虽然没有责备。

等我抬起头的时候，那声音便悄悄隐去了，只有柔和的晚风久久不肯散去。我疲倦地坐下去，疲于应付一个下午的怨怒。

我真是很愚蠢的——比我所想象的更愚蠢，其实我一直这么富有，我竟然茫无所知，我老是计较着，老是不够洒脱。

有微小的钥匙转动的声音，是他回来了。他总是想偷偷地走进来，给我一个小小的惊喜，可是他办不到，他的步子又重又实，他就是这样的。

现在他是站在我的背后了，那熟悉的皮夹克的气息四面袭来，使我沉浸在很幸福的孩童时期的梦幻里。

"不值得的。"他说，"为那些事失望实在是太廉价了。"

"我晓得，"我玩着一裙阳光喷射的撒金点子，"其实也没有什么。"

> 人只有两种，幸福的和不幸福的。幸福的人不能因不幸的事变成不幸福，不幸福的人也不能因幸运的事变成幸福。

他的目光俯视着我，那里面重复地写着一行最美丽的字眼，我立刻再一次知道我是属于哪一类了。

"你一定不晓得的，"我怯怯地说，"我今天才发现，我有好多东西。"

"真的那么多吗？"

"真的。以前我总觉得那些东西是上苍赐予全人类的，但今天你知道，那是我的，我一个人的。"

"你好富有。"

"是的，很富有，我的财产好殷实。我告诉你，我真的相信，如果今天黄昏时宇宙间只有我一个人，那些晚霞仍然会舒展在天上的，那些花儿仍然会开成一片红色的银河系的。"

忽然我发现那些柔柔的须茎开始在风中探索，多么细弱的挣扎，那些卷卷的绿意随风上下，一种撼人的律动。从窗棂间望出去，晚霞的颜色全被这些纤纤柔柔的小触须给抖乱了，乱得很鲜活。

生命是一种探险，不是吗？那些柔弱的小茎能在风里成长，我又何必在意长长的风季！

忽然，我再也想不起刚才忧愁的真正原因了。我为自己的庸俗愕然了好一会儿。

有一堆温柔的火焰从他的双眼中升起。我们在渐冷的暮色里互望着。

"你还有我，不要忘记。"他的声音有如冬夜的音乐，把人圈在一团遥远的烛光里。

我有，这一切我一直有，我怎么会忽略呢！那些在秋风中犹为我绿着的紫藤，那些虽远在天边却依旧灿然的红霞，以及那些在一凝注间的温暖，我还能要求些什么呢？

那些叶片在风里翻着浅绿的浪，如同一列编磬①，敲出很古典的音色。我忽然听出，这是最美的一次演奏，在整个长长的秋季里。

---

① 编磬（qìng）：古代的一种乐器，用石或玉制成，十六面一组。每只磬发出不同的音色，可以演奏旋律，多用于宫廷雅乐或盛大的祭典。

有个叫"时间"的家伙走过

"这是什么菜？"

晚餐桌上，丈夫点头赞许：

"这青菜好，我喜欢吃，以后多买这种菜。"

我听见了，啼笑皆非，立即顶回去：

"见鬼哩，这是什么菜？这是青江菜，两个礼拜以前你还说这菜难吃，叫我以后别再买了。"

"怎么可能？"

"怎么不可能？上次买的老，这次买的嫩，其实都是它，你说爱吃的是它，说不爱吃的还是它。"

同样的东西在不同时段上差别之大，几乎会让你忘了其实它们原本是一个啊！

此刻委地的尘泥，曾是昨日枝头喧闹的春意，两者之间，谁才是那花呢？

今朝为蝼蚁食剩的枯骨，曾是昔时舞妓杨柳的软腰，两相参照，谁方是那绝世的美人呢？

一把青江菜好不好吃，这里头竟然牵动起生命的大怆痛①了。

你所爱的，和你所恶的，其实只是同一个对象，只不过，有一个叫"时间"的家伙曾经走过而已。

—————————

① 怆（chuàng）痛：悲痛。

鼻子底下就是路

走出地铁，只见中环车站人潮汹涌，是名副其实的"潮"，一波复一波，一涛叠一涛。在世界各大城市的地铁里香港因为开始得晚，反而后来居上，做得非常壮观利落。但车站也的确大，搞不好明明要走出去的却偏偏会走回来。

我站住，盘算一番，要去找个人来问路。虽然满车站都是人，但我问路自有精挑细选的原则：

第一，此人必须慈眉善目，犯不上问路问上凶煞恶神。

第二，此人走路速度必须不徐不疾，走得太快的人你一句话没说完，他已蹿到十米外去了，问了等于白问。

第三，如果能碰到一对夫妇或情侣最好，一方面"一箭双雕"，两个人里面至少有一个会知道你要问的路；另一方面大城市里的孤身女子甚至孤身男子都相当自危，陌生人上来搭话，难免让人害怕，一对人就自然而然地胆子大多了。

第四，偶然能跟慧黠自信的女孩搭上话也不错，她们偶或一时兴起，也许会陪我走上一段路的。

第五，站在路边作等人状的年轻人千万别去问，他们的一颗心早因为对方的迟到急得沸腾起来，哪里有情绪理你。他和你说话之际，一分神说不定就和对方错过了，那怎么可以！

今天运气不错，那两个边说边笑、衣着清爽的年轻女孩看起来就很理想，我于是赶上前去，问道：

"母该垒（不该你，即对不起之意），'德铺道中'顶航（顶是'怎么'的意思，航是'行走'的意思）？"我用的是新学的广东话。

"啊，果边航（这边行）就得了（就可以了）！"

两人还把我送到正确的出口处，指了方向，甚至还问我是不是台湾来的，才道了再见。

其实，我皮包里是有一份地图的，但我喜欢问路。地图太现代感了，我不习惯。我仍然喜欢旧小说里的行路人，跨马走到三岔路口，跳下马唱个喏，对路边下棋的老者问道：

"老伯，此去柳家庄悦来客栈打哪里走？约莫还有多远脚程？"

老者抬头，骑者一脸英气逼人，老者为他指了路，无限可能的情节在读者面前展开……我爱的是这种问路，问路几乎是我碰到机会就要发作的怪癖，原因很简单，我喜欢问路。

至于我为什么喜欢问路，则和外婆有很大的关系。外婆不识字，且又早逝，我对她的记忆多半是片段性的，例如她喜欢自己捻棉成线，工具是一根筷子和一枚制钱，但她最令我心折的一点却是从母亲那里听来的：

"小时候，你外婆常支使我们去跑腿，叫我们到××路去办事，我从小胆子小，就说：'妈妈，那条路在哪里？我不会走啊！'你外婆脾气坏，立刻骂起来：'不认路，不认路，你真没用，路——鼻子底下就是路。'我听不懂，说：'妈妈，鼻子底下哪有路呀？'后来才明白，原来你外婆是说鼻子底下就是嘴，有嘴就能问路！"

我从那一刹那立刻迷上我的外婆，包括她的漂亮，她的不识字的智慧，她把长工短工田产地产管得井井有条的精力以及她蛮横的坏脾气。

由于外婆的一句话，我总是告诉自己，何必去走冤枉路呢？宁可一路走一路问，宁可在别人的恩惠和善意中立身，宁可像赖皮的小幺儿去仰仗哥哥姐姐的威风。渐渐地我才发现能去问路也是一种权利，是立志不做圣贤不做先知的人的最幸福的权利。

每次，我所问到的，岂只是一条路的方向，难道不也是冷漠的都市人的一颗犹温的心吗？而另一方面，我不自量力，叩前贤以求大音，所要问的，不也是可渡的津口可行的阡陌吗？

每一次，我在陌生的城里问路，每一次我接受陌生人的指点和微笑，我都会想起外婆。谁也不是一出世就藏有一张地图的人，天涯的道路也无非边走边问，一路问出来的啊！

我会念咒

一

我会念咒，只会一句。

我原来也不知道，是偶然间发现的。一向，咒语都是由谁来念诵呢？故事里是由巫婆或道士来念，他们有时是天生就会，有时是跟人学来的，咒语多半烦难冗长，令人望而生畏。

我会咒语而竟不自知，想来是自己天生会的。

我会的那句咒语很简单，总共只有四个字，连小孩都能立刻学会，那四个字是："我好快乐！"如果翻成英文，也是四个字：I am so happy！

二

这样的咒语虽不能让撒出手的豆子变成兵，让纸剪的马儿真的可骑可乘可供驱驰，让钵子里的钱永远掏用不完，或让别人水果摊上的水梨都到我的树枝上来供我之用。可是，它却有崂山道士的大法力，它可以助我穿墙。

什么墙？砖墙？水泥墙？铜墙？铁壁？都不是，而是悲伤之墙，是倦怠之墙，是愤懑怨怒之墙，是遭到割伤烫伤斫伤泼伤之际的自伤之墙，是心灰意冷情摧泪尽的沮丧之墙，是自认为我已心竭力怯万劫不复的绝望之墙……

三

大约是两年前吧，有一天，奔波了一整天，到黄昏时才回家，把车在巷子里停好，车窗尚未关上，我不自觉地大叹了一声："啊！我好快乐！"

当时车停在公园旁，隔着矮矮的灌木丛，有一个背对我垂头而坐的男人听到我说话，他猛地坐直身子回望了我一眼，我这才发现半米之外有人听到我最幽微的内心语言。那一眼令我难忘，隔着打开的车窗，我看到那其中有惊吓，在这都市里怎会有一个女人在作如此诡异的宣告？也许也有愤怒，世道如今都成了什么样子了，你还有本事快乐！也许有不可置信，什么？快乐这种东西还存在吗？也许是悲悯，这女子难道疯了吗？

我当时有点惭愧，然后，我发觉，我爱念这句咒语已经很久了，平常没有人听见，我也不自觉，今天被人发现又被人回头看了一眼，才觉得这句话真有点怪异。

那老男人站起来，在暮色中踽踽离去了。他是被吓到了吗？

四

其实，我很想追上那人，对他说：老先生，你刚才听到我说的那句话，既是真的，也是瞎掰的。我其实大病初愈，身心俱疲。我其实忧时忧世，不认为这粒地球有什么光明的前途。我事实上一想及那些优美深沉馥郁绵亘的传统正遭人像处理病死猪一般荼毒且掩埋，就恨不得放声恸哭，与人一决……但此刻，我奔波了一天，不管我所恳求的，所呼吁的，所叮嘱的，所反复申诉的被接受了或被拒绝了，上帝啊，毕竟我已尽力了。天黑了，我回家了，我如此渺小，赐我今夕热食热汤，赐我清爽的沐浴，赐我一枕酣睡。

为此，我好快乐。

能尽心竭力，我好快乐。

能为心爱的道统传承来辛苦或受辱，这并不是每一个人可享有的权利，所以，我好快乐。

如果我悲苦，那也是上天看得起我，容许我忍此悲辛荼苦，我为配忍此苦楚而要说一句：我好快乐。

我好快乐，因为我能说"我好快乐"。这是我的快乐咒，其言有大法力，助我穿墙直行，披靡天涯，虽然也许早已撞得鼻青脸肿而不自知。

第四辑

不 知 有 花

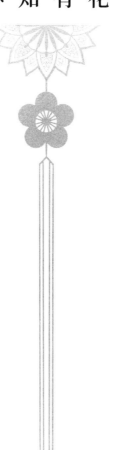

不知有花

那时候，是五月，桐花在一夜之间，攻占了所有的山头。历史或者是由一个一个的英雄豪杰叠成的，但岁月对我而言，是花和花的禅让所缔造的。

桐花极白，极矜持，花心却又泄露些许微红。我和我的朋友都认定这花有点诡秘①——平日守口如瓶，一旦花开，则所向披靡，灿如一片低飞的云。

车子停在一个小客家山村，走过紫苏茂生的小径，我们站在高大的桐树下。山路上落满白花，每一块石头都因花罩而极尽温柔，仿佛战马一旦披上了绣帔，也可以供女人骑乘。

而阳光那么好，像一种叫"桂花蜜酿"的酒。人走到林子深处，不免叹息气短，对着这惊心动魄的手笔感到无能为力，强大的美有时令人虚脱。

忽然有个妇人行来，赭红的皮肤特别像那一带泥土的色调。

"你们来找人？"

"我们——来看花。"

---

① 诡秘：形容行动、态度等隐秘不易捉摸。

"花？"妇人匆匆往前赶路，一面丢下一句，"哪有花？"

由于她并不求答案，我们也噤然不知如何接腔，只是相顾愕然，如此满山满林迎面扑鼻的桐花，她居然问我们"哪有花"。

但风过处花落如雨，似乎也并不反对她的说法。忽然，我懂了，这是她的家，这前山后山的桐树是他们的农作物，是大型的庄稼。而农人对于能当作物的花，一向是视而不见的。在他们看来，玫瑰是花，剑兰是花，菊是花，至于稻花桐花，那是不算的。

使我们为之绝倒发痴的花，她竟可以担着水夷然走过千遍，并且说："花？哪有花？"

我想起少年游狮头山，站在庵前看晚霞落日，只觉如万艳争流竞渡，一片西天华美到几乎受伤的地步，忍不住转身对行过的老尼说："快看那落日！"

她安静垂眉道："天天都是这样的！"

事隔二十年，这山村女子的口气，同那老尼竟如此相似，我不禁暗暗嫉妒起来。

不为花而目醉神迷、惊愕叹息的，才是花的主人吧？对那大声地问我"花？哪有花"的山村妇人而言，花是树的一部分，树是山林的一部分，山林是生活的一部分，而生活是浑然大化的一部分。她与花可以像山与云，相亲相融而不相知。

年年桐花开的时候，我总想起那妇人，那位步过花潮花汐而不知有花的妇人，并且暗暗嫉妒。

我是拥有一枚柿子的"柿长"

你决定做个"强人"或"女强人"吗？我没有。虽然，另一方面，我倒也并没有决定做个"弱人"。

既然不打算做强人，大概就已经放弃了"主动攻击"的生存架势。于是，很快地，便发现自己已沦落为"招架者"了。

但招架又谈何容易，至少也要招得住才行啊！也要抵抗得有模有样才像话啊！否则一旦溃不成军，就混不下去了。

记得《天龙八部》里的段誉吗？他对武功一窍不通，却经过特别管道，学会了如何游走闪避。

大凡一般武林高手行走江湖之际，都难免带伤挂彩，可是，一旦知道如何走避，则终身安吉。

不要告诉我逃避是"阿Q精神"，我就是靠这种种"抵御外侮"的伎俩，才安然无恙活到今天的。以下且公布一招半式，以供同道参考。

话说我家门口有个小公园，里面有几棵榕树、几把椅子、一座滑梯，虽不怎么像样，勉强也算有几片绿叶可瞧。

不料一逢选举，简直成了灾祸之源。尤其是××党的，每次政见发表总要从六点闹到十一点，尽管台下只小猫三两只，他们仍靠着现代科技，声动数条街。

我把门窗严闭，播放自己的音乐，仍抵挡不住。后来只好强自镇定，正襟危坐。不幸自己的浩然之气并未养足，挡不住魔音来入耳。

不料，正当此际，我忽然发现了一枚柿子。那柿子我放在客厅也有十天了，说起这柿子，也是有来历的。

那是个假日，朋友开车带我去北埔玩，北埔在竹东，是个客家乡。朋友画画，因而和那里做画框的畲先生熟，便相约去他家采柑子，中午吃"放山鸡"煨煮的四神甜汤。

我比较没出息，偏偏爱上他们的旱稻米，抱了二十斤回台北。卖米的是畲先生的亲戚，他说："从台北来这里买米？我没见过！"

那天带回来的东西里，我最喜欢的是两枚柿子。那柿子长在山径旁的树上，是硕果仅存的两枚。

畲先生听我赞叹，便猴子一般猱升[1]而上为我采下。我真是乐歪了，市面上虽然也卖那一百元一粒的日本箱根[2]柿子，但怎敌这枚朋友的朋友为我采下的枝头柿子。

柿子采回来，连着枝干，斜插在客厅的一只绿釉老瓮里，显得红艳欲滴。每次出出入入只见一团喜气盈眉逼眼而来。

被音量袭击的那个晚上，柿子成了我的救生浮板。我虔诚地面柿而坐，对它的美致敬。然后，诚心诚意，一点点撕下它的薄皮，

①猱（náo）升：猿猱上树。比喻像猿猱似的轻捷攀登。
②箱根：位于日本神奈川县西南部，常年游客往来不绝。

第
四
辑

不

知

有

花

柿肉绵软甜润，一口咬下去，整个客乡的美丽山容都重现了。

附带重现的是那些人、那些树、那些如灯笼的垂垂白柚，以及芳香袭人的野橘酱。

我因一枚完美的柿子而感恩、而爱上整个岛，爱上整个人群。我因拥有一枚山野采来的柿子而自认为是个幸福的人。

靠着这份幸福感，我逃开了那夜声浪的迫害，重新捡回半条性命，重新和这个扰攘的尘世打成平手。

我觉得，是山救了我。山把它自己的美，凝聚成一枚小小的柿子，藏身在我家客厅里，成了我的秘密保镖。在我和世局相争快要不支的时候，它用它的雅美芳醇救了我。

我是那拥有一枚柿子的"柿长"，不必经过任何人投票，我本然就是。

劫　后

那天早上大概是被白云照醒的，我想。云影一片接一片地从窗前扬帆而过，带着秋阳的那份特殊的耀眼。

阳光是真的出现了，阳光差不多可以嗅出来——在那么长久的风雨和阴晦之后。我没有带伞便走了出去，澄碧的天空值得信任。

琉公圳的水退了，两岸的垂柳仍粘惹着黯淡的黑泥，那一夜它们必然曾经浸在泥泞的大水中。还有那些草，不知它们那一夜曾以怎样的荏弱去抗拒怎样的坚强。我只知道——凭着今天的阳光我知道——有一天，柳丝仍将毵毵①如金，芳草仍将萋萋胜碧，生命永不会被击倒。

有些孩子，赤着脚在退去的水中嬉戏，手里还捏着刚捉到的泥腥的小鱼，欢乐仍在，游戏仍在，贫困中自足的怡情仍在。

巷子里，巷子外，快活的工人爬在屋顶和墙头。调水泥的声音，砌砖块的声音，钉木桩的声音，那么谐调地响在发亮的秋风里。受创的记忆忽然间变得很遥远，眼前只有音乐——这灾劫之后美

① 毵毵（sānsān）：毛发、枝条等细长的样子。

丽的重建之声。于是便想起战争，想起使人类恐惧了很久却未出现的战争。忽然觉得并没有什么可怕的，如果在那时只剩下一对男女，他们仍将削木为梳，裁叶为衣，并且举火为炊。生活的弦将永不辍断。

局促的瓦屋前，人人将团花的旧被撑在椅子上。微温的阳光下，那俗艳的花朵竟也出奇地动人。今夜，松香的软褥上，将升起许多安恬的梦。今夜将无风，今夜将无雨，今夜是可预料的甜蜜。

街头重新有了拥挤不堪的车辆和人群，车子停滞不前，大家都耐心地等着。灾劫之后，似乎人性变得和善了一些，也不十分在乎这几分钟的耽延了。交通车里，平常不交一言的同事也开始互相问询：

"府上还好吗？"

"还好，没有什么。"

"只进了一尺水。"

"我们家的水已经齐胸了。"

话题很愉快，余痛已不再写在脸上。每个人都高高兴兴的像负了伤仍然自豪的战士，去努力恢复旧有的秩序。似乎大家都发现能有一张饭桌可供就餐，有一张干燥的旧床可供憩息，是多么美好幸福的事。

菜场里再度熙攘起来，提着篮子的主妇愉快地穿梭着，并且重新有了还价的兴致。我第一次发现满筐的鸡蛋看起来竟然那么圆润可爱。那微赤带褐的洛岛红，那晶莹如玉的来亨，都像是什么战争中赢来的珠宝，被放在显要的位置炫耀它们所代表的胜利——在十一级的风之后，在十二级的水之后。

阁楼的琴声在久久的沉寂后终于响起，那既不成熟又不动听的旋律却令人几乎垂泪。在灾变之后，我忽然关心起那弹琴的小女孩，想她必然也曾惊悸过，哭泣过。而此刻，她的琴声里重新响起稳定而幸福的感觉，像一阕安眠曲，平复了日间的忧伤。

简单的琴声里，我似乎渐渐能看见那些山石下的死者，那些波涛中的生者，一刹那间，他们仿佛都成了我的兄弟。我与那些素未谋面的受难者同受苦难，我与那些饥寒的人一同饥寒。有时候，我甚至能真切地想到几万年前的古人，在那个落地玻璃被吹破，黑暗中榉木地板上流着雨水的夜里，我便那么确实地感到他们的战栗，以及他们的不屈。我第一次稍稍了解那些在矿灾之后地震之余的手足。我第一次感到他们的眼泪在我的眼眶中流转，我第一次感到他们的悲哀在我的血管中翻腾。

于是学会了为阳光感谢——因为阴晦并非不可能；学会了为平静而索然无味的日子感谢——因为风暴并非不可能；学会了为粗茶淡饭感谢——因为饥饿并非不可能；甚至学会了为一张狰狞的面孔感谢——因为有一天，我们中间不知谁便要失去这十分脆弱的肉体。

并且，那么容易地便了解了每一件不如意的事，似乎原来都可以更不如意。而每一件平凡的事，都是出于一种意外的幸运。日光本来并不是我们所应得的，月光也未曾向我们索取过户税。还有那些熠熠生辉的星斗，那些灼热了四季的玫瑰，都没有服役于我们的义务。只因我们已习惯于它们的存在，竟至于习惯得不再激动，不再觉得活着是一种恩惠，不再存着感戴和敬畏。但在风雨之后，一切都被重新思索，这才忽然惊喜地发现，一年之中竟有那么多美好的日子——每一天，都是一个欢欣的感恩节。

有一天，当许多许多年之后，或许在一个多萤的夏夜，或许在一个炉火半温的冬日黄昏，我们会再提起艾尔西和芙劳西①，会提起那交加的风灾雨劫，但我们会欢欣地复述，不以它为祸，只以它为一则奇妙耐听的老故事。

我们将淡忘那些损失，我们不复记忆那些恐惧。我们只将想到那停电的夜里，家人共围着一支小红烛的美好画面。我们将清晰地记起在四方风雨中，紧拥着一个哭泣的孩童，并且使他安然入睡的感觉，那时候那孩子或许已是父亲。我们更将记得灾劫之后的阳光，那样好得无以复加地落在受难者的门楣上。

---

① 艾尔西和芙劳西：两个台风名，都发生在1969年。相继横扫台湾东北部，许多房屋倒塌，台北市区灾情严重。

当 下

"当下"这个词，不知可不可以被视为人间最美丽的字眼。

她年轻、美丽、被爱，然而，她死了。

她不甘心，这一点，天使也看得出来。于是，天使特别恩准她遁回人世，她并且可以在一生近万个日子里任挑一天，去回味一下。

她挑了十二岁生日的那一天。

十二岁，艰难的步履还没有开始，复杂的人生算式才初透玄机，应该是个值得重温的黄金时段。

然而，她失望了。十二岁生日的那天清晨，母亲仍然忙得像一只团团转的母鸡，没有人有闲暇可以多看她半眼，穿越时光回奔而来的女孩，惊愕万分地看着家人，不禁哀叹：

这些人活得如此匆忙，如此漫不经心，仿佛他们能活一百万年似的。他们糟蹋了每一个"当下"。

以上是美国剧作家桑顿·怀尔德的作品《我们的小镇》里的

一段。

是啊，如果我们可以活一千年，我们大可以像一株山巅的红桧，扫云拭雾，卧月眠霜。

如果我们可以活一万年，那么我们亦得效悠悠磐石，冷眼看哈雷彗星以七十六年为一周期，旋生旋灭；并且翻览秦时明月、汉代边关，如翻阅手边的零散手札。

如果可以活十万年呢？那么就做冷冷的玄武岩岩岬吧，纵容潮汐的乍起乍落，浪花的忽开忽谢，岩岬只一径兀然枯立。

果真可以活一百万年，你尽管学大漠沙砾，任日升月沉，你只管寂然静阒①。

然而，我们只拥有百年光阴。其短促倏忽——照《圣经》形容——只如一声喟然叹息。

即使百年，元代曲家也曾给它做过一番质量分析，那首曲子翻成白话便如下文：

> 号称人生百岁，其实能活到七十也就算古稀了，其余三十年是个虚数啦。
>
> 更何况这期间有十岁是童年，糊里糊涂，不能算数。后十载呢？又不免老年痴呆，严格来说，中间五十年才是真正的实数。
>
> 而这五十年，又被黑夜占掉了一半；
>
> 剩下的二十五年，有时刮风，有时下雨，种种不如意。

————————————

① 静阒（qù）：多写作"阒静"，意思是寂静、宁静。

至于好时光，则飞逝如奔兔，如迅鸟，转眼成空。

　　　仔细想想，都不如抓住此刻，快快活活过日子划得来。

　　元曲的话说得真是白，真是直，真是痛快淋漓。

　　万古乾坤，百年身世，且不问美人如何一笑倾国，也不问将军如何引箭穿石。帝王将相虽然各自有他们精彩的脚步，犀利的台词，我们却只能站在此时此刻的舞台上，在灯光所打出的表演区内，移动我们自己的台步，演好我们的角色，扣紧剧情，一分不差。人生是现场演出的舞台剧，容不得 NG^① 再来一次，你必须演好当下。

　　　生有时，死有时；

　　　栽种有时，拔毁有时；

　　　……

　　　哭有时，笑有时；

　　　哀恸有时，欢跃有时；

　　　抛掷石子有时，堆聚石子有时；

　　　寻获有时，散落有时；

　　　得有时，舍有时；

　　　……

　　　爱有时，恨有时；

---

①NG：电影术语。英语 Not Good 的缩写。指演员在拍摄过程中出现失误或笑场或不能达到最佳效果的镜头，需要重拍。

战有时，和有时；

（万事万物皆有其时。）

以上的诗，是号称智慧国王所罗门的歌。那歌的结论，其实也只是在说明，人在周围种种事件中行过，在每一记"当下"中完成其生平历练。

"当下"，应该有理由被视为人间最美丽的字眼吧？

正在发生

去菲律宾玩，游到某处，大家在草坪上坐下，有侍者来问，要不要喝椰汁，我说要。只见侍者忽然化身成猴爬上树去，他身手矫健，不到两分钟，已把现摘的椰子放在我面前，洞已凿好，吸管也已插好，我目瞪口呆。

又有一次，在旧金山，中午进一家餐厅，点了鱼——然后我就看到白衣侍者跑到庭院里去，在一棵矮树上摘柠檬。过了不久，鱼端上来，上面果真有四分之一块柠檬。

"这柠檬，就是你刚才在院子里摘的吗？"我问。

"是呀！"

我不胜钦慕，原来他们的调味品就长在院子里的树上。

还有一次，宿在恒春农家。清晨起来，槟榔花香得令人心神恍惚。主人为我们做了"菜脯蛋①"配稀饭，极美味，三口就吃完了。主人说再炒一盘，我这才发现他是跑到鹅舍草堆里去摸蛋的。不幸被母鹅发现，母鹅气红了脸，嘎嘎大叫，主人落荒而逃。第二

---

① 菜脯蛋：流行于台湾、福建、广东地区的一道家常菜。在鸡蛋上面加上菜脯炒制而成，有时也会加入一些葱。菜脯指腌制过的萝卜干。

第四辑 不知有花

盘蛋便在这有声有色的场景配乐中端上来，我这才了解那蛋何以那么鲜香。而母鹅訾骂①不绝，掀天翻地，我终于恍然大悟，原来每一枚蛋的来历都如希腊神话中普罗米修斯盗天火。我因妄得这非分之惠而感念谢恩——这些，都是十年前的事了。今晨，微雨的窗前，坐忆旧事，心中仍充满愧疚和深谢，对那只鹅。

丈夫很少去菜场，一年一两次。有一次要他去补充点小东西，他却该买的不买，反买了一大包鱼丸回来。我诘问他，他说："他们正在做哪！刚做好的鱼丸！我亲眼看见他在做的呀，所以就买了。"

同样的理由，他在澳洲买了昂贵的羊毛衣。他的说辞是："他们当着我的面纺羊毛，打羊毛衣，当然就忍不住买了！"

因为看见，因为整个事件发生在我们面前，因为是第一手经验，我们便感动不已。

但愿我们的城市也充满"正在发生"的律动，例如一棵你看着它长大的树，一片逐渐成了气候的街头剧场，一股慢慢成形的政治清流……无论什么事，亲自参与了它的发生过程，总是动人的。

---

① 訾（zǐ）骂：责骂。

炎　凉

　　我有一张竹席，每到五六月，天气渐趋暖和，暑气隐隐待作，我就把它找出来，用清茶的茶叶渣拭净了，铺在床上。

　　一年里面第一次使用竹席的感觉极好，人躺下去，如同躺在春水湖中的一叶小筏子上。清凉一波一波来拍你入梦，竹席恍惚仍饱含着未褪尽的竹叶清香。

　　生命中的好东西往往如此，极便宜又极耐用。我可以因一张席而爱一张床，因一张床而爱一栋屋子，因一栋屋子而爱上一座城……

　　整个初夏，肌肤因贴近那清凉的卷云而舒展自如。触觉之美有如闻高士说法，凉意沦肌浃髓而来。古人形容喻道之透辟，谓一时如天女散花。天女散花是由上而下，轻轻撒落——花瓣触人，没有重量，只有感觉。但人生某些体悟却是由下而上，仿佛有仙云来轻轻相托，令人飘然升浮。凉凉的竹席便有此功。一领清簟可以让人沉淀下来，静定下来，像空气中热腾腾的水雾忽然凝结在碧沁沁的一茎草尖而终于成为露珠。人在席上，也是如此。阿拉伯人牧羊，他们故事里的羊毛毯是可以飞的。中国人种地，对植物比较亲切。中国人用植物编的席子不飞——中国人想，飞了干吗呀？好好地躺在席子上不比飞还舒服吗？中国圣贤叫人拯救人民，其过程也无非是由"出民水火"到"登民衽席①"。总之，世界上最好的事莫过于把自己或别人放在席子上了。初夏季节的我便如此心满意足地躺在我的竹席上。

可惜好景不长，到了七八月盛夏，情形就不一样了。刚躺下去还好，多躺一会儿，席子本身竟然也变热了。凉席会变热，天哪，这真是人间惨事。为了环保，我睡觉不用冷气，于是只好静静地和热浪僵持对抗。我反复对自己说："不热，不算太热，我还可以忍受，这也没什么大不了，哼，谁怕谁啊……"念着念着，也就睡着了。

然后，便到了九月，九月初席子又恢复了清凉。躺在席上，整个人摊开，霎时变成了片状，像一块金子锤成薄薄的金箔，我贪享那秋霜零落的错觉。

九月中，每每在一场冷雨之后，半夜乍然惊醒，是被背上的沁凉叫醒的——唉，这凉席明天该收了。我在黑暗中揣想，竹席如果有知，也会厌苦不已吧？七月嫌它热，九月又嫌它凉，人类也真难伺候。

想来一生或者也如此，曾经嫌日程排得太紧，曾经怨事情做不完，曾经烦稿约、演讲约不断，曾经大叹小孩子缠磨人……可是，也许，有一天，一切热过的都将乍然冷却下来，令人不觉打起寒战。

———————

① 登民衽席：把人从水火中拉出来放到床上。比喻解救危难中的人们。登，加上。衽（rèn）席，床席。

不过，也只好这样吧！让席子在该铺开的时候铺开，在该收卷的时候收卷。炎凉，本来就半点由不得人的。

第四辑

不

知

有

花

回头觉

几个朋友围坐聊天，聊到了"睡眠"。

"世上最好的觉就是回头觉。"有一人发表意见。

立刻有好几人附和。回头觉，也有人叫"还魂觉"，只要睡过，就知道其妙无穷。

回头觉是好觉，这种说法也许并不合理，因为好觉应该一气呵成、首尾一贯才对，一口气睡得饱饱的，起来时可以大喝一声："嘿！八小时后又是一条好汉！"

回头觉却是残破的，睡到一半，闹钟猛叫，必须爬起；起来后头重脚轻、昏昏沉沉、神志迷糊，不知怎么却又猛然想起，今天是假日，不必上班上学，于是立刻回去倒头大睡。这倒下之际的那种失而复得的喜悦，是回头觉甜美的原因之一。

世间万事，好像也是如此，如果不面临"失去"的惶恐，不像遭剥皮一般被活活剥下什么东西，也不会憬悟"曾经拥有"的喜悦。

你不喜欢你住的公寓，它窄小，通风不良，隔音效果也不理想。但有一天你忽然听见消息，说它是违章建筑，市政府下个月就要派人来拆了。这时候你才发现它是多么好的一栋房子啊，它多么温馨安适，一旦被拆掉真是可惜，叫人到哪里再去找一栋和它相当的好房子？

如果这时候有人告诉你这一切不过是误传，这栋房子并不是违章建筑，你可以安心地住下去——这时候，你不禁欢欣鼓舞，仿佛捡到一栋房子。

身边的人也是如此，惹人烦的配偶、缠人的小孩、久病的父母，一旦无常，才知道因缘不易。从癌症魔爪中抢回来的人，往往使我们有叩谢天恩的冲动。

原来一切的"继续"都可以被外力"打断"，一切的"进行"都可以被强行"中断"，而一切的"存在"也都可能被剥夺成"不存在"。

能睡一个完美的觉的人是幸福的，可惜的是他往往并不知道自己拥有的那份幸福，因此被吵醒而回头再睡的那一觉反而显得更幸福——只有遭到剥夺的人才知道自己拥有的是什么。

平视，也有美景

在香港，如果要约人相会，最好的见面地点似乎没什么可争议的，当然是高大醒目的汇丰银行。它离地铁近，是无人不知的地标。

那天，我便和朋友约在那里见面，打算坐缆车上山去吃饭观景。汇丰银行唯一的缺点是范围太大，且因"人同此心"，在此处等人的人数以百计。假日期间菲佣麇聚[①]，如同市集，所以有必要再指定一个小范围来碰头。

"铜狮子吧！"朋友建议，"面对银行右边的那一只。"

朋友细心，狮子照例是一对，如果不说明左右，到时候总有点令人心慌。

我早到了，路远，不容易控制时间，多出二十分钟便只好拿来四处打量人群。新雨初晴，万头攒动，港人是什么大风大浪都经过了，"上海汇丰银行"的盛名炳炳彪彪，比起那些新贵，它的资历老得多了。而那两只狮子威仪赫赫，是往昔的也是今日的荣耀。

①麇（qún）聚：聚集；群集。

我于香港，虽是身居过客时为多，但我在这里曾教过书，我的戏也在此演过。而且我拥有这个地区的身份证和汇丰银行卡，使我和她之间不免觉得有点两情缱绻起来。

铜狮子曾被多少双手摸过？它永远那么光滑润泽，摸它的人都心怀喜悦吧？它那么雄壮，却那么驯良无害，每个人都可以一亲它那铜质的清凉的肌肤。

来了一对情侣，在狮身前合照后离去。

来了一个小孩，被大人抱起，摸了一把狮毛，咯咯地笑着走了。

来了一个女子，细瘦郁悒①，她轻轻地握了握狮腿，面无表情地走开。

我站在一旁看，我想起西方中古世纪有一种"带状演戏"的方法（这不是学术名词，是我为了方便说明姑且用之的讲法）。那时代，有些野台戏的演法是让观众站在路旁，演员则站在车子上（有点像电子花车），车到某个位置便停下来演一段献给路边的戏迷看。然后车子开走，然后下面会再开来一辆车，车上的演员会提供下一回合的剧情。如此一车车的情节串成悲欢离合，串成善恶报应，观众则在虚实幻设中喟叹、嬉笑、流泪……

我今天也是站在银行前的固定位置看众生演出——离去——演出——离去的戏迷。然后，我看到有个穿黑色唐装的老人扶着杖走来，他慢慢地摸了摸狮头，又摸了摸狮座。

"咦，怎么有水？"他叫了一声。

"刚才下过一阵雨。"旁边回答他的年轻女子看来像他的女儿。

———————
① 郁悒：忧闷；苦闷。

我这才注意到，他是个瞎子。

"以前，我是看过铜狮子的！过去好久了！"他说。

啊，女儿真好，真贴心，只有女儿才会想到要带盲眼的父亲出来散心，并且来摸摸这铜狮子。

我要约的朋友来了，我们一起去排队坐缆车。不料等缆车的时候，又碰到这对父女。我的广东话虽不怎么样，却厚着脸皮去找那女孩搭话：

"他是你什么人呀？"

"他是我爹爹！"

"你真有心（这句话在粤语中有点等于体贴细致的意思），你爹爹有你这样的女儿好福气！"

这时朋友忽然对女孩说："我看你有点面熟哩！"

"我看你也是呀！"女孩说。

两人终于对出来了，朋友因为是牧师，有时会去各教堂讲道，他们曾在教堂见过。

于是聊起来，知道他们从广东来香港三十年了，知道她爸爸是这些年失明的，知道这位身着黑色唐装的老人从前是读过中国古书的，"会背好多文章和诗词歌赋呢！"女孩无限景仰地夸耀着，老人则温和地浅笑着。

"你有这个女儿，好过人家好多仔（儿子）哩！"

老人一径微笑，用最谦逊的表情承认了他的骄傲。

到太平山坐缆车并赴山顶餐厅吃饭，一般人目的只有一个，便是俯瞰山下的千门万户和依依港湾——我不好意思问女孩，对于失明的父亲，这一切，不都浪费了吗？

然而，缆车上，闭上眼，我揣摩盲人的世界，车子往上攀爬的时候，其实身体也是有感觉的。下了缆车，如鞭的山风自然跟平地是迥然不同的。盲人于风景既不能俯望也不能仰望，但当女儿牵着他的手徐徐前行的时候，他会知道，自己就是令人羡慕的大好的风景。

餐厅的人潮里我们走失了，但我知道，午餐的好味道他是嚼得出来的，而午后山径上的阳光，他也必然知道其好处在哪里。

不属于视觉的好东西其实也蛮多的，其中最好的一项当然便是笑语朗朗、半肩柔发、一路搀着父亲的好女儿。

下一次我如果再去汇丰总行，我会好好摸一下那只铜狮子。我会感知触摸的世界是如何清凉有致，感知世间曾有多少只手，各以他们一己的体温和指纹留下他们无言的故事。

登高俯瞰，原是许多城市常见的观光项目。如果你坐进旋转餐厅吃饭，你还可以看到整个三百六十度的"完全景观"——但我真正志之不忘的，其实只是在寻常的小街角，用平视的角度所看到的小人物，以及他们平凡而又庸常的父慈子孝。平视——不一定要仰视或俯视——也有美景。

不
知
有
花

西湖十景

如果有幸到杭州的西湖去玩，如果有幸，站在一个视野最好的角度，请问，你能不能放眼望去，把西湖十景，都收到眼底呢？

答案是：不能！

为什么？

世上没有一个景致可以在一刹那间得到它全部的精华。请问，你怎么可能同时看到"平湖秋月"和"苏堤春晓"呢？那至少需要用掉一个清凉美丽的春之早上和一个幽静深远的秋之夜晚才能欣赏得到。至于"柳浪闻莺"和"断桥残雪"在时间上也是绝对不可能同时兼得的景致。"雷峰夕照"和"三潭印月"时间上虽然相距不远，但毕竟一个在黄昏一个在夜晚。"南屏晚钟"要最安静的慧心才能听到，"曲院风荷"要有风的时候才能领略。像西湖这种天地钟灵的地方，哪里只是随随便便就可以一眼看穿的？

你要怎样才能探索到比较完整的西湖的美呢？答案是，时间。

不管你多么有钱，不管你可以乘坐怎样的交通工具，不管你身后跟着多少侍从，你仍然没有办法在欣赏平湖秋月的同时看到断桥残雪。

西洋人有一句谚语：

"即使是上帝，也不能在三个月里造出一株百年橡树。"

更确切一点说，恐怕是上帝不喜欢一株速成的百年橡树。连上帝也喜欢按部就班地用百年的岁月来完成一棵百年橡树呢！

第
四
辑

不

知

有

花

一句好话

　　小时候过年，大人总要我们说吉祥话，但碌碌半生，竟有一天我也要教自己的孩子说吉祥话了，才蓦然惊觉这世间好话是真有的，令人思之不尽，但却不是"升官""发财""添丁"这一类的。好话是什么呢？冬夜的晚上，从爆白果的馨香里，我有一句没一句地想起来了……

一

　　"你们爱吃肥肉，还是瘦肉？"

　　讲故事的是个年轻的女佣人，名叫阿密。那一年我八岁，听善忘的她一遍遍重复讲这个她自己觉得非常好听的故事，不免烦腻。故事是这样的：

　　有个人啦，欠人家钱，一直欠，欠到过年都没有还哩，因为没有钱还嘛。后来那个债主不高兴了，他不甘心，所以到了吃年夜饭的时候，就偷偷跑到欠钱的人家里，躲在门口偷听，想知道他是真没有钱还是假没有钱。听到开饭了，那欠钱的人说：

"今年过年，我们来大吃一顿，你们小孩子爱吃肥肉，还是瘦肉？"

（顺便插一句嘴，这是个老故事，那年头的肥肉瘦肉都是无上美味。）

那债主站在门外，听得清清楚楚，气得要死，心里想，你欠我钱，害我过年不方便，你们自己原来还有肥肉瘦肉拣着吃哩！他一气，就冲进屋里，要当面给他好看。等到跑到屋里往桌上一看，哪里有肉，只有一碗萝卜一碗番薯。欠钱的人站起来说："没有办法，过年嘛，萝卜就算是肥肉，番薯就算是瘦肉，小孩子嘛！"

原来他们的肥肉就是白白的萝卜，瘦肉就是红红的番薯。他们是真穷啊！债主心软了，钱也不要了，跑回家去过年了。

许多年过去了，这个故事每到吃年夜饭时总会自动回到我的耳畔，分明已是一个不合时宜的老故事，但那个穷父亲的话多么好啊！难关要过，礼仪要守，钱却没有，但只要相恤相存，菜根也自有肥腴厚味吧！

在生命宴席极寒俭的时候，在关隘极窄极难过的时候，我仍要打起精神对自己说：

"喂，你爱吃肥肉，还是瘦肉？"

二

"我喜欢跟你用同一个时间。"

他去欧洲开会，然后转美国，前后两个月才回家，我去机场接他，提醒他说："把你的表拨回来吧，现在要用台湾时间了。"

他愣了一下，说：

"我的表一直是台湾时间啊！我根本没有拨过去！"

"那多不方便！"

"也没什么，留着台湾的时间我才知道你和小孩在干什么。我才能想象，现在你在吃饭，现在你在睡觉，现在你起来了……我喜欢跟你用同一个时间。"

他说那句话，算来已有十年了，却像一幅挂在门额的绣锦，鲜色的底子历经岁月，却仍然认得出是强旺的火。我和他，只不过是凡世中平凡又平凡的男子和女子，注定是没有情节可述的人，但久别乍逢的淡淡的一句话里，却也有我一生惊动不已、感念不尽的恩情。

三

"好咖啡总是放在热杯子里的！"

经过罗马的时候，一位新识不久的朋友执意要带我们去喝咖啡。

"很好喝的，喝了一辈子难忘！"

我们跟着他东拐西拐大街小巷地走，石块拼成的街道美丽繁复，走久了，让人会忘记目的地，竟以为自己是出来踏石块的。

忽然，一阵咖啡的浓香侵袭过来，不用主人指引，自然知道咖啡店到了。

咖啡放在小白瓷杯里，白瓷很厚，和中国人爱用的薄瓷相比另有一番稳重笃实的感觉。店里的人都专心品咖啡，心无旁骛。

侍者从一个特殊的保暖器里为我们拿出杯子，我捧在手里，忍不住惊讶道："咦，这杯子本身就是热的哩！"

侍者转身，微微一躬，说："女士，好咖啡总是放在热杯子里的！"

他的表情既不兴奋，也不骄矜，甚至连广告意味的夸大也没有，只是淡淡地在说一句天经地义的事而已。

是的，好咖啡总是应该斟在热杯子里的，凉杯子会把咖啡带凉了，香气想来就会蚀掉一些。其实好茶好酒不也都如此吗？

原来连"物"也是如此自矜自重的，《庄子》中的好鸟择枝而栖，西洋故事里的宝剑深嵌石中，等待大英雄来抽拔，都是一番万物的清贵，不肯轻易亵慢了自己。古代的禅师每从喝茶喂粥去感悟众生，不知道罗马街头那端咖啡的侍者也有什么要告诉我的。我多愿自己也是一份千研万磨后的香醇的咖啡，并且慎重地斟在一只洁白温暖的厚瓷杯里，带动一个美丽的清晨。

四

"将来我们一起老。"

其实，那天的会议倒是很正经的，仿佛是有关学校的研究和发展之类的。

有位老师，站了起来，说：

"我们是个新学校，老师进来的时候都一样年轻，将来要老，我们就一起老了……"

我听了，简直是急痛攻心，赶紧别过头去，免得让人看见我的眼泪——从来没想到原来同事之间的萍水因缘也可以是这样的一生一世啊！学院里平日大家都忙，有的分析草药，有的解剖小狗，有的带学生做手术，有的正埋首典籍……研究范围相差既远，大家都不暇顾及别人，然而在一度一度的后山蝉鸣里，在一阵阵的上课钟声间，在满山台湾相思树芬芳的韵律中，我们终将垂垂老去，一起交出我们的青春而老去。

五

"你长大了，要做人了！"

汪老师的家是我读大学的时候就常去的，他们没有子女，我在那里从他读花间词①，跟着他的笛子唱昆曲，并且还留下来吃温

---

① 花间词：活跃在晚唐和五代的中国词派，因赵崇祚所编《花间集》而得名。以温庭筠为鼻祖。词风香软，词藻华丽，落笔多在闺房。

暖的羊肉涮锅……

大学毕业，我做了助教，依旧常去。有一次，因为买不起一本昂价的书便去找老师给我写张名片，想得到一点折扣优待。等名片写好了，我拿来一看，忍不住叫了起来：

"老师，你写错了，你怎么写'兹介绍同事张晓风'，应该写'学生张晓风'的呀！"

老师把名片接过来，看看我，缓缓地说：

"我没有写错，你不懂，就是要这样写的。你以前是我的学生，以后私底下也是，但现在我们在一所学校里，你是助教，我是教授，阶级虽不同却都是教员，我们不是同事是什么！你不要小孩子脾气不改，你现在长大了，要做人了，我把你写成同事是给你做脸，不然老是'同学''同学'的，你哪一天才成人？要记得，你长大了，要做人了！"

那天，我拿着老师的名片去买书，得到了满意的折扣，至于省掉了多少钱我早已忘记，但不能忘记的却是名片背后的那番话。直到那一刻，我才在老师的爱纵推重①里知道自己是与学者同其尊与长者同其荣的，我也许看来不"像"老师的同事，却已的确"是"老师的同事了。

竟有一句话使我一夕成长。

① 推重：重视某人的思想、才能、行为、著作、发明等，给以很高的评价。

没有谈过恋爱的

一

朋友的女儿还在读大学，她写了一篇武侠小说——哦，不，事实上是写了半篇小说，因为写到一半她便罢手不写了。

唉，写到一半的小说听来是多么令人沮丧啊，简直像织了一半的布遭人剪断，或煮成半熟的饺子忽而遇见停电。此女幼慧，叔叔伯伯阿姨都很看好她，但她就是不肯把那篇小说写完。老妈催她，她竟说出一个奇怪的理由："我又没有谈过恋爱，这一段我是写不下去了。你要我写，那，你去帮我找个男朋友好了！"老妈一时气结，暗中抱怨此女明明是懒惰，却把理由编成如此这般。我闻其言，不禁大笑，我说："哎，哎，你这女儿果真是没有谈过恋爱。她如果谈了恋爱，就知道，描述恋爱其实最好是没有谈过恋爱。真的谈了恋爱，写出来未必能直逼爱情……"

这一段话说得有点像绕口令，可能让听者更糊涂了。我想只好找些例子来说明吧！

二

一百一十多年前，英国的作家王尔德讲了一个故事给法国的作家纪德听，故事后来被人安上一个题目叫《讲故事的人》。在我看来，这故事简直是《老子》中"知者不言，言者不知[①]"的批注。

故事是说有一个人爱讲故事，所以颇受村民欢迎，他会在返家时鬼扯一些奇遇，例如途经森林，惊见牧神吹笛、仙女群舞。途经海岸，又见三个美人鱼以金梳梳理碧发，听者觉得极其精彩。不料，他后来竟果然碰见自己描述的景象，当村民又来相询的时候，他却噤声不语，只说，我此行一无所见。

三

一八四四年出生的亨利·卢梭其实终其一生都住在法国，他的职业是收税员，但他当过四年兵，四年中遇见的不少同袍[②]是曾去过墨西哥的。透过这些同伴或忠实或不忠实的描述，他居然也感受到一些南美风情。之后他又跑到城市中的植物园去写生，观察非洲热带植物。

一八八九年，当时他已经四十五岁了，由于巴黎举办万国博览会，他也就间接地了解了一些塞内加尔、东京和大溪地。就这样拼拼凑凑，半揣度半狂想，他居然画出一派恍惚迷离亦真亦幻的作品，如《睡着的吉卜赛人》（一八九七）和《梦》（一九一〇）

① 出自《老子》五十六章。知同智。意思是：有智慧的人不随便说话，随便说话的人没有真正的智慧。
② 同袍：指战友、兄弟、朋友等。出自《诗经·秦风·无衣》："岂曰无衣，与子同袍。"

都令观者倾倒入迷，连毕加索也景仰其人。

四

二〇〇四年三月，我应邀去淡江大学听叶嘉莹教授讲"词"，叶教授八十多岁了，风采依旧照人。满堂崇拜者，引颈以待。她是美丽清雅而又智慧灵明的。她的生平又有些传奇性，听她的演讲的确是无趣生活中的盛事。但那天她不知怎么说着说着就忽然冒出一句话，说自己年轻的时候在长辈安排下结了婚，而她此生最大的遗憾便是不曾谈恋爱，如果有来生，一定要谈一场恋爱。

可是，如果有来生，谈过一场好恋爱的美丽聪颖的那女子会比此刻的叶嘉莹教授更好吗？经她诠释的情词会更细腻吗？经她吟诵的诗会更催人泪下吗？"无憾"以后的叶嘉莹教授又会以什么面目活在来世呢？

五

神父无妻，却反能指导婚姻。男性医师不怀孕，也自能指导生产过程。梅兰芳并没去做变性手术，却能委婉唱出某个春天花园中的女子杜丽娘的情根欲苗……至于死，谁都没死过，却有人把死写得浃髓沦肌①。

六

谁说要谈完一场恋爱才能把小说写好？

①浃髓沦肌：浸透肌肉，深入骨髓。比喻感受极深。浃，通，透。沦，陷入。

第五辑

玉　　想

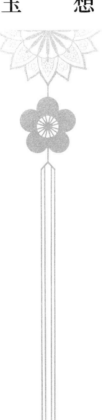

玉　想

一、只是美丽起来的石头

一向不喜欢宝石——最近却悄悄地喜欢上了玉。

宝石是西方的产物，一块钻石，割成几千几百个切割面，光线就从那里面激射而出，挟势凌厉，美得几乎具有侵略性，使我不由得不提防起来。我知道自己无法跟它的凶悍逼人相埒[①]，不过至少可以决定"我不喜欢它"。让它在英女王的皇冠上闪烁，让它在展览会上伴以投射灯和响尾蛇（防盗用）展出，我不喜欢，总可以吧！

玉不同，玉是温柔的，早期的字书解释玉，也只说："玉，石之美者。"原来玉也只是石，是许多混沌的生命中忽然脱颖而出的那一点灵光。正如许多孩子在夏夜的庭院里听老人讲古，忽有一个因洪秀全的故事而兴天下之想，遂有了孙中山。所谓伟人，其实只是在游戏场中忽有所悟的那个孩子。所谓玉，只是在时间的广场上因自在玩耍竟而得道的石头。

———————————
[①] 埒（liè）：等同；同等。

二、克拉之外

钻石是有价的，一克拉一克拉地算，像超级市场的猪肉，一块块皆有其中规中矩称出来的标价。

玉是无价的，根本就没有可以计值的单位。钻石像谋职，把学历经历乃至成绩单上的分数一一开列出来，以便叙位核薪。玉则像爱情，一个女子能赢得多少爱情完全视对方为她着迷的程度，其间并没有太多法则可循。以撒·辛格（诺贝尔文学奖得主）说："文学像女人，别人为什么喜欢她以及为什么不喜欢她的原因，她自己也不知道。"其实，玉当然也有其客观标准，它的硬度，它的晶莹、柔润、缜密、纯度和刻工都可以讨论，只是论玉论到最后关头，竟只剩"喜欢"两字，而喜欢是无价的，你买的不是克拉的计价而是自己珍重的心情。

三、不须镶嵌

钻石不能佩戴，除非经过镶嵌，镶嵌当然也是一种艺术，而玉呢？玉也可以镶嵌，不过却不免显得"多此一举"，玉是可以直接做成戒指镯子和簪笄①的。至于玉坠、玉佩所需要的也只是一根丝绳的编结，用一段千回百绕的纠缠盘结来系住胸前或腰间的那一点沉实，要比金属性冷冷硬硬的镶嵌好吧？

不佩戴的玉也是好的。玉可以把玩，可以做小器具，既可卑微地去做搔痒的工具，亦可做用以象征富贵吉祥的"如意"；既

① 笄（jī）：古代束发用的簪子。

可做用以祀天的璧，亦可做示绝的玦。我想，做个玉匠大概比做钻石切割人兴奋快乐，玉的世界要大得多繁复丰饶得多。玉是既入于生活也出于生活的。玉是名士美人，可以相与出尘；玉亦是柴米夫妻，可以居家过日。

四、生死以之

一个人活着的时候，全世界跟他一起活——但一个人死的时候，谁来陪他一起死呢？

十六世纪英国有出道德剧叫《人人》（*Everyman*），死神找到那位名叫人人的主角，告诉他死期已至，不能宽贷，却准他找个伴同行。人人找"美貌"，"美貌"不肯跟他去；人人找"知识"，"知识"也无意到墓穴里去相陪；人人找"亲情"，"亲情"也顾他不得……

世间万物，只有人类在死亡的时候需要陪葬品吧？其原因也无非由于怕孤寂。活人殉葬太残忍，连土俑殉葬也有些居心不仁，但死亡又是如此幽阒陌生的一条路，如果待嫁的女子需要"陪嫁"来肯定来系连她前半生的娘家岁月，则等待远行的黄泉客何尝不需要"陪葬"来凭藉来思忆世上的年华呢？

陪葬物里最缠绵的东西或许便是玉玲蝉了，蝉色半透明，比真实的蝉为薄，向例是含在死者的口中，成为最后的，一句没有声音的语言。那句话是：

"今天，我入土，像蝉的幼虫一样。不要悲伤，这不叫死，有一天，生命会复活，会展翅，会如夏日出土的鸣蝉……"

那究竟是生者安慰死者而塞入的一句话？抑或是死者安慰生者而含着的一句话？如果那是愿心，算不算狂妄的侈愿？如果那是谎言，算不算美丽的谎言？我不知道，只知道玉玲蝉那半透明的豆青或土褐色仿佛是由生入死的薄膜，又恍惚是由死返生的符信，但生生死死的事岂是我这样的凡间女子所能参破的？且在这落雨的下午俯首凝视这枚佩在自己胸前的被烈焰般的红丝线所穿结的玉玲蝉吧！

五、玉 肆

我在玉肆中走，忽然看到一块像蛀木又像土块的东西，仿佛一张枯涩凝止的悲容，我驻足良久，问道：

"这是一种什么玉？多少钱？"

"你懂不懂玉？"老板的神色间颇有一种抑制过的傲慢。

"不懂。"

"不懂就不要问！我的玉只卖给懂的人。"

我应该生气应该跟他激辩一场的，但不知为什么，近年来碰到类似的场面倒宁可笑笑走开。我虽然不喜欢他的态度，但相较而言，我更不喜欢争辩，尤其痛恨学校里"奥瑞根式"的辩论[1]比赛，一句一句逼着人追问，简直不像人类的对话，嚣张狂肆到极点。

不懂玉就不该买不该问吗？世间识货的又有几人？孔子一生，也没把自己那块美玉成功地推销出去。《水浒传》里的阮小

---

① "奥瑞根式"的辩论：源自美国俄勒冈大学的一种辩论赛赛制。与英美法庭辩论颇为类似，强调一对一的攻辩，对于辩手的逻辑能力要求较高。观赏性略差。

七说："一腔热血，只要卖与识货的！"但谁又是热血的识货买主？连圣贤的光焰，好汉的热血也都难以倾销，几块玉又算什么？不懂玉就不准买玉，不懂人生的人岂不没有权利活下去了？

当然，玉肆老板大约也不是什么坏人，只是一个除了玉的知识找不出其他可以自豪之处的人吧？

然而，这件事真的很遗憾吗？也不尽然。如果那天我碰到的是个善良的老板，他可能会为我详细解说，我可能心念一动便买下那块玉，只是，果真如此又如何呢？它会成为我的小古玩。但此刻，它是我的一点憾意，一段未圆的梦，一份既未开始当然也就无所谓结束的情缘。

隔着这许多年，如果今天那玉肆的老板再问我一次是否识玉，我想我仍会回答不懂。懂太难，能疼惜宝重也就够了。何况能懂就能爱吗？在竞选中互相中伤的政敌其实不是彼此十分了解吗？当然，如果情绪高昂，我也许会塞给他一张从《说文解字》中抄下来的纸条：

玉，石之美者，有五德。

润泽以温，仁之方也；

鰓理自外，可以知中，义之方也；

其声舒扬，专以远闻，智之方也；

不挠不折，勇之方也；

锐廉而不忮，洁之方也。

然而，对爱玉的人而言，连那一番大声镗鞳^①的理由也是多余的。爱玉这件事几乎可以单纯到不知不识而只是一团简简单单的欢喜。像婴儿喜欢清风拂面的感觉，是不必先研究气流风向的。

六、瑕

付钱的时候，小贩又重复了一次：

"我卖你这玛瑙，再便宜不过了。"

我笑笑，没说话，他以为我不信，又加上一句：

"真的——不过这么便宜也有个缘故，你猜为什么？"

"我知道，它有斑点。"本来不想提的，被他一逼，只好说了，免得他一直啰嗦。

"哎呀，原来你看出来了。玉石这种东西有斑点就差了，这串项链如果没有瑕疵，哇，那价钱就不得了啦！"

我取了项链，尽快走开。有些话，我只愿意在无人处小心地、断断续续地、有一搭没一搭地说给自己听。

对于这串有斑点的玛瑙，我怎么可能看不出来呢？它的斑痕如此清清楚楚。

然而买这样一串项链是出于一个女子小小的侠气吧。凭什么要说有斑点的东西不好？水晶里不是有一种"发晶"吗？虎有纹，豹有斑，有谁嫌弃过它的皮毛不是纯色的？

就算退一步说，把这斑纹算作瑕疵，世间能把瑕疵如此坦然相呈的人也不多吧？凡是可以坦然相见的缺点都不该算缺点的。

---

① 镗鞳（tāngtà）：象声词，指钟鼓声。

纯粹完美的东西是神器，可供膜拜。但站在一个女人的观点来看，男人和孩子之所以可爱，正是由于他们那些一清二楚的无所掩饰的小缺点吧。就连一个人对自己本身的接纳和纵容，不也是看准了自己的种种小毛病而一笑置之吗？

所有的无瑕是一样的——因为全是百分之百的纯洁透明，但瑕疵斑点却面目各自不同。有的斑痕像鲜苔数点，有的是沙岸逶迤，有的是孤云独走，更有的是铁索横江，玩味起来，反而令人忻然①心喜。想起平生好友，也是如此，如果不能知道一两件对方的糗事，不能有一两件可笑可嘲可詈可骂之事彼此打趣，友谊恐怕也会变得空洞吧？

有时独坐细味"瑕"字，也觉悠然意远。瑕字左边是玉旁，是先有玉才有瑕的啊！正如先有美人而后才有"美人痣"。先有英雄，而后才有悲剧英雄的性格缺陷。缺憾必须依附于完美，独存的缺憾岂有美丽可言。天残地阙，是因为天地都如此美好，才容得修地补天的改造的涂痕。一个"坏孩子"之所以可爱，不也正因为他在撒娇耍赖蛮不讲理之外，有属于一个孩童近乎神明的纯洁正直吗？

瑕的右边是叚，叚有赤红色的意思，瑕的解释是"玉小赤"。我也喜欢瑕字的读音，自有一种坦然的不遮不掩的磊落。

完美是难以冀求的，那么，在现实人生里，请给我有瑕的真玉，而不是无瑕的伪玉。

---

①忻（xīn）然：喜悦貌；愉快貌。

七、唯　一

据说，世间没有两块相同的玉——我相信，雕玉的人岂肯去重复别人的创制。

所以，属于我的这一块，无论贵贱精粗都是天地间独一无二的。我因而疼爱它，珍惜这一场缘分。世上好玉万千，我却恰好遇见这块；世上爱玉人亦有万千，它却偏偏遇见我。但我们之间的聚会，也只是五十年吧？上一个佩玉的人是谁呢？有些事是既不能去想更不能嫉妒的，只能安安分分珍惜这匆匆的相属相连的岁月。

八、活

佩玉的人总相信玉是活的，他们说：

"玉要戴，戴戴就活起来了哩！"

这样的话是真的吗？抑或只是传说臆想？

我不知道自己能不能把一块玉戴活，这是需要时间才能证明的事。也许几十年的肌肤相亲，真可以使玉重新有血脉和呼吸。但如果奇迹是可祈求的，我愿意首先活过来的是我，我的清洁质地，我的致密坚实，我的莹秀温润，我的斐然纹理，我的清声远扬。如果玉可以因人的佩戴而复活，也让人因佩戴玉而复活吧，让每一时每一刻的我晶莹温暖，如冬日清晨的半窗阳光。

九、石器时代的怀古

把人和玉，玉和人交织成一的神话是《红楼梦》，它也叫《石头记》，在补天的石头群里，主角是那三万六千五百零一块中多出的一块，天长日久，竟成了通灵宝玉，注定要来人间历经一场情劫。

他的对方则是那似曾相识的绛珠仙草。

那玉，是男子的象征，是对于整个石器时代的怀古。那草，是女子的表记，是对榛榛莽莽洪荒森林的思忆。

静安先生[①]释《红楼梦》中的玉，说"玉"即"欲"，大约也不算错吧？《红楼梦》中含玉字的名字总有其不凡的主人，像宝玉、黛玉、妙玉、红玉，都各自有他们不同的人生欲求。只是那欲求似乎可以解作英文里的 want，是一种不安，一种需索，是不知所从出的缠绵，是最快乐之时的凄凉，最完满之际的缺憾，是自己也不明白所以的惴惴，是想挽住整个春光留下所有桃花的贪心，是大彻大悟与大栈恋[②]之间的摆荡。

神话世界每是既富丽而又高寒的，所以神话人物总要找一件道具或伴当相从，设若龙不吐珠，嫦娥没有玉兔，李聃失了青牛，果老走了肯让人倒骑的驴或是麻姑少了仙桃，孙悟空缴回金箍棒，那神话人物真不知如何施展身手了——贾宝玉如果没有那块玉，

---

① 静安先生：指王国维。生于 1877 年，卒于 1927 年。初名国桢，字静安，亦字伯隅，初号礼堂，晚号观堂。浙江海宁人。中国近、现代著名学者。著有《观堂集林》《静安文集》《人间词话》等。
② 栈恋：犹恋栈。眷恋，留恋。

也只能做美国童话《绿野仙踪》里的"无心人"奥迪斯。

"人非木石，孰能无情"，说这话的人只看到事情的表象，木石世界的深情大义又岂是我们凡人所能尽知的。

十、玉 楼

如果你想知道钻石，世上有宝石学校可读，有证书可以证明你的鉴定力。但如果你想知道玉，且安安静静地做你自己，并且从肤发的温润、关节的玲珑、眼目的清澈、意志的凝聚、言笑的清朗中去认知玉吧！玉即是我，所谓文明其实亦即由石入玉的历程，亦即由血肉之躯成为"人"的史页。

道家以目为"银海"，以肩为"玉楼"，想来仙家玉楼连云也不及人间一肩可担道义的肩胛骨为贵吧？爱玉之极，恐怕也只是返身自重吧？

想

星 约

一、上一次

是因为期待吗？整个天空竟变得介乎可信赖与不可信赖之间，而我，介乎悟道的高僧与焦虑的狂徒之际。

七十六年才一次啊！

"运气特别不好！"男孩说，"两千年来，这次哈雷①是最不亮的一次！上一次，嘿，上一次它的尾巴拖过半个天空哩！"

男孩十七岁，七十六年后他九十三，下一次，下一次他有幸和他的孩子并肩看星吗，像我们此刻？

至于上一次，男孩，上一次你在哪里，我在哪里，我的母亲又在哪里？连民国亦尚在胎动。爽飒的鉴湖女侠墓草已长，黄兴的手指尚完好，七十二烈士的头颅尚在担风挑雨的肩上寄存。血在腔中呼啸，剑在壁上狂吟，白衣少年策马行过漠漠大野。那一年，

---

① 哈雷：指哈雷彗星。人类首颗有记录的周期彗星，每 76.1 年环绕太阳一周。因爱德蒙·哈雷首先测定其轨道数据并成功预言回归时间而得名。在古代中国被称为"扫帚星"。

就是那一年啊，彗星当空挥洒，仿佛日月星辰全是定位的镂刻的字模，唯独它，是长空里一气呵成的行草。

那一年，上一次，我们不在，但一一知道。有如一场宴会，我们迟了，没赶上，却见茶气氤氲，席次犹温，一代仁人志士的呼吸如大风盘旋谷中，向我们招呼。我们来迟了，没有看到那一代的风华。但一九一〇我们是知道的，在武昌起义和黄花岗之前的那一年我们是感念而熟知的。

二、初　识

还有，最初的那一次——其实怎能说是最初呢，只能说是最初的记载罢了，只能说是不甚认识的初识罢了。这美丽得使人惊惶的天象，正是以美丽的方块字记录的。在秦始皇的年代，"七年，彗星先出于东方，见北方……五月，见西方……"秦代的资料，是以委婉的小篆体记录的吧？

而那时候，我们在哪里？易水既寒，群书成焚灰，博浪沙的大锤打中副车，黄石老人在桥头等待一位肯为人拾鞋的亢奋少年，伏生①正急急地咽下满腹经书，以便将来有朝一日再复缓缓吐出，万里长城开始一尺一尺垒高、垒远……忙乱的年代啊，大悲伤亦大奋发的岁月啊，而那时候，我们在哪里？我们在哪里？

第五辑

玉

①伏生：名胜，字子贱。生于公元前260年，卒于公元前161年。西汉经学家，曾为秦博士。秦时焚书，他于壁中藏《尚书》。汉初，仅存29篇，以教齐鲁之间。世传的今文《尚书》皆出于他。

想

三、有所期

我们在今夜,以及今夜的期待里。以及,因期待而生的焦灼里。

不要有所期有所待,这样,你便不会忧伤。

不要有所系有所思,否则,你便成不赦的囚徒。

不要企图攫取,妄想拥有,除非,你已预先洞悉人世的虚空。

——然而,男孩啊,我们要听取这样的劝告吗?长途役役[①],我们有如一只罗盘上的指针,因神秘的磁场牵引而不安而颤抖而在每一步颠簸中敏感地寻找自己和整个天地的位置,但世上的磁针有哪一根因这种种劫难而后悔而愿意自决了磁场的骚动呢?

四、咒　诅

如果有人告诉我彗星是一场祸殃,我也是相信的。凡美丽的东西,总深具危险性,像生命。奇怪,离童年越远,我越是想起那只青蛙的童话。

有一个王子,不知为什么,受了魔法的诅咒,变成了青蛙。青蛙守在井底,他没有为这大悲痛哭泣,但他却听到了哭泣的声音。那一定来自小悲痛小凄怆吧?大痛是无泪的啊!谁哭呢?一个小女孩。为什么哭呢?为一只失落的球。幸福的小公主啊,他暗自叹息起来,她最响亮的号啕竟只为一只小球吗?于是他为她落井捡球。然后她依照契约做了他的朋友,她让青蛙在餐桌上有一席之地,她给了他关爱和友谊,于是青蛙恢复了王子之身。

———————

① 长途役役:劳苦不息地行走长长的路途。役役,劳苦不息貌。

——生命是一场受过巫法的大咒诅，注定朽腐，注定死亡，注定扭曲变形——然而我们活了下来，活得像一只井底的青蛙，受制于窄窄的空间，受制于匆匆一夏的时间。而他等着，等一份关爱来破此魔法和咒诅。一瞬柔和的眼神已足以破解最凶恶的毒咒啊！

　　如果哈雷是祸殃，又有什么可悸可怖？我们的生命本身岂不是更大的祸殃吗？然而，然而我们不是一直相信生命是一场充满祝福的诅咒，一枚有着苦蒂的甜瓜，一条布满陷阱的坦途吗？

　　我不畏惧哈雷，以及它在传述中足以压住人的华灿和美丽。即使美如一场祸殃，我也不会因而畏惧它多于一场生命。

五、暂　时

　　缸里的荷花谢尽，浮萍潜伏，十二月的屋顶寂然，男孩一手拿着电筒，一手拿着星象图，颈子上挂着望远镜。

　　"哈雷在哪里？"我问。

　　"你怎么这么'势利眼'。"男孩居然愤愤地教训起我来，"满天的星星哪一颗不漂亮，你为什么只肯看哈雷？"

　　淡淡的弦月下，阳台黝黑，男孩身高一米八四，我抬头看他，想起那首《日升日沉》歌：

　　　　这就是我一手带大的小女孩吗？

　　　　这就是那玩游戏的小男孩吗？

　　　　是什么时候长大的呀？——他们

"看那颗天狼星，冬天的晚上就数它最亮，蓝汪汪的，对不对？它的星等[①]是负一点四六，你喜欢了，是不是？没有女人不喜欢天狼，它太像钻石了。"

我在黑夜中窃笑起来，男孩啊——

付这座公寓订金的时候，我曾惴惴然站在此处，揣想在这小小的舞台上，将有我人世怎样的演出。男孩啊，你在这屋子中成形，你在此听第一篇故事念第一首唐诗，而当年伫立痴想的时候，我从来不曾想到你会在此和我谈天狼星！

"蓝光的星是年轻的星，星光发红就老了。"男孩说。

星星也有生老病死吗？星星也有它的情劫和磨难吗？

"一颗流星。"男孩说。

我也看见了，它钢截[②]利落，如钻石划过墨黑的玻璃。

"你许了愿？"

"许了。你呢？"

"没有。"

怎么解释呢？怎样把话说清楚呢？我仍有愿望，但重重愿望连我自己静坐以思的时候对着自己都说不清楚，又如何对着流星说呢？

"那是北极星——不过它担任北极星其实也是暂时的。"

---

① 星等：天文学上用以表示星星相对亮度强弱的等级的一种方法，记为 m。星等数越小，说明星越亮。星等数每相差 1，星的亮度大约相差 2.5 倍。亮度比 1 等星更亮的称为"零等星"或"负几等星"。

② 钢截：即斩钢截铁。形容说话或行动坚决果断，毫不犹豫。

"暂时？"

"对，等二十万年以后，就是大熊星来做北极星了。不过二十万年以后大熊星座的组合位置有点改变。"

暂时担任北极星二十万年？我了解自己每次面对星空的悲怆失措甚至微愠[1]了。不公平啊，可是跟谁去争辩？跟谁去抗议？

"别的星星的组合形态也会变吗？"

"会，但是我们只谈那些亮的星，不亮的星通常就是远的星，我们就不管它们了。"

"什么叫亮的？"

"光度总要在一等左右，像猎户星座里最亮的，我们中国人叫它参宿七的那一颗，就是零点一等；织女星更亮，是零等；太阳最亮，是负二十六等……"

六、光的单位

奇怪啊，印度人以"克拉"计钻石，愈大的钻石克拉数目越大，希腊人以"星等"计星亮，愈亮的星"星等"反而愈小，最后竟至于小成负数了。

"古希腊人为什么这么奇怪呢？为什么他们用这种方法来衡量光的亮度呢？我觉得'光度'好像指'无我的程度'。'我执'愈少，光源愈透；'我执'愈强，光愈暗。"

"没有那么复杂吧？只是希腊人就是这样计算的。"

我于是躺在木凳上发愣，希腊人真是不可思议，整个天空都

---

① 愠（yùn）：怨恨，恼怒。

成了他们的故事编织和上演的舞台，星空于他们竟是一整棚累累下垂的葡萄串，随时可摘可食，连每一粒葡萄晶莹的程度他们也都计算好了。

七、猎户在天

几年前的一个星夜，我们站在各种星等的星星下。

"猎户在天——"我说。

"《诗经》里的句子吧？"女友问。

"怎么会，也不想想猎户星座是希腊名词啊！"

她大笑起来，她是被我的句型骗了，何况她是诗人，一向不讲理的，只是最后连我自己也恍惚起来，真的很像《诗经》里的句子呢！

我们有点在装迷糊吗？为什么每看到好东西我们就故意误认为它是中国的？

猎户是一组美丽的星，宽广的肩，修长的腿，巧饰的腰带和腰带下的腰刀，旁边还有一只野兔呢！然而，这漂亮的猎者是谁呢？是始终在奔驰在追索在予取予求的世人吗？不知道啊。但他那样俊朗，把一个形象从古希腊至今维系了三千年，我不禁肃然①。

"看到腰带下的小腰刀了吗？腰刀是三颗直排的星组成的，中间的那一颗你用望远镜仔细看，是一大团星云，它距离我们只

———————————

① 肃然：形容十分恭敬的样子。

不过一千五百光年 ① 而已。"

"一千五百年！是唐朝吗？"

"是南北朝。"

早于秾艳的李义山，早于狂歌的李白沉郁的杜甫以及凿破大地的隋炀帝。南北朝，南北朝又复为何世呢？对那一整个年代我所记得的只有北魏的石雕，悠悠青石，刻成了清明实在的眉目。今夕的星光就是当年大匠举斧加石的年代发出的，历劫的星光则今夕始来赴我双目的天池。

猎户星座啊！

八、见与不见

我其实是要看哈雷的，但哈雷不现，我只看到云。我终于对云感到抱歉了——这是不公平的，我渴望哈雷是因它稍纵即逝，然而云呢？云又岂是永恒的？此云曾是彼水，彼水曾是泉曾是溪，曾是河曾是海，曾是花上晓露眼中横波，曾是禾田间的汗水，曾是化碧前的赤血……壮士沙场之际的一杯酒是它，赵州说法时的半杯茶也是它。然而，我竟以为云只是云，我竟以为今日之云同于昨日之云，云不也跟哈雷一样是周而复始吗？是迂回往来的吗？

我不断地向自己解释，劝自己好好看一朵云，那其间亦自有千古因缘。然而我依旧悲伤且不甘心，为什么这是一片灯网交织的城，且长年有着厚云层？为什么不让我今生今世看见一次哈雷！

① 光年：天文学上表示距离的单位。光在真空中 1 年内走过的路程为 1 光年，约等于 94605 亿千米。作者在此将光年当作时间单位是不对的。权当是文学家的联想和想象吧。

"奇怪啊，神话只属于古代，至于我们的年代只有新闻，而且多是报导不实的，为什么？"

黑暗中男孩看着我，叹了一口气。他半年前交了一篇历史课的读书报告，题目便是《中国神话的研究》，得分九十五。曾经统御过所有的英雄和巨灵，辉耀了整个日月星辰的神话，此刻已老，并且沦为一个中学生的读书报告。

在一个接一个的冬夜里我惋叹跌足，并且生自己的气。气自己被渴望折磨，神话里的夸父就是渴死的，我要小心一点才行。所以悲伤时我总是想哈雷先生（哈雷彗星以他的名字来命名），以及他亦悲亦喜的一生。他在二十六岁那年惊见彗星，此后他用许多年来研究，相信彗星会在自己一百零二岁时再现。看过彗星以后他又活了一甲子，死于八十六岁，像一个放榜前殁世①的考生，无从见证自己的成绩。那哈雷死时是怎样想的呢？我猜想他的心情正像一个孩子，打算在圣诞夜彻夜不眠，好看到圣诞老公公如何滑下烟囱，放下礼物。然而他困了，撑不住了，兴奋消失，他开始模糊了，心里却是不甘心的，嘴里说着半真半呓的叮咛：

"父亲，等下圣诞老人来的时候，一定要叫我噢！我要摸摸他的胡子！"

哈雷说的话想来也类似：

"造物啊，我熬不住了，我要睡了，你帮我看好，好吗？十六年后它会来的，我先睡，你到时候要叫我一声哟！"

生当清平昌大之盛世，结交一时之俊彦如牛顿，能于切磋琢

----

① 殁（mò）世：去世。

磨中发天地之微,知宇宙之数,哈雷的平生际遇也算幸运了。然而,肉体的贮瓶终于要面临大朽坏的——并不因其间贮注的是大智慧而有异,只是大限来时,他是否有憾呢?

寒星如一片冰心的冬夜,我反复自问:

哈雷生平到底看过彗星重现吗?若说看见了,他事实上在星现前十六年已经死了;若说未见,他却是见的,正如围棋高手早在几小时以前预见胜负,一步步行去的每一着履痕他们都有如亲睹。

大军事家大政治家大科学家都是在不见处先见未明时先明的啊!

那么,我呢?我算不算看过那彗星的人呢?假设有盲者,站在凄凄长夜里,感知天空某一角落有灿然的光体如甩动的火把,算不算看到了呢?如果他倾耳辨听天河淙淙,如果他在安静中若闻哈雷的跳跃,像一只河畔的蚱蜢,蹦去又蹦回,他算不算看到了呢?而我,当我在金牛座昴星团①中寻它,当我在白羊座和双鱼座中寻它千百度思它千百度,我算不算看到它了呢?在无所视无所听无所触无所嗅的隔离中,我们可以仅仅凭信心念力去承认去体会身在云后的它吗?

九、我已践约

又一颗流星划过天空,天空割裂,但立刻合拢,造物的大诡秘仍然不得窥见。这不知名的星从此化为光尘,也许最后剩一小

① 昴(mǎo)星团:梅西叶星表编号为 M45,是疏散星团之一。位于金牛座。构成星团的几颗亮星位于昴宿,由此得名。在北半球晴朗的夜空用肉眼就可以看到它,通常能见到六七颗亮星,所以又常被称为七姊妹星团。

第五辑

玉

想

块陨石，落到地球上，被人捡起，放在陈列室里，像一部写坏了的爱情小说，光华消失，飞腾不见，只留下硬硬的纹理。

夜空有千亩神话万顷传奇，有流星表演的冰上芭蕾——万古乾坤只在此半秒钟演出。以此肉身，以此肉眼来面对它们，这种不公平的对决总使我心情大乱，悲喜无常。哈雷会来吗？原谅我的急躁，我和男孩有缘得窥七十六年一临的奇景吗？如果能，我为此感激；如果不能，让我感激朝朝来临的太阳，月月重圆的月亮，以及至七夕最凄丽的织女，于冬月亦明艳的猎户。我已践约，今夜，以及此生；哈雷也没有失约，但云横雾亘，我不能表示异议。

如果我不曾谢恩，此刻，为茫茫大荒中一小块荷花缸旁的立脚的位置，为犹明的双眸，为未熄的渴望，为身旁高大的教我看星的男孩，为能见到的以及未能见到的，为能拥有的以及不能拥有的，为悲为喜，为悟为不悟，为已度的和未度的岁月，我，正式致谢。

愁乡石

到鹅库玛度假去的那一天，海水蓝得很特别。

每次看到海，总有一种瘫痪的感觉，尤其是看到这碧入波心、急速涨潮的海，这种向正前方望去直对着上海的海。

"只有四百五十海里。"他们说。

我不知道四百五十海里有多远，也许比银河还迢遥吧？每次想到上海，总觉得像历史上的镐京或洛邑那么幽渺，那样让人牵起一种又凄凉又悲怆的心境。我们面海而立，在浪花与浪花之间追想多柳的长安与多荷的金陵，我的乡愁遂变得又剧烈又模糊。

可惜那一片江山，每年春来时，全交付给了千林鹧鸪①。

明孝陵的松涛在海涛中来回穿梭，那种声音，那种色泽，恍惚间竟那么相像。记忆里那一片乱映的苍绿已经好虚幻好缥缈，但不知为什么，老忍不住用一种固执的热情去思念它。

有两三个人影徘徊在柔软的沙滩上，拣着五彩的贝壳。那些炫目的小东西像繁花似的开在白沙滩上，给发现的人一种难言的惊喜。而我站在那里，无法让悲情的心怀去适应一地的色彩。

① 鹧鸪（tíjué）：古书上指杜鹃鸟。

蓦然间，沁凉①的浪打在我的脚上，我没有料到那一下冲撞竟有那么裂人心魄。想着海水所向的方向，想着上海某个不知名的滩头，我便有一种号哭的冲动。然而，哪里是我们可以恸哭的秦庭？哪里是申包胥可以流七日泪的地方？此处是异国，异国寂寥的海滩。

他们叫这一片海为中国海，世上再没有另一个海有这样美丽沉郁的名字了。小时候曾经那么神往于爱琴海，那么迷醉于想象中那么灿烂的晚霞，而现在在这个无奈的多风的下午，我只剩下一个爱情，爱我自己国家的名字，爱这个蓝得近乎哀愁的中国海。

而一个中国人站在中国海的沙滩上遥望中国，这是一个怎样咸涩的下午！

遂想起那些在金门的日子，想起在马山看对岸的岛屿，在湖井头看对岸的何厝。望着那一带山峦，望着那曾使东方人骄傲了几千年的故土，心灵便脆薄得不堪一声海涛。那时候忍不住想到自己为什么不是一只候鸟，犹记得在每个江南草长的春天回到旧日的梁前；又恨自己不是鱼，可以绕着故国的沙滩岩岸而流泪。

海水在远处澎湃，海水在近处澎湃。我木然地坐在许多石块之间，那些灰色的、轮流着被海水和阳光煎熬的小圆石。

那些岛上的人很幸福地过着他们的日子，他们在历史上从来不曾辉煌过，所以他们不必痛心，他们没有骄傲过，所以无须悲哀。他们那样坦然地说着日本话，给小孩子起日本名字，在国民学校旗杆上竖着别人的太阳旗，他们那样坦然地顶着东西唱着歌，

---

① 沁凉：凉得透人肌肤；清凉。

走在美国人为他们铺的柏油路上。

他们有他们的快乐。那种快乐是我们永远不会有也不屑有的。我们所有的只是超载的乡愁，只是世家子弟的那份茕独^①。

海浪冲逼而来，在阳光下亮着残忍的光芒。海雨天风，不放过旅人的悲思。我们向哪里去躲避？我们向哪里去遗忘？

小圆石在不绝的海浪中颠簸着，灰白的色调让人想起流浪者的霜鬓。我拣了几个，包在手绢里，我的臂膀遂有着十分沉重的感觉。

忽然间，就那么不可避免地忆起了雨花台，忆起那闪亮了我整个童年的璀璨景象。那时候，那些彩色的小石曾怎样地令我迷惑。有阳光的假日，满山的拣石者挑剔地品评着每一块小石子。那段日子为什么那么短呢？那时候我们为什么不能预见自己的命运？在去国离乡的岁月里，我们的箱箧里没有一撮故国的泥土，更不能想象一块雨花台石子的奢侈了。

灰色的小圆石一共七颗。它们停留在海滩上想必已经很久了，每一次海浪的冲撞便使它们更浑圆一些。雕琢它们的是中国海的浪头，是来自上海的潮汐，日日夜夜，它们听着遥远的消息。

那七颗小圆石转动着，它们便发出琅然^②的声音，那声音里有一种神秘的回响，呢喃着这个世纪最大的悲剧。

"你拣的就是这个？"

游伴们从远远近近的沙滩上走了回来，展示着他们色彩缤纷

---

① 茕（qióng）独：谓孤独，没有依靠。茕，无兄弟。独，无子。
② 琅（láng）然：声音清朗。

的贝壳。

而我什么也没有，除了那七颗黯淡的灰色石子。

"可是，我爱它们。"我独自走开去，把那七颗小圆石压在胸口上，直压到我疼痛得淌出眼泪来。在流浪的岁月里我们一无所有，而今，我却有了它们。我们的命运多少有些类似，我们都生活在岛上，都曾日夜凝望着一个方向。

"愁乡石！"我说，我知道这必是它的名字，它绝不会再有其他的名字。

我慢慢地走回去，鹅库玛的海水在我背后蓝得叫人崩溃，我一步一步艰难地摆脱它。而手绢里的愁乡石响着，响久违的乡音。

无端的，无端的，又想起姜白石，想起他的那首八归。

最可惜那一片江山，每年春来时，全交付给了千林鹪鹩。

愁乡石响着，响一片久违的乡音。

后记：鹅库玛系冲绳岛极北端之海滩，多有异石悲风。西人设基督教华语电台于斯，以其面对上海及广大的内陆地域。余今秋曾往一游，去国十八年，虽望乡亦情怯矣。是日徘徊低吟，黯然久之。

雨之调

雨　荷

有一次，雨中走过荷池，一塘的绿云绵延，独有一朵半开的红莲傲然挺立其间。

我一时为之惊愕驻足，那样似开不开，欲语不语，将红未红，待香未香的一株红莲！

漫天的雨纷然而又漠然，广不可及的灰色中竟有这样一株红莲！像一堆即将燃起的火，像一罐立刻要倾泼的颜料！我立在池畔，虽不欲捞月，也几成失足。

生命不也如一场雨吗？你曾无知地在其间雀跃，你曾痴迷地在其间沉吟——但更多的时候，你得忍受那些寒冷和潮湿，那些无奈与寂寥，并且以晴日的幻想度日。

可是，看那株莲花，在雨中怎样地唯我而又忘我。当没有阳光的时候，它自己便是阳光。当没有欢乐的时候，它自己便是欢乐！一株莲花里有那么完美自足的世界！

一池的绿，一池无声的歌，在乡间不惹眼的路边——岂止哲学书中才有真理？岂止研究院中才有答案？一笔简单的雨荷可绘出多少形象之外的美善，一片亭亭青叶支撑了多少世纪的傲骨！

倘有荷在池，倘有荷在心，则何患长长的雨季？

《清明上河图》

雨中，独自到台北故宫博物院去看《清明上河图》。

长长的卷轴在桌上平展开，一片完好的汴梁旧风物。管理员将我做笔记用的圆珠笔取去，而代之以铅笔，为了怕油墨污染了画——他们独不怕泪吗？谁能故地神游而不怆然涕下呢？

青青的土阜①、初暖的柳风、微曛②的阳光似乎都可感到，安静古老的河水以迟缓的节拍流过幽美的幸福土地，承平的岁月令人不忍触目。

所谓的画，不外乎是一些人，一些车，一些驴，一些要猴戏的，一些商贾，一些跳叫的狗和孩子——但这一切是怎样单纯的和谐。

宋朝的阳光，古老一如梦中，汴京，遥远有如太古。唯清明时节的麦青，却染绿无数画家的乡愁。使我惊讶的是这个因雨而感伤的下午，缘何竟有一个女子会站在海外的一隅，看前朝宫中的绢画，想五百年来多少人对画而泪垂，想宇内有多少博物馆中正在展示着那和平而丰腴的中原？

走出博物馆，雨中的青山苍凉地兀立着。渭北的春树今何在？江东的暮云今何在？我呢喃着，一路步下渐行渐低的阶梯。

---

① 土阜：土丘。

② 微曛（xūn）：日落时的余光。

《秋声赋》

一夜，在灯下预备第二天要教的课，才念两行，便觉哽咽。

那是欧阳修的《秋声赋》，许多年前，在中学时，我曾狂热地陶醉于那些旧书，我曾偷偷地背诵它！

可笑的是年少无知，何曾了解秋声之悲，一心只想学几个漂亮的句子，拿到作文簿上去自炫！

但今夜，雨声从西窗来叩，小楼上一片零落的秋意，灯光如雨，愁亦如雨，纷纷落在《秋声赋》上，文字间便幻化起重重波涛，掩盖了那一片熟悉的字句。

每年十一月，我总要去买一本 Idea 杂志，不为那些诗，只为异乡那份辉煌而黯然的秋光。那荒漠的原野，那大片宜于煮酒的红叶，令人恍然有隔世之想。可叹的是故园的秋色犹能在同纬度的新大陆去辨认，但秋声呢？何处有此悲声寄售？

闻秋声之悲与不闻秋声之悲，其悲各何如？

明朝，穿过校园中发亮的雨径，去面对满堂稚气的大一新生的眼睛，《秋声赋》又当如何解释？

秋灯渐暗，雨声不绝，终夜吟哦着不堪一听的浓愁。

《青楼集》

在傅斯年图书馆当窗而坐，远近的雨丝成阵。

桌上放着一本被蠹鱼食余的《青楼集》，从焦黄破碎的扉页里，我低首去辨认元朝的焦黄破碎的往事。

一边抄着，一边忍不住的思古情怀便如江中兼天而涌的浪头，忽焉而至。那些柔弱的名字里有多少辛酸的命运：朱帘秀、汪怜怜、翠娥秀、李娇儿……一时之间，元人的弦索、元人的箫管，便盈耳而至。音乐中浮起的是那些苍白的，架在锦绣之上，聪明的悲哀的脸。

当别的女孩在软褥上安静地坐着，用五彩的丝线织梦时，为什么独有一班女孩在众人的奚落里唱着人间的悲欢离合？而如果命运要她们成为被遗弃的，却为什么要让她们有那样的冰雪聪明去承受那种残忍？

"大都"，辉煌的元帝国，光荣的朝代，缘何竟有那些黯然的脸在无言中沉浮？当然，天涯沦落的何止她们，为人作色的何止她们。但八百年后在南港，一个秋雨如泣的日子，独有她们的身世这样沉重地压在我的资料卡上，那古老而又现代的哀愁。

雨在眼，雨在耳，雨在若有若无的千山。南港的黄昏，在满楼的古书中无限凄凉！萧条异代，谁解此恨！相去几近千年，她们的忧伤和屈辱却仍然如此强烈地震撼着我。

雨仍落着，似乎已这样无奈地落了许多个世纪。山渐消沉，树渐消沉，书渐消沉，只有蠹鱼的蛀痕顽强地咬透八百年的酸辛。

油　伞

从朋友的乡居辞出，雨的弦柱在远近奏起，小径忽然被雨中大片干净的油绿照得惹眼起来。原想就这样把自己化在雨里一路回去，但推却不了他的盛意，遂支着一把半旧的油伞走了。

走着，走着，黄昏四合，一种说不出的苍茫伸展着，一时不知是真是幻。二十多年前，山城的凌晨，不也是这样的小径？不也是这般幽暗？流浪的中途站上，一个美得不能忘记的小学。天色微茫，顶着一把油伞，那小女孩往学校走去。为了去看教室后面大家合种的一畦菠菜，为了保持一礼拜连续最早到校的纪录，以赢得一本纸质粗劣的练习本，她匆促地低头而行。

　　而二十年后，仍是雨，仍是山，仍是一把半旧的油伞，她的脚步却无法匆促了。她不能不想起由于模糊而益显真切的故园的倦柳愁荷。

　　那一季的菠菜她终于没吃到，便离去了；而那本练习本，她也始终得不着，因为总有一个可恨的男生偶然比她早到，来破坏她即将完成的纪录。她一无所获——而二十多年后，她在芬芳的古籍中偶然读到柳柳州笔下的山水，便懊恨那些早晨为什么浪费在无益的奔跑上？为什么她不解人生的缘分？为什么她不解那一瞥的价值？为什么她不让故园最后的春天在那视网膜上烙下最痛最美的印记，却一心想着那本不值钱的练习本？

　　油伞之后，再无童年。岛上的日子如一团发得太松的面，不堪一握。

　　但岛仍是岛，而当我偶然从仔细的谛视①中发现那油伞只不过是一把塑胶仿制品的时候，黄昏的幻象便倏然消逝了。有车，有繁灯，这城市的雨季又在流浪者眼前绵绵密密地上演了。

---

① 谛视：仔细察看。谛（dì），仔细（听或看）。

第五辑

玉

想

· 261 ·

春之怀古

　　春天必然曾经是这样的：从绿意内敛的山头，一把雪再也撑不住了，扑哧一声，将冷面笑成花面，一首渐渐然①的歌便从云端唱到山麓，从山麓唱到低低的荒村，唱入篱落，唱入一只小鸭的黄蹼，唱入软溶溶的春泥——软如一床新翻的棉被的春泥。

　　那样娇，那样敏感，却又那样混沌无涯。一声雷，可以无端地惹哭满天的云；一阵杜鹃啼，可以斗急了一城杜鹃花；一阵风起，每一棵柳都会吟出一则则白茫茫、虚飘飘说也说不清、听也听不清的飞絮，每一丝飞絮都是一株柳的分号。反正，春天就是这样不讲道理，不合逻辑，而仍可以好得让人心平气和。

　　春天必然会是这样的：满塘叶黯花残的枯梗抵死苦守一截老根，北地里千宅万户的屋梁受尽风欺雪扰犹自温柔地抱着一团小小的空虚的燕巢。然后，忽然有一天，桃花把所有的水村山郭都攻陷了。柳树把皇室的御沟和民间的江头都控制住了——春天犹如旌旗鲜明的王师，因为长期虔诚的企盼祝祷而美丽起来。

　　而关于春天的名字，必然曾经有这样一段故事：在《诗经》

---

①渐渐然：冰雪融化时潺潺的水流声。

之前，在《尚书》之前，在仓颉造字之前，一只小羊在啮草时猛然感到的多汁，一个孩子放风筝时猛然感觉到的飞腾，一双患风痛[1]的腿在猛然间感到舒适，千千万万双素手在溪畔在江畔浣纱时所猛然感到的水的血脉……当他们惊讶地奔走互告的时候，他们决定将嘴噘成吹口哨的形状，用一种愉快的耳语的声音来为这季节命名——"春"。

鸟又可以开始丈量天空了。有的负责丈量天的蓝度，有的负责丈量天的透明度，有的负责用那双翼丈量天的高度和深度。而所有的鸟全不是好的数学家，他们叽叽喳喳地算了又算，核了又核，终于还是不敢宣布统计数字。

至于所有的花,已交给蝴蝶去数。所有的蕊,交给蜜蜂去编册。所有的树，交给风去纵容娇宠。而风，交给檐前的老风铃去——记忆，——垂询。

春天必然曾经是这样，或者，在什么地方，它仍然是这样的吧？穿越烟囱与烟囱的黑森林，我想走访那踯躅[2]在邈远年代中的春天。

第五辑

玉

---

① 风痛：风湿痹痛，大部分指的是风湿病，是一种因人体免疫力差，链球菌感染引起的慢性变态反应性疾病。
② 踯躅（zhízhú）：徘徊。

想

送你一个字

——给一个常在旅途上的女子

莹:

"行"是一个美丽的字，我想把它送给你，顺便也想戏称你一声"行者"。行者不免令人联想到孙悟空，不过，我要说的行者就只简单地指"行路之人"。

远在汉代，文字学家许慎在为文字分类的时候，就把汉字分成了五百四十个部首，其中有一个赫然便是"行"。换句话说，"行"是我们生活中的大项目，大到足以成为一个部首，就像水、火、土、鸟、田……都是大项目一般。那个时代真好玩，仿佛在许慎的归纳下，老百姓全然在这五百四十个部首里活着，在这五百四十个项目下进行其生老病死。当然，至今我们要到字典里去"抓字"的时候，正规的抓法还是查部首。宇宙虽大，物象虽繁，却都乖乖各自待在它所从属的部首里，就算科学家新掏掘出了一些新玩意，一样可以收编为"铀"或"镭"或"氢"或"氧"……

但"行"不是被收编的，它是部首级的字，它有其完整自足的意义，它收编别人。

"行"是什么意思呢?

有趣的是,许慎虽比我们早生二千年,但他只懂小篆,旁及大篆,对那批早于汉代大约一千五百年的甲骨文他竟无缘得识。反而是我们二十世纪以后的后生小子,有幸隔着博物馆的玻璃,去亲眼见识到那些三千五百年前的骨片,更能在印刷精美的书页上把玩那遒劲的一笔一画。

"行"字在甲骨文时代是长成这个样子的:

这又是什么意思呢?

啊!简单地说,它就是十字路口。更有意思的是,这四条通衢大道全都没有收口。明摆着"一径入天涯"的迢遥途程。这和数学上的象限不同。象限是四个区块,四个区块其实仍然只是四个辖地。但"行"却是四个方向,它可南可北可东可西,它是大地之上成带状的无限可能。它又酷似十字架,但十字架是有封口的,十字架是古往今来的纵线加上左舒右展的横线,然后在其上钉下一具牺牲者的肉体。而"行"是释放了的十字架,供凡人如你我可以得其救赎,因而可以大踏步地去冲州撞府,可以去披星戴月,可以在重关复隩①,在山不穷水不尽的后土②上放牧自我。

以上是"行"的第一定义。

①隩(yù):河岸弯曲的地方。
②后土:古代称大地。

想

而"行"还有第二定义,下定义的是许慎,在他的《说文解字》里,行字成了"彳"和"亍"的结合。"彳"和"亍"可以解释作左脚和右脚的交互前行,也可以解释作"行"加上"止"的旅人轨迹——我比较喜欢后面这个定义。

相较之下,甲骨文时代的行是名词,是无限江山;而小篆中的行是动词,是千里行脚。两者都跟你有关,因为你是那健康自信美丽高雅的女子,你是穿阡越陌,在里巷中又行又止的人。好的旅行家,如你,是亦行亦止的。因为只有"行",才能去到远方;只有"止",才能凝神倾听,才能涣然①了解,才能勃然动容,然后,才有琐细入微的记忆和娓娓道来的缕述。

很高兴你今又要远行,很佩服你一再出发。于我,因为方历大劫,一时尚在休养生息,但是倒也无妨于出入唐、宋,游走晋、魏,在历史中徜徉。所以,朋友啊,容许我小里小气,把刚才分明已经赠送给你的"行"字,也拿回来回赠给自己吧!

---

① 涣然:形容嫌隙、疑虑、误会等完全消除。

初　心

一、初哉首基肇祖元胎……

因为书是新的，我翻开来的时候也就特别慎重。书本上的第一页第一行是这样的："初、哉、首、基、肇、祖、元、胎……始也。"

那一年，我十七岁，望着《尔雅》这部书的第一句话而愕然。这书真奇怪啊！把"初"和一堆"初的同义词"并列卷首，仿佛立意要用这一长串"起始"之类的字来作整本书的起始。

也是整个中国文化的起始和基调吧？我有点敬畏起来了。

想起另一部书，《圣经》，也是这样开头的：

"起初，上帝创造天地。"

真是简明又壮阔的大笔，无一语修饰形容，却是元气淋漓，如洪钟之声，震耳贯心，令人读着读着竟有坐不住的感觉，所谓壮志陡生，有天下之志，就是这种心情吧！寥寥数字，天工已竟，令人想见日之初升，海之初浪，高山始突，峡谷乍降及大地寂然等待小草涌腾出土的刹那！

而那一年，我十七岁，刚入中文系，刚买了这本古代第一部字典《尔雅》，立刻就被第一页第一行迷住了，我有点喜欢起文字学来了。真好，中国人最初的一本字典（想来也是世人的第一本字典），它的第一个字就是"初"。

"初，裁衣之始也。"文字学的书上如此解释。

我又大为惊动，我当时已略有训练，知道每一个中国文字背后都有一幅图画，但这"初"字背后不止一幅画，而是长长的一幅卷轴。想来当年造字之人初造"初"字的时候，也是煞费苦心的神来之笔。这件事无形可绘，无状可求，如何才能追踪描摹？

他想起了某个女子的动作，也许是母亲，也许是妻子，那样慎重地从纺织机上把布取下来。整整齐齐的一匹布，她手握剪刀，当窗而立，她屏息凝神，考虑从哪里下刀，阳光把她微微毛乱的鬓发渲染成一轮光圈。她用神秘而多变的眼光打量着那整匹布，仿佛在主持一项典礼。其实她努力要决定的只不过是究竟该先做一件孩子的小衫好呢，还是先裁自己的一条裙子？一匹布，一如渐渐沉黑①的黄昏，有一整夜的美可以预期——当然，也有可能是噩梦；但因为有可能成为噩梦，美梦就更值得去渴望——而在她思来想去的当际，窗外陆陆续续流溢而过的是初春的阳光，是一批一批的风，是雏鸟拿捏不稳的初鸣，是天空上一匹复一匹不知从哪一架纺织机里卷出的浮云。

那女子终于下定决心，一刀剪下去，脸上有一种近乎悲壮的决然。

"初"字，就是这样来的。

---

① 沉黑：犹黑沉沉。

人生一世，亦如一匹辛苦织成的布，一刀下去，一切就都裁就了。

整个宇宙的成灭①，也可视为一次女子的裁衣啊！我爱上"初"这个字，并且提醒自己每个清晨都该恢复为一个"初人"，每一刻，都要维护住那一片初心。

二、初发芙蓉

《颜延之传》里这样说：

> （颜）延之尝问鲍照，己与（谢）灵运优劣，照曰："谢五言（诗）如初发芙蓉，自然可爱，君诗如铺锦列绣，亦雕缋满眼。"

六朝人说的芙蓉便是荷花，鲍照用"初发芙蓉"比喻谢灵运的诗，实在令人羡慕。其实"像荷花"不足为奇，能像"初发芙蓉"才令人神思飞驰。灵运一生得此四字，也就够了。

后来的文学批评家也爱沿用这词汇，清代周济在《介存斋论词杂著》中论晚唐韦庄的词便说：

> 端己词清艳绝伦，初日芙蓉春日柳，使人想见风度。

第五辑

玉

---

① 成灭：佛教语。谓世界变化的不同阶段。在佛教之宇宙观中，万事万物都会经历从形成、发展到衰落、消失这样几个阶段，谓之成、住、坏、空（灭）四劫。

想

中国人没有什么"诗之批评"或"词之批评"，只有"诗话""词话"，而"词话"好到如此，其本身已凝聚饱实，简直华丽如一则小令。

三、清露晨流　新桐初引

《世说新语》里有一则故事，说到王恭和王忱原有好交情，以后却因政治上的芥蒂而分手。只是每次遇见良辰美景，王恭总会想到王忱。面对山石流泉，王忱便恢复为王忱，是一个精彩的人，是一个可以共享无限清机①的老友。

有一次，春日绝早，王恭独自漫步一幽极胜极之处，书上记载说：

"于时清露晨流，新桐初引。"

那被人爱悦，被人誉为"濯濯如春日柳"的王恭忽然怅怅地冒出一句："王大故自濯濯。"语气里半是生气半是爱惜，翻成白话就是：

"唉，王大那家伙真没话说——实在是出众！"

不知道为什么，作者在描写这段微妙的人际关系时，把周围环境也一起写进去了。而使我读来怦然心动的也正是那段"于时清露晨流，新桐初引"的附带描述。也许不是什么惊心动魄的大景观，只是一个序幕初启的清晨，只是清晨初映着阳光闪烁的露水，只是露水妆点下的桐树初抽了芽，遂使得人也变得纯洁灵明起来，甚至强烈地怀想那个有过嫌隙的晚辈。

---

① 清机：清净的心机。

李清照大约也被这光景迷住了，所以她的《念奴娇》里竟把"清露晨流，新桐初引"的句子全搬过去了。一颗露珠，从六朝闪到北宋，一叶新桐，在安静的扉页里晶莹透亮。

我愿我的朋友也在生命中最美好的片刻想起我来，在一切天清地廓之时，在叶嫩花初之际，在霜之始凝，夜之始静，果之初熟，茶之方馨，在船之启碇，鸟之回翼，在婴儿第一次微笑的刹那，想及我。

如果想及我的那人不是朋友，而是敌人（如果我有敌人的话），那也好——不，也许更好。嫌隙虽深，对方却仍会想及我，必然因为我极为精彩的缘故。当然，也因为一片初生的桐叶是那么好，好得足以让人有气度去欣赏仇敌。

第五辑

玉

想

给我一个解释

一

后来，就再也没有见过那么美丽的石榴。石榴装在麻包里，由乡下亲戚扛了来。石榴在桌上滚落出来，浑圆艳红，微微有些霜溜过的老涩，轻轻一碰就要爆裂。爆裂以后则恍如什么大盗的私囊，里面紧紧裹着密密实实、闪烁生光的珠宝粒子。

那时我五岁，住在南京，那石榴对我而言是故乡徐州的颜色，一生一世不能忘记。

和石榴一样难忘的是乡亲讲的一个故事，那人口才似乎不好，但故事却令人难忘。

"从前，有对兄弟，哥哥老是说大话，说多了，也就没人肯信了。但他兄弟人好，老是替哥哥打圆场。有一次，哥哥说：'你们大概从来没有见过刮这么大的风——把我家的井都刮到篱笆外头去啦！'大家不信，弟弟说：'不错，风真的很大，但不是把井刮到篱笆外头去了，是把篱笆刮到井里头来了！'"

我偏着小头，听这对兄弟离奇的故事，自己也不知道被什么所感动。只觉得心头沉甸甸的，跟装满美丽石榴的麻包似的，竟怎么也忘不了那故事里活龙活现的两兄弟。

四十年来家国，八千里地山河，那故事一直尾随我，连同那美丽如神话如魔术的石榴，全是我童年时代好得介乎虚实之间的东西。

四十年后，我才知道，当年感动我的是什么——是那弟弟娓娓不倦的解释，那言语间有委曲、有温柔、有慈怜和悲悯。或者，照儒者的说法，是有恕道。

长大以后，又听到一个故事，讲的是几个人在联句（或谓其中主角乃清代书画家金冬心），为了凑韵脚，有人居然冒出一句"飞来柳絮一片红"。大家面面相觑，不知此人为何如此没常识，天下柳絮当然是白的，但"白"不押韵，所幸解围的才子出面了，他为那人在前面加了一句，"夕阳返照桃花渡"，那柳絮便立刻红得有道理了。我每想及这样的诗境，便不觉为其中的美感瞠目结舌。三月天，桃花渡口红霞烈山，一时天地皆朱，不知情的柳絮一头栽进去，当然也活该要跟万物红成一气。这样动人的句子，叫人不禁要俯身自视，怕自己也正站在夹岸桃花和落日夕照之间，怕自己的衣襟也不免沾上一片酒红。《圣经》上说："爱心能遮过错。"在我看来，因爱而生的解释才能把事情美满化解。所谓化解不是没有是非，而是超越是非。就算有过错，那善意的解释也如明矾入井，遂令浊物沉淀，水质复归澄莹。

女儿天性浑厚，有一次，小学年纪的她对我说："你每次说五点回家，就会六点回来，说九点回家，结果就会十点回来——

我后来想通了，原来你说的是出发的时间，路上一小时你忘了加进去。"

我听了，不知该说什么。我回家晚，并不是因为忘了计算路上的时间，而是因为我生性贪溺，贪读一页书、贪写一段文字、贪一段山色……而小女孩说得如此宽厚，简直是鲍叔牙。两千多年前的鲍叔牙似乎早已拿定主意，无论如何总要把管仲说成好人。两人合伙做生意，管仲多取利润，鲍叔牙说："他不是贪心——是因为他家穷。"管仲三次做官都被人辞了，鲍叔牙说："不是他不长进，是他一时运气不好。"管仲打了三次仗，每次都败亡逃走，鲍叔牙说："不要骂他胆小鬼，他是因为家有老母。"鲍叔牙赢了，对于一个永远有本事把你解释成圣人的人，你只好自肃自策[1]，把自己真的变成圣人。

物理学家说，给我一个支点，给我一根杠杆，我就可以把地球撬起来——而我说，给我一个解释，我就可以再相信一次人世，我就可以接纳历史，我就可以义无反顾地拥抱这荒凉的城市。

二

"述而不作[2]"，少年时代不明白孔子何以要做这种没有才气的选择，我却只希望"作而不述"。但岁月流转，我终于明白，述，就是去悲悯、去认同、去解释。有了好的解释，宇宙为之端正，万物由而含情。一部希腊神话用丰富的想象解释了天地四时和风

---

① 自肃自策：自我约束，自我督促。

② 述而不作：只阐述前人的学说，自己不创作。

霜雨露。譬如说朝露，是某位希腊女神的清泪。月桂树，则被解释为阿波罗钟情的女子。

农神的女儿成了地府之神的妻子，天神宙斯裁定她每年可以回娘家六个月。女儿归宁，母亲大悦，便春回土地。女儿一回夫家，立刻草木摇落众芳歇。农神的恩宠也翻脸无情——季节就是这样来的。

艾俄洛斯是平原女神和宙斯的儿子，是风神，他出世第一天便跑到阿波罗的牧场去偷了两头牛来吃（我们中国人叫"白云苍狗"，在希腊人却成了"白云肥牛"）——风神偷牛其实解释了白云经风一吹，便消失无踪的神秘诡异。

神话至少有一半是拿来解释宇宙大化和草木虫鱼的吧？如果人类不是那么偏爱解释，也许根本就不会产生神话。

而在中国，共工与颛顼争帝，怒而触不周之山，在一番"天柱折，地维绝"之后，（是回忆古代的一次大地震吗？）发生了"天倾西北，地陷东南"的局面。天倾西北，所以星星多半滑到那里去了；地陷东南，所以长江黄河便一路向东入海。

而埃及的砂碛①上，至今屹立着人面狮身的巨像。中国早期的西王母则"其状如人，豹尾虎齿而善啸""穴处"。女娲也不免"人面蛇身"。这些传说解释起来都透露出人类小小的悲伤，大约古人对自己的"头部"是满意的，至于这副躯体，他们却多少感到自卑。于是最早的器官移植便完成了，他们把人头下面换接了狮子、老虎或蛇鸟什么的。说这些故事的人恐怕是第一批同时为人

———————————————————
① 砂碛（qì）：沙漠。

类的极限自悼，而又为人类的敏慧自豪的人吧？

钱塘江的狂涛，据说只由于伍子胥那千年难平的憾恨；雅致的斑竹，全是妻子哭亡夫流下的泪水……

解释，这件事真令我入迷。

三

有一次，在大英博物馆里参观，这大英博物馆里的东西，由于是大英帝国全盛时期搜刮来的，所以极为丰富，几乎无所不藏。书画古玩固然多，连木乃伊也列成军队一般，供人检阅。木乃伊还好，毕竟是密封的，不料走着走着，居然看到一具枯尸，赫然趴在玻璃展柜里。浅色的头发，仍连着头皮，头皮绽处，露出白得无辜的头骨。这人还有个奇异的外号叫"姜（JINGER）"，大概兼指他姜黄的肤色和干皱如姜块的形貌吧！这人当时采取的是西亚一带的沙葬，热沙和大漠阳光把他封存了四千年，他便如此简单明了地完成了不朽。不必借助事前的金缕玉衣，也不必事后塑起金身——这具尸体，他只是安静地趴在那里，便已不朽，真不可思议。

但对于这具尸体的屈身葬，身为汉人，却不免有几分想不通。对于汉人来说，"两腿一伸"就是死亡的代用语，死了，当然得直挺挺地躺着才对。及至回国，偶然翻阅一篇人类学的文章，内中提到屈身葬。那段解释不知为何令人落泪，文章里说："有些民族之所以采取屈身葬，是因为他们认为死亡而埋入土里，恰如婴儿重归母胎。胎儿既然在子宫中是屈身，人死入土亦当屈身。"

我于是想起大英博物馆中那不知名的西亚男子，我想起在兰屿雅美人的葬地里一代代的死者，啊——原来他们都在回归母体。我想起我自己，睡觉时也偏爱"睡如弓"的姿势，冬夜里，尤其喜欢蜷曲如一只虾米的安全感。多亏那篇文章的一番解释，这以后我再看到屈身葬的民族，不会觉得他们"死得离奇"，反而觉得无限亲切——只因他们比我们更像大地慈母的孩子。

四

神话退位以后，科学所做的事仍然还是不断地解释。何以有四季？他们说，因为地球的自转轴跟它围绕太阳旋转的轨道面（黄道面）有一个二十三度半的交角（黄赤交角），原来地球恰似一"侧媚"的女子，绝不肯直瞪着眼看太阳。她只用眼角的余光斜斜地一扫，便享尽太阳的恩宠。何以有天际垂虹，只因为万千雨珠一一折射了日头的光彩。至于潮汐，那是月亮一次次致命的骚扰所引起的亢奋和委顿。还有甜沁的母乳为什么那么准确无误地随着婴儿出世而开始分泌呢（无论孩子多么早产或晚产）？那是落盘以后，自有讯号传回，通知乳腺开始泌乳……科学其实只是一个执拗的孩子，对每一件事物好奇，并且不管死活地一路追问下去……每一项科学提出的答案，我都觉得应该洗手焚香，才能翻开阅读，其间吉光片羽[1]，在在都是天机乍泄。科学提供宇宙间一切天工高度的业务机密，这机密本不该让我们凡夫俗子窥

---

[1] 吉光片羽：古代传说，吉光是神兽，毛皮为裘，入水数日不沉，入火不焦。"吉光片羽"指神兽的一小块毛皮，比喻残存的珍贵文物。

视知晓，所以我每聆听到一则生物的或生理的科学知识，总觉敬慎凛栗①，心悦诚服。

诗人的角色，每每也负责做"歪打正着"式的解释，"何处合成愁？"宋朝的吴文英做了成分分析以后，宣称那是"离人心上秋"。东坡也提过"春色三分，二分尘土，一分流水"的解释，说得简直跟数学一样精确。那无可奈何的落花，三分之二回归于大地，三分之一逐水而去。元人小令为某个不爱写信的男子的辩解也煞为有趣："不是不相思，不是无才思，绕清江，买不得天样纸。"这么寥寥几句，已足以令人心醉。试想那人之所以尚未修书，只因觉得必须买到一张跟天一样大的纸才够写他的无限情肠啊！

五

除了神话和诗，红尘素居，诸事碌碌中，更不免需要一番解释了。记得多年前，有次请人到家里屋顶阳台上种一棵树兰（米兰），并且事先说好了，不活包退费的。我付了钱，小小的树兰便栽在花圃正中间。一个礼拜以后，它却死了。我对阳台上一片芬芳的期待算是彻底破灭了。

我去找那花匠，他到现场验了树尸，我向他保证自己浇的水既不多也不少，绝对不敢造次。他对着夭折的树苗偏着头呆看了半天，语调悲伤地说：

"可是，太太，它是一棵树啊！树为什么会死，理由多得很

①敬慎凛栗：恭敬，谨慎，严肃，恐惧。

呢——譬如说，它原来是朝这方向种的，你把它拔起来，转了一个方向再种，它就可能要死！这有什么办法呢。"

他的话不知触动了我的什么心事，我竟放弃退费的约定，一言不发地让他走了。

大约，忽然之间，他的解释让我同意，树也是一种自主的生命，它可以同时拥有活下去以及不要活下去的权利。虽然也许只是调了一个方向，但它就是无法活下去。有的人不也是如此吗？我们可以到工厂里去订购一定容量的瓶子，一定尺码的衬衫，生命，却不能容你如此订购啊！

以后，每次看到别人墙头冒出来的花香如沸的树兰，微微的怅然里我总想起那花匠悲冷的声音。我想我总是肯同意别人的——只要给我一个好解释。

孩子小的时候，做母亲的糊里湖涂地便已就任了"解释者"的职位。记得小男孩初入幼稚园，穿着粉红色的小围兜来问我，为什么他的围兜是这种颜色。我说："因为你们正像玫瑰花瓣一样可爱呀！""那中班为什么穿蓝兜？""蓝色是天空的颜色，蓝色又高又亮啊！""白围兜呢？大班穿白围兜。""白，就像天上的白云，是很干净很纯洁的意思。"他忽然开心地笑了，表情竟是惊喜，似乎没料到小小围兜里居然藏着那么多的神秘。我也吓了一跳，原来孩子要的只是那么少，只要一番小小的道理，就算信口说的，就够他着迷好几个月了。

十几年过去了，午夜灯下，那小男孩用当年玩积木的手在探索分子的结构。黑白小球结成奇异诡秘的勾连，像一朵紧紧的玫瑰花束，又像一篇布局繁复却条理井然无懈可击的小说。

"这是正十二面烷。"他说。我惊讶地发现这模拟的小球竟如此匀称优雅，黑球代表碳，白球代表氢，二者的盈虚消长便也算物华天宝了。

"这是赫素烯。"

"这是……"

我满心感激，上天何其厚我，那个曾要求我把整个世界一一解释给他听的小男孩，现在居然用他化学方面的专业知识向我解释我所不了解的另一个世界。

如果有一天，我因生命衰竭而向上苍祈求一两年额外加签的岁月，其目的无非是想回首再看一看这可惊可叹的山川和人世。能多看它们一眼，便能多用悲壮的，虽注定失败却仍不肯放弃的努力再解释它们一次。并且也欣喜地看到人如何用智慧、用言词、用弦管、用丹青、用静穆、用爱，一一对这世界做其圆融的解释。

是的，物理学家可以说，给我一个支点，给我一根杠杆，我就可以把地球撬起来——而我说，给我一个解释，我就可以再相信一次人世，我就可以接纳历史，我就可以义无反顾地拥抱这荒凉的城市。

我有一个梦

  我有一个梦，我不太敢轻易地把这梦说给别人听，怕遭人耻笑——毕竟，在这个世界上敢于去梦想的人并不多。

  让我把故事从许多年前说起：南台湾的小城，一个女中的校园。六月，成串的黄花沉甸甸地垂自阿勃勒花树。风过处，花雨成阵，松鼠在老树上飞奔如急箭，音乐教室里传来三角大钢琴的琤琮流泉……

  啊！我要说的正是那间音乐教室！

  我不是一个敏于音律的人，平生也不会唱几首歌，但我仍深爱音乐。这，应该说和那间音乐教室有关吧！

  我仿佛仍记得那间教室：大幅的明亮的窗，古旧却完好的地板，好像是日据时期留下的大钢琴，黄昏时略显昏暗的幽微光线……我们在那里唱"苏连多岸美丽海洋"，我们在那里唱《阳关三叠》。

  所谓学习音乐，应该不只是一本音乐课本、一个音乐老师。它岂不是也包括那阵雨初霁的午后，那熏人欲醉的南风，那树梢悄悄的风声，那典雅的光可鉴人的大钢琴，那开向群树的格子窗……

近年来，我有机会参观一些耗资数百万或上千万的自然科学实验室。明亮的灯光下，不锈钢的颜色闪烁着冷然且绝对的知性光芒，令人想起伽利略，想起牛顿，想起历史回廊上那些伟大耸动的名字。实验室已取代古人的孔庙，成为现代人知识的殿堂，人行至此都要低声下气，都要"文武百官，至此下马"。

人文方面的教学也有这样伟大的空间吗？有的。英文教室里，每人一副耳机，清楚的录音带会帮你把每一节发音都校正清楚，电视画面上更有生动活泼的镜头，诱导你可以做个"字正腔圆"的"英语人"。

每逢这个时候，我就暗自叹息，在我们这号称为中国的土地上，有没有哪一个教育行政人员，肯把为物理教室、化学教室或英语教室所花的钱匀出一部分用在中国语文教室里？换句话说，我们可以来盖一间国学讲堂吗？

当然，你会问："什么叫国学讲堂？国文哪里需要什么讲堂？国学讲堂难道需要望远镜或显微镜吗？国文需要光谱仪吗？国文教学不就只是一位戴老花镜的老先生凭一副沙喉老嗓就可以廉价解决的吗？"

是的，我承认，曾经有位母亲，蹲在地上，凭一根树枝、一堆沙子，就这样，她教出了一位欧阳修来。只要有个一米见方的地方，只要有一位热诚的教师和学生，就能完成一场成功的教学。

但是，现在是二十世纪九十年代了，我们在一夕之间已经暴富，手上捧着钱茫茫然不知该做什么……为什么在这种时候，我们仍然要坚持阳春白雪式的国文教学呢？

我有一个梦。

我梦想在这号称为中国的土地上，除了能为英文为生物为化学为太空科学设置实验室之外，也有人肯为国文设置一间讲堂。

我梦想有一位国文教师在教授"好鸟枝头亦朋友，落花水面皆文章"的时候，窗外有粉色羊蹄甲正落入春水的波面，苦楝树上也刚好传来鸟鸣，周围的环境恰如一块舞台布景板，处处笺注着白纸黑字的诗。

晚明吴从先[①]有一段文字，读之目醉神驰，他说："斋欲深，槛欲曲，树欲疏，萝薜[②]欲青垂；几席、阑干、窗窦，欲净滑如秋水；榻上欲有云烟气；墨池、笔床，欲时泛花香。读书得此护持，万卷尽生欢喜。琅嬛[③]仙洞，不足羡矣。"

吴从先又谓："读史宜映雪，以莹玄鉴。读子宜伴月，以寄远神……读《山海经》、《水经》、丛书、小史，宜倚疏花瘦竹，冷石寒苔，以收无垠之游而约缥缈之论。读忠烈传，宜吹笙鼓瑟以扬芳。读奸佞论，宜击剑捉酒以销愤。读'骚'宜空山悲号，可以惊蛰。读赋宜纵水狂呼，可以旋风……"

啊，不，这种梦太奢侈了！要一间平房，要房外的亭台楼阁花草树木，要春风穿户，夏雨叩窗的野趣，还要空山幽壑，笙瑟

① 吴从先：字宁野，号小窗，约生于明朝嘉靖年间，卒于明崇祯末期。曾与明末文人陈继儒等交游，为人慷慨，好读书，多著述。著有《小窗自纪》《小窗艳纪》等作品。

② 萝薜（bì）：指女萝和薜荔。

③ 琅嬛（lánghuán）：神话中天帝藏书的地方，也借指仙境。

溢耳。这种事，说出来，谁肯原谅你呢？

那么，退而求其次吧！只要一间书斋式的国学讲堂吧！要一间安静雅洁的书斋，有中国式的门和窗，有木质感觉良好的桌椅，你可以坐在其间，你可以第一次觉得做一个中国人也是不错的事，也有其不错的感觉。

那些线装书——就是七十多年前差点遭一批激进分子丢到茅厕坑里的那批——现在拿几本来放在桌上吧！让年轻人看看宋刻本的书有多么典雅娟秀，字字耐读。

教室的前方，不妨有"杏坛"两字。如果制成匾，则悬挂高墙；如果制成碑，则立在地上。根据《金石索》的记录，在山东曲阜的圣庙前，有金代党怀英所书"杏坛"两字，碑高六尺（指汉制的六尺），宽三尺，字大一尺八寸。我没有去过曲阜，不知那碑如今尚在否？如果断碑尚存，则不妨拓回来重制；如果连断碑也不在了，则仍可根据《金石索》上的图样重刻回来。

唐人钱起的诗谓："更怜童子宜春服，花里寻师指杏坛。"百年来我们的先辈或肝脑涂地或胼手胝足 [①]，或躲在防空洞里读其破本残卷，或就着油灯饿着肚子皓首穷经——但这一切是为了什么？岂不是为了让我们的下一代活得幸福光彩，让他们可以穿过美丽的花径，走到杏坛前去接受教化，去享受一个中国少年对中国文化理所当然的继承权。

教室里，沿着墙，有一排矮柜，柜子上，不妨放些下课时可以把玩的东西。一幅竹子搁臂，凉凉的，上面刻着诗。一个仿制

---

① 胼（pián）手胝（zhī）足：胼、胝，手脚上的老茧。形容长期辛勤地劳作。

的古翁，上面刻着元曲，让人惊讶古代平民喝酒之际也不忘诗趣。一把仿同治时代的茶壶，肚子上面刻着一圈二十个字："落雪飞芳树，幽红雨淡霞。薄月迷香雾，流风舞艳花。"学生正玩着的时候，你可以告诉孩子们这是一首回文诗，全世界只有中国的语言可以做的回文诗。而所谓的回文诗，你可以从任何一个字念起，意思都通，而且都押韵。当然，如果教师有点语言学的知识，他可以告诉孩子们汉语都是孤立语（Isolating Language），跟英文所属的屈折语（Inflectional Language）不同。至于仿长沙马王堆的双耳漆器酒杯，由于是沙胎，摇起来里面还会响呢！这比电动玩具可好玩多了吧？酒杯上还有篆文，"君幸酒"三个字，可堪细细看去。如果找到好手，也可以用牛肩胛骨做一块仿古甲骨文，所谓学问，有时固然自苦读中来，有时也不妨从玩耍中得来。

墙上也有一大片可利用的地方，拓一方汉墓石，如何？跟台北画价动辄十万相比，这些古物实在太便宜了，那些画像砖之浑朴大方，令人悠然神往。

如果今天该讲岳飞的《满江红》，何不托人到杭州岳王坟上拓一张岳飞真迹来呢？今天要介绍"月落乌啼霜满天"吗？寒山寺里还有俞樾那块诗碑啊！如果把康南海的那一幅比照来看，就更有意思，一则"古钟沦日史"的故事已呼之欲出。杜甫成都浣花溪的千古风情，或诸葛侯祠的高风亮节，都可以在一幅幅挂轴上留下来。

你喜欢有一把古琴或古筝吗？有，也可以；没有，也可以。这种事不妨即兴。

你喜欢有一点檀香加茶香吗？有，也可以；没有，也可以。这种事只消随缘。

如果学生兴致好，他们可以在素净的钵子里养一盆素心兰，这样，他们会了解什么叫中国式的芬芳。

教室里不妨有点音响设备，让听惯麦当娜的耳朵，听一听什么叫笛，什么叫箫，什么叫巴乌，什么叫竽簧……

你听过"鱼洗"吗？一只铜盆，里面镌刻着细致的鱼纹，你在盆里注上大半盆水，然后用手微微打湿，放在铜盆的双耳上摩擦，水就像细致如丝的喷柱，激射而出——啊，世界上竟有这么优雅的玩具。当然，如果你要用物理上的"共振"来解释它，也很好。如果你不解释，仅让孩子下了课去"好奇"一下，也算够本。

如果有好端砚，就放一方在那里。你当然不必迷信这样做就能变化气质。但砚台也是可以玩可以摸的，总比玩超人好吧？那细致的石头肌理具有大地的性格，那微凹的地方是时间自己的雕痕。

你要让年少的孩子去吃麦当劳，好吧，由你。你要让他们吃肯德基，好，请便。但，能不能，在他年少的时候，在小学，在中学，或者在大学，让他有机会坐在一间中国式的房子里？让他眼睛看到的是中国式的家具和摆设，让他手摸到的是中国式的器皿，让他——我这样祈祷应该不算过分吧——让他忽然对自己说："啊，我是一个中国人！"

音乐有教室，因为它需要一个地方放钢琴。理化有教室，因为它需要一个空间放仪器。"国父思想"和"军训"各有教室，体育则花钱更多。那么，容不容许辟一间国学讲堂呢？这样的梦算不算狂妄呢？如果我说，教国文也需要一间讲堂——那是因为我有一整个中国想放在里面啊！

我有一个梦！这是一个不忍告诉别人，又不忍不告诉别人的梦啊！

玉

想

李贺和他家的外劳

　　李贺是中晚唐之际的诗人，是个连李商隐也佩服疼惜的鬼才。清朝的孙洙（蘅塘退士）是个正人君子，他大概不喜欢这位只活了二十七岁（用现在的算法是二十六岁），诗作也仅二百首的怪诗人，所以他所选的《唐诗三百首》里对李贺就不闻不问，仿佛世间没有此号人物，李贺竟一首也没入选（照我看，至少该选他五首）。不过《唐诗三百首》算什么？李贺才是自足千古①的才人。只可惜《唐诗三百首》太流行，一般人竟不知另有《全唐诗》（包括二千二百余名作者，四万八千九百余首作品，康熙年间编纂），也不知李贺其人。

　　李贺的诗，文字艳魅诡异，思路飘忽险怪，令人一读难忘。他的句子如"东关酸风射眸子"，用现在的话说，真是十分"感觉派"，对二十世纪六十年代的台湾文学不无影响。至于像下面的段落，年轻时读来竟每每要流泪。

　　飞光，飞光，劝尔一杯酒。

---

①自足千古：足以流传千古。

吾不识青天高，黄地厚。

唯见月寒日暖，来煎人寿。

　　最近忽然很想找他的《南园十三首》来读，南，是阳光的方向，他在南园中也不免有了几分田园诗人的情操，看来可爱正常多了。十三首里我最喜欢第三首的二句，如下：

桃胶迎夏香琥珀，

自课越佣能种瓜。

　　但"桃胶"又是什么呢？

　　原来桃树在春天，树的体液流布最旺炽的时候，你去砍一下桃树，就会有树汁流出。树汁凝结，就会变成一块半透明的固体，这固体就叫桃胶，既像松脂，又像琥珀，也可作药用。

　　至于下面那一句就更好玩了，原来在唐朝，李贺家就已经用了"外劳"了。当然啦，"越"字有点难解，越，近而言之，可以是浙江绍兴一带，远而言之，也可以是江西、福建或广东、广西、贵州，总之那一带统称"百越之人"。至于今日之"越南"那已是比百越更南之处，类同于《海角七号》中唱的《国境之南》——的更南方。

　　"越佣"不完全等同于"外劳"，"越佣"约略等于"边劳"（应该说从政治版图看，是边劳；从族群意识说，是外劳）。看来这位越佣有点傻愣，要靠李贺的调教，渐渐变得有点能干起来，终于掌握了一些农业技术，知道怎样种瓜了。

李贺生平最出名的画面，便是李商隐所记的：

背后跟着一个小奴，身上背着一个破旧的古锦囊，行行止止，把瞬间灵感记录下来，投在囊里。黄昏回家，居然一大堆。李妈妈不禁心痛，知道这孩子将来要心肝呕尽。

这故事里也有一个小奴，这个小奴很有可能就是那个"越佣"。古人士大夫常有佣人，但佣人也分等级，有钱有势的人用的是"健仆"，没钱没势的用的是小童。李贺是后者，大概用不起两名佣人，所以这位从远方来就业的孩子大概既得是"创作助理"，陪主人一起寻找灵感，又得是"农业技术员"，学着种出瓜来。好在李贺家穷（虽然出身贵族），穷到只剩"一亩蒿硗①田"，农作物也种不了许多，应该不至于太累。

唉，一样读诗，我怎么就没去写论文，反而一直忘不了那位"越佣"。李贺既称他为"越佣"，我猜，他的"越"成分大概十分明显。他可能是广西人吗？他可能是壮族或侗族吗？或者是福建的畲族？汉人自大，一向不太想弄清楚别族的体系，管你什么外国，一概是洋人；管你什么苗瑶，一概是蛮夷；管你什么越，一概是"百越"。

李贺早岁丧父，所以他除了做诗人，也是要撑持家计的。李贺的诗集身后问世，为他写序的杜牧真该为他赘上一句卷首语：

此诗集之得以问世，须感谢李家越佣之分忧解劳。

———————————

① 硗（qiāo）：土质硬，不肥沃。

许仕林^①的独白

驻马自听

我的马将十里杏花跑成一掠眼的红烟，娘！我回来了！

那尖塔戳得我的眼疼，娘，从小，每天，它嵌在我的窗里，我的梦里，我寂寞童年唯一的风景，娘。

而今，新科状元，我，许仕林，一骑白马一身红袍来拜我的娘亲。

马踢起大路上的清尘，我的来处是一片雾，勒马蔓草间，一垂鞭，前尘往事，都到眼前。我不需要谁讲给我听，只要溯着自己的一身血脉往前走，我总能遇见你，娘。

而今，我着一身状元的红袍，有如十八年前，我是一个全身通红的赤子。娘，有谁能撕去这袭红袍，重还我为赤子？有谁能捣我为无知的泥，重回你的无垠无限？

都说你是蛇，我不知道，而我总坚持说我记得十月的相依。

---

① 许仕林：在《新白娘子传奇》中，许仕林为许仙和白素贞之子。相传他是文曲星转世，得知母亲被压在雷峰塔下，他在高中状元之后，三跪九叩感天动地，终于救出白素贞，一家人团圆。

我是小渚，在你初暖的春水里被环护，我抵死也要告诉他们，我记得你乳汁的微温。他们总说我只是梦见，他们总说我只是猜想，可是，娘，我知道我是知道的，我知道你的血是温的，泪是烫的，我知道你的名字是"母亲"。

而万古乾坤，百年身世，我们母子就那样缘薄吗？甫一月，他们就把你带走了。有母亲的孩子可守护母亲的音容，没母亲的孩子可依向母亲的坟头，而我呢，娘，我向何处破解恶毒的符咒？

有人将中国分成江南江北，有人把地域划成关内关外，但对我而言，娘，这世界被截成塔底和塔上。塔底是千年万世的黝黑混沌，塔外是荒凉的日光、无奈的春花和悲情的秋月。

塔在前，往事在后，我将前去祭拜，但，娘，此刻我徘徊伫立，十八年，我重溯断了的脐带，一路向你泅去。春阳暖暖，有一种令人没顶的怯惧，一种令人没顶的幸福。塔牢牢地楔死在地里，像以往一样牢，我不敢相信你驮着它有十八年之久，我不能相信，它会永永远远镇住你。

十八年不见，娘，你的脸会因长期的等待而萎缩干枯吗？有人说，你是美丽的，他们不说我也知道。

认　取

你的身世似乎大家约好了不让我知道，然而我是知道的。当我在井旁看一个女子汲水，当我在河畔看一个女子浣衣，当我在偶然一瞥间看见当窗绣花的女孩，或在灯下纳鞋的老妇，我的眼眶便乍然湿了。娘，我知道你正化身千亿，向我絮絮地说起你的形象。娘，我每日不见你，却又每日见到你，在凡间女子的颦眉瞬目间，将你一一认取。

而你，娘，你在何处认取我呢？在塔的沉重上吗？在雷峰夕照的一线酡红间吗？在寒来暑往的大地腹腔的脉动里吗？

是不是，娘，你一直就认识我？你在我无形体时早已知道我，你从茫茫大化中拼我成形，你从溟茫空无处抟我成体。

而在峨眉山，在竞绿赛青的千岩万壑间，娘，是否我已在你胸臆中？当你吐纳朝霞夕露之际，是否我已被你所预见？我在你曾仰视的霓虹中舒卷，我在你曾倚以沉思的树干内缓缓升腾，我在花，我在叶。当春天第一茎小草冒地而生并欢呼时，你听见我；在秋后零落断雁的哀鸣里，你分辨我。娘，我们必然从一开始就是彼此认识的。娘，真的，在你第一次对人世有所感有所激的刹那，我潜在你无垠的喜悦里；而在你有所怨有所叹的时分，我藏在你无限的凄凉里。娘，我们必然是从一开头就彼此认识的，你能记忆吗？娘，我在你的眼，你的胸臆，你的血，你的柔和如春桨的四肢。

湖

娘，你来到西湖，从叠烟架翠的峨眉来到软红十丈的人间，人间对你而言是非走一趟不可的吗？但里湖、外湖、苏堤、白堤，娘，竟没有一处可堪容你，千年修持，抵不了人间一字相传的血脉姓氏。为什么人类只许自己修仙修道，却不许万物修得人身跟自己平起平坐呢？娘，我一页一页地翻圣贤书，一个一个地去阅世人的脸，所谓圣贤书无非要我们做人，但为什么真的人都不想做人呢？娘啊！阅遍了人和书，我只想长哭。娘啊，世间原来并没有人跟你一样痴心地想做人啊！岁岁年年，大雁在头顶的青天上反复演示"人"字是怎么写的，但是，娘，没有一个人在看，更没有一个人看懂啊！

南屏晚钟，三潭印月，曲院风荷，文人笔下的西湖是可以有无限题咏的。冷泉一径冷着，飞来峰似乎想飞到哪里去，西湖的游人万千，来了又去了，谁是坐对大好风物想到人间种种就感激欲泣的人呢？娘，除了你，又有谁呢？

雨

西湖上的雨就这样来了，在春天。

是不是从一开头你就知道和父亲注定不能天长日久做夫妻呢？茫茫天地，你只死心塌地眷恋着伞下的刹那温情。湖色千顷，水波是冷的；光阴百代，时间是冷的。然而一把伞，一把紫竹为柄的八十四骨的油纸伞下，有人跟人的聚首，伞下有人世的芳馨。千年修持是一张没有记忆的空白，而伞下的片刻却足以传诵千年。娘，从峨眉到西湖，万里的风雨雷雹你何尝在意！你所以眷眷于那把伞，只是爱与那伞下的人同行，而你心悦那人，只是以为你爱人世，爱这个温柔缠绵的人世。

而人间聚散无常，娘，伞是聚，伞也是散，八十四支骨架，每一支都可能骨肉分离。娘啊！也许一开头你就是知道的。知道又怎样，上天下地，你都敢去较量。你不知道什么叫生死，你强扯一根天上的仙草而硬把人间的死亡扭成生命。金山寺一斗，胜利的究竟是谁呢？法海做了一场灵验的法事，而你，娘，你传下了一则喧腾人口的故事。人世的荒原里谁需要法事？我们要的是可以流传百世的故事，可以乳养生民的故事，可以辉耀童年的梦寐和老年的记忆的故事。

而终于，娘，绕着那一湖无情的寒碧，你来到断桥，斩断情缘的断桥。故事从一湖水开始，也向一湖水结束。娘，峨眉是再也回不去了。在断桥，一阵惊天动地的婴啼，我们在彼此的眼泪中相逢，然后，分离。

合　钵

一只钵，将你罩住，小小的一片黑暗竟是你从今往后头上的苍穹。娘，我在噩梦中惊醒千回，在那份窒息中挣扎。都说雷峰塔会在夕照里，千年万世，专为镇一个女子的情痴。娘，镇得住吗？我是不信的。

世间男子总以为女子的一片痴情是在他们身上，其实女子所爱的哪里是他们。女子所爱的岂不也是春天的湖山，山间的晴岚，岚中的万紫千红。女子所爱的是一切好气象，好情怀，是她自己一寸心头万顷清澈的爱意，是她自己也说不清道不尽的满腔柔情。像一朵菊花的"抱香枝头死"，一个女子紧紧怀抱的是她自己热烈美丽的情操，而一只法海的钵能罩得住什么？娘，被收去的是那桩婚姻，收不去的是属于那婚姻中的恩怨牵挂；被镇压住的是你的身体，不是你的着意飘散如暮春飞絮的深情。

即使是身体，娘，他们也只能镇住少部分的你，而大部分的你却在我身上活着。是你的傲气塑成我的骨，是你的柔情流成我的血。当我呼吸，娘，我能感到属于你的肺纳；当我走路，我想到你在这世上的行迹。娘，法海始终没有料到，你仍在西湖，在千山万水间自在地观风望月并且读圣贤书，想天下事，与万千世人摩肩接踵——借一个你的骨血抟成的男孩，借你的儿子。

不管我曾怎样凄怆，但一想起这件事，我就要好好活着，不仅为争一口气，而且为赌一口气！娘，你会赢的，世世代代，你会在我和我的孩子身上活下去。

祭　塔

而娘，塔在前，往事在后，十八年乖隔，我来此只求一拜——人间的新科状元，头簪宫花，身着红袍，要把千种委屈，万种凄凉，都并作纳头一拜。

娘！

那豁然撕裂的是土地吗？

那倏然崩响的是暮云吗？

那颓然而倾斜的是雷峰塔吗？

那哽咽垂泣的是你吗？娘！

是你吗？娘，受孩儿这一拜吧！

你认识这一身通红吗？十八年前是红通通的赤子，而今是头戴宫花身着红袍的新科状元许仕林。我多想扯碎这一身红袍，如果我能重新变为你当年怀中的赤子，可是，娘，能吗？

当我读人间的圣贤书，娘，当我援笔为文论人间事，我只想到，我是你的儿，满腔是温柔激荡的爱人世的痴情。而此刻，当我纳头而拜，我是我父之子，来将十八年的愧疚无奈并作惊天动地的一叩首。

且将我的额血留在塔前，化作一朵长红的桃花，笑傲朝霞夕照，且将那崩然有声的头颅叩击大地的声音化作永恒的暮鼓，留给法海听，留给一骇而倾的塔听。

人间永远有秦火焚不尽的诗书，法钵罩不住的柔情，娘，唯将今夕的一凝目，抵十八年数不尽的骨中的酸楚，血中的辛辣，娘！

终有一天雷峰塔会倒，终有一天尖耸的塔会化成飞散的泥尘，长存的是你对人间那一点执拗的痴情！

当我策马而去，当我在天涯地角，当我歌，当我哭，娘，我忽然明白，你无所不在地凝视我，熟知我。我的每一举措于你仍是当年的胎动，扯你，牵你，令你惊喜错愕，令你隔着大地的腹部摸我，并且说：他正在动，他正在动，他要干什么呀？

让塔骤然而动，娘，且受孩儿这一拜！

想

· 297 ·

三个人里面聪明的那一个

哈，乔治，听说你要到亚洲来啦。

要是你在飞机上碰到一个黑头发黄皮肤、深棕眼珠和塌鼻梁的人，你友善地走过去问道：

"嗨，你是日本人吗？"

哼，不一定，这人可能是中国人或韩国人。要是他更黑更瘦些，又可能是马来人。要是他把双手当胸合并，像要祈祷——那么你是遇见泰国人啦。

要把东方人搞清楚可没这么简单。当然啦，要是你肯在东方住上——不必太长，只要几十年——那你也可以像萧伯纳《卖花女》一剧（原名 *Pygmalion*，即《皮革马利翁》。改拍成电影后名为《窈窕淑女》，即 *My Fair Lady*）里面的教授，随时可以指出对方是生在哪里，长在哪里，妈妈是何方人士。

不过呢，还是让我先说个听来简单的人种判别法吧。

据说，如果你看到三个东方人，其中有钱的那个是日本人，漂亮的那个是韩国人，聪明的那个呢，就是咱们中国人啦！

另外，还有个故事，你也不妨听听！

假若全世界都毁灭了，只剩下两个人，而这两个人如果是拉丁人，他们就会找到一把吉他一面鼓弄个小乐队；如果他们是德国人，他们就会合开一家工厂；如果是美国人，他们就会组织一个"美援委员会"；如果他们是英国人——什么都不会发生，他们正等人来给他们正式介绍呢；而如果他们是中国人，他们就会合开一家餐馆。

你认识的中国人是怎么样的呢？

我的一个朋友，身高一米八〇，体重一百五十四斤，到伊利诺伊去念书，碰到个美国老太太。老太太对他左瞧右瞧，说：

"怎么你不像中国人啊？"

我的朋友灵机一动，说：

"哎，是啊，我刚刚才剪掉我的辫子——就是像猪尾巴的那一种。"

老太太满意地笑了。我朋友并没有骗她，不过，这"刚刚"两字的意思是七十年前就是了。

要了解中国和中国人，最好的方法是活五千年。可怜玛土撒拉①（《圣经·创世纪》所载上古最长寿的人）也没这个办法。我们只好零零星星随便聊聊吧。

中国人的第一个嗜好是工作，世界上再没比中国人更疯狂地喜欢工作的民族了。中国字里男人的"男"，是"田"和"力"，也就是"在田里的劳动力"；中国字里妇人的"妇"，是"女"和

---

① 玛土撒拉：人类始祖亚当的后裔，以诺的儿子。玛土撒拉活到 187 岁时生儿子拉麦，之后又活了 782 年，到 969 岁高龄才去世。

"帚",意思是"拿着扫把的女人";中国字里的"家"字是"屋顶下养着一窝猪"的意思(当然啦,这并不是说屋子里没有人,只是说要有人有猪才成其为家)。总之,你要叫一个中国人不做事,那简直要他的命。

中国人最喜欢的东西就是土地。中国人拼命工作之后,如果赚了钱,他就立刻再买一块地。中国人无论在全世界的哪个地方,他都习惯性地要往土里种点什么,他会傻里傻气地跑到沙漠里去种白菜。然而奇怪的是当土地搞清他们是中国人之后,果真很听话,种什么就长什么,一点也不反抗。

中国人爱土地爱得发狂,"搬家"这件事是不大发生的。要是村里有一家是二百年前搬来的人,人家还说他是"生客"——因为"才"搬来二百年而已——照这标准看,美国人几乎全都是客人。

中国人如果发了财,他绝对不晓得怎么去花钱。他把钱全留给儿子,而这儿子,同样也不知道钱该怎么花,他又把钱留给了孙子。你觉得他们很傻吗?嘿嘿,你错啦,这里面乐趣无穷!

中国人因为爱土地爱得太厉害,大家都决定老住在一个地方,住到后来前街后巷全是亲戚。英文里只有一个 uncle,中国人却不允许如此含糊,中国人可以分出五种不同的 uncle。其中包括:

伯伯——爸爸的哥哥;

叔叔——爸爸的弟弟;

姑夫——爸爸的姊妹的丈夫;

姨夫——妈妈的姊妹的丈夫;

舅舅——妈妈的兄弟。

从这一点，你大概可以了解中国小孩有多聪明。他们从刚会说话就能弄清楚上百种各式各样的亲属的称呼，你佩服不佩服？

中国人多半性情温和，因为他从小就知道他不单是他自己，他还是"爸妈的儿子""祖父母的孙子""叔叔的侄儿""表弟的表哥""堂姊的堂弟""外甥的舅舅""堂嫂的小叔"……曾经有一个皇帝去请教一家五代同堂的大家族的家长，问他们怎能那么多人住在一起而那么和谐。那位张姓的老头一言不答，只拿起毛笔来在纸上一个连一个地写了一百个"忍"字。

这老人比耶稣虽不如，不过比彼得要强多了（按：使徒彼得曾问耶稣，弟兄得罪我，饶恕他七次够不够？耶稣回答，不是七次，是七十个七次）。中国人没有一个不了解"忍"，因为他们爱他们的土地，爱他们的生活。而他们知道，如果要在这块土地上生活下去非接纳别人、容忍别人不可。

中国人注重名分。全世界，你大概再也找不到一个民族像中国人一样把名分看得比事实更重要的了，中国人即使为此吃了大亏也在所不惜。

在中国神话里的一个妖怪（当然，你要知道，中国妖怪是很中国的），如果在为非作歹大施妖法之际，忽然被人认出来，大叫一声他的名字，他的法术立刻就被破了，他立刻就像《圣经》里剃了头的参孙，什么力气都没有了。另外一个对付中国妖怪的好办法你不妨也学一下（既然你要到东方来，难保你不遇见中国妖怪啊），那就是准备一个照妖镜，让妖怪不小心之际忽然发现了自己的脸，当他大吃一惊看到自己的本形是一只丑陋的乌龟或鳝鱼，他就不好意思地自动爬跑啦！

不知为什么，聪明的中国人竟没有想到，如果有一只乌龟觉得自己长得很漂亮，因而斗志更昂扬了，那可怎么办？

传统的中国战士连怒发冲冠英勇杀敌的时候也不忘记问清楚对方的名字（对了，你不要以为问名都是杀头的前奏，事实上有时也蛮罗曼蒂克的，中国人订婚之前就有个"问名"之礼），章回小说中标准的说法是：

"来将通名，宝刀不斩无名小卒！"

奇怪，那些来将竟老老实实地把名字都说出来了。

传统的中国人又非常谦虚，他们称自己的文章为"拙作"，他们建议你把他的画拿去补壁（遮墙壁的洞），把他的书拿去覆瓿（封坛子口）。他说自己的小孩是"犬子"，自己的太太是"拙荆"（笨手笨脚的乡下人），他的房子是"寒舍"，他自己是"鄙人"（边远地区不识礼的人）；连中国的皇帝都要称自己作"寡人"（没有道德的人）或孤（没人理会的人）。如果你听一个中国人说："我一无所长，希望跟阁下多学习。"千万不要以为他是一个没有自信心的家伙，他其实是要你知道他的谈吐多么有教养。如果你听见他和他太太合力保证他家的菜准备得又少又难吃，你可以大胆地赴宴，他们弄的东西绝不比国宴差。

当然，中国人并不是不自豪的民族，正确的做法是"谦虚"由他负责，赞美的"反驳"由你负责。如果他说："我这只小犬，又笨又懒。"你应该说："贵公子真了不起啊，我从来没有见过比他更聪明的七岁小孩了——我家犬子差他远了，真是有其父必有

· 302 ·

其子啊！"

说到这里，再说一个故事：如果你看到一堆人挤在一起，抢一只橄榄球，他们是美国人；如果你看到一堆人在一起洗澡，他们是日本人；而如果你看到一堆人又挤又打地抢着付账，他们是中国人。

对你而言，正确的方法是稍作挣扎，并且让他获得第一回合的胜利，通常他多半会感激你，在下一次的时候让你获得胜利。当然，下一次是什么时候，你并不知道。但中国人对下一次是充满信心的，虽然也许下一次是五十年后，你最好不要健忘，否则你就不礼貌了。

中国人又极保守。在翻译外国名词的时候，我们总小心地不要伤害自己的尊严。我们把马铃薯翻成洋芋——外国人的芋头；我们把火柴翻成洋火——洋人的火；一辆汽车不知怎么的，居然翻成轿车——像我们的轿子一样舒服的车；而番茄，不知怎么竟是番人的茄子啦！当然，也有翻音（音译）的，但即使翻音，我们也有办法让它获得一份新的中国美感。美国在中文里增加了"美丽""坚利"的意思；英国平白拣了"英华"和"吉利"的好彩头；而德国呢，是"道德"和"意志"。中国人无论如何也想不通日本人怎么会把美国译作"米"国，美国跟"米"并没有太大的关系。

如果你在中国人住的地方——不管是中国大陆、中国台湾、中国香港，还是新加坡或者美国的唐人街，你会立刻发觉，到处都是人。《圣经》上有一句话"因为上帝如此爱世人，所以赐下他的独生子（For God so love the world that he give his only be gotten son）"；但中国牧师加了个注脚，说"因为上帝爱中国人，所以造了如此之多（For God so loved Chinese that he made so many of them）"。中华民族是个不管怎么样都活得下去的民族。

曾有一位中国古代的哲学家，在垂暮之年即将临终之际把他的学生叫了来，说：

"你看，我的牙齿呢？"

"没有了，都掉光了。"

"我的舌头呢？"

"还在。"

那学生忽然明白：柔韧的东西永远比坚硬的东西更强，更适于生存。

在希腊神话中，西方的神祇①像宙斯，差不多是以革命家的姿态出现的。他摧毁，他建造，他的面前是一片新天新地。

但在中国神话里，中国神祇跟中国人一样善于节省。传说中天和地曾受过极大的损害，中国神明的办法是这样的：

天斜了，斜向西北，神明决定不去管他——因此你看到中国天空上的星辰都倾向西北。

地歪了，歪向东南，神明也不加理会——因此中国大陆的河流全都"一江春水向东流"了。

当然，也有破损得更严重的。中国神明的办法依然是补修而不是换新，所以那位叫女娲的神积芦灰止住洪水（当然，你知道，灰加水，又变成中国人最喜欢的土地了）。然后，这位神又弄了

① 神祇（qí）："神"指天神，"祇"指地神，"神祇"泛指神。

些石头补起天空来。中国人一直到现在还使用女娲补过的这片天空，补得真不错，到现在还挺管用，看样子还能再用下去。

"节约能源"这件事准是中国的神明发明的。

对了，谈到女娲，大家对其性别鉴定颇不确定，大部分人认为她是女的，小部分人认为不太清楚。说来奇怪，中国神明中性别搞不清的还有西王母跟后来的观音菩萨。中国人不像法国人，法国人连水果都能定出女性水果和男性水果。在中国人看来，身为神明最重要的就是做好神明，至于他是男神女神，那又有什么关系！

英文里有许多令女权运动者尴尬甚至愤怒的字。例如，主席，英文叫 chairman，中国人比较聪明，只说"坐主要席位的人"；例如，历史，英文叫 history，中国人只说"一只手，秉持着中正的原则而写的"；中文也绝不会用 men 或 humen，中文的"人"只是画一个人的侧像，男人女人都行。

所以，如果你是男性沙文主义的信徒，千万别娶中国女人。

这些年来，美国女人闹了半天，争到一个 Ms 的称谓，让已婚未婚的女人都可以用，但许多女人还不敢用。中国妇女早在六十年前就用起自己的姓和自己的名字了，当你听到有人叫一声"王小姐"的时候，王小姐可能是十六岁的少女，也可能是六十岁的祖母。

中国女人也从来不能想象世界上还有女人不能读书，没有选举权或者同工不同酬的怪事。

而且——这件事说来中国男人自己也莫名其妙——自从中国的大家庭渐渐变成小家庭以后，中国丈夫的钱包不知道怎么搞的，全掉到太太手里去了。通常现代中国家庭的组织是这样的：丈夫是"外交部长"，太太是"内政兼经济部长"，丈夫按月缴纳全部薪俸，太太多半会很仁慈地发回一些零用钱。

大概中国丈夫都有"伟人意识"，他们不屑于管钱，所以就放弃了管钱的权利——这一点让全世界的女人简直羡慕得要死。

不过，当然，你不要忘了，中国女人全是天才烹调家，中国男人踊跃地做"好丈夫"不是没有理由的。

中国女孩的身高这些年来增加极多，她们的智慧和能力也增加得惊人。她们对考大学和更高的学位极有兴趣——她们绝不为找丈夫而读书，但是她们这么能干、健康、漂亮，男人怎么能不爱她们呢？

如今在台湾，许多行业几乎全让女性抢光了（例如小学教员或文教记者），有人建议要设立些男性保障名额。

当然，中国妇女深知中庸之道，所以她并不坚持争取更多的权利。所以，在机场里，如果你愿意为一位中国女人提箱子的话，她并不会坚持自己提的权利；如果你在火车里让位给一个中国女孩，她也会放弃拒绝的权利。

而其实中国女孩最可爱的地方是她有一颗全新的头脑，却保持着最古老的德行。她们不管做家庭主妇或女工或教授，全都干得非常出色。中国古代《四书》上说的"齐家""治国"，她们的确是同时做到了。

我们说了太多中国女人的事了，其实中国男人也努力在中西和古今之间不断地进行选择和协调。譬如说，在台湾的中国人放弃了四合院的建筑和叠席式的建筑而接纳了四层的或十几层的房子。我们放弃了轿子、三轮车而选择了汽车（哎，哎，台北交通之乱，你是领教过的吧？我的一位朋友开车一年，既没撞到别人的车，也没被别人的车撞，自认为是奇运当头，赶紧去买奖券，居然没有中，他这才相信有人运气比他还好）。我们放弃了长袍而选择了简单的衣服，至于年轻人——年轻人全世界都一样，他们已经决定穿他们那一代的制服：牛仔裤。但如果你在牛仔裤上面看到功夫装，你知道他正在从事很正经的文化交流工作。

那么，如果我们穿着 Levi's① 的衣服，开着福特的车子，住着钢筋水泥的房子，梳着五千年前我们的祖先从来没有梳过的发型——那么，中国特色到哪里去找呢？

特色还是到处存在的。在香港，你会看到家家厨房在雪亮的不锈钢瓦斯炉或电炉上放着个黄褐色的砂锅。在新加坡，在最热闹的地段开着中药铺，那些中国人，在他生了病最难受最虚弱的时候，他情感上需要的是中国药草。在马来西亚，成千个侨社团体吵着要一所中文大学。而在新加坡，已经有了一所教中文的南洋大学——当初捐钱的陈六使先生竟是个不识字的华侨。

不管中国人到了哪里，他的中国特质绝不改变。南洋的华侨甚至还有义山，华人死了也要葬在华人的鬼丛里。

当然，算起来，全世界各地区的华人就属在中国的最敢接受现代化。离开中国的人，一般而言是最怕失去中国特色的人。而

①Levi's：通译为"李维斯"。Levi Strauss（李维·斯特劳斯）创立的牛仔裤品牌。Levi's 牛仔裤不仅是时尚潮流的引领者，更是美国精神的一个典型的服饰代表。

第五辑

玉

想

至于我们，我们住的地方就是中国，有中国人民，中国土地，中国教育，我们不怕失去中国，我们自己就是中国啊！

你对中国好奇吗？说到这里，我要吓你一吓。中国人是更好奇的，而且不打算隐藏他们的好奇。越南战争时期有个美国人在西贡街上画画，立刻围上一大堆中国华侨，老老小小把他围得什么也看不见，当然，其中还不乏指指点点教他怎么画的。他烦不过，便逃到身后有一堵墙的地方，背靠着墙坐下，心里想，有了这道屏障就好了。可惜他忘了，中国人在耶稣未降世以前就会筑墙了，那堵小小的墙对中国人而言真是何足道哉！当下所有的中国人跟着爬上了那堵墙的墙头，可怜那无辜的墙竟被压垮了。

传统的中国人是不允许你有私生活的，他理直气壮地问一个小姐的年龄，他甚至追根究底地盘问你为什么要跟长得挺不错的玛丽分手；传统的中国社会至少有个好处，不需要心理医生——反正谁都可以听谁的隐私。对中国人而言，一个人如果有"不可告人之事"，他一定不是好人。

当然，刚才只是吓唬你的，那种中国人现在快要找不到了。中国人渐渐也试着去了解外国人，并且尊重外国人的生活习惯了。

不过，中国人虽然爱看人，却不至于大惊小怪（中国人脸部肌肉的活动量向来是美国人的十分之一，欧洲人的五分之一）。中国人看到TNT（炸药）很不屑，说："跟我们过年放炮用的不也差不多吗？"中国人看到电子计算机，说："我们早就有算盘了。"中国人看到电讯，说："哎呀，《封神演义》那部小说不是早就说过顺风耳了吗？"阿姆斯特朗辛辛苦苦跨了一步，上了月亮，中国人毫不佩服，说："咱们的嫦娥早就去了。"甚至，说来真让美国人生气，当嬉皮士们吃 LSD[①] 的时候，中国学者翻书一看，嘿，中国的嬉皮士在一千五百年前就吃了五石散了。就连裸奔，中国人认为也不是美国人发明的，而是中国古代的刘伶发明的。这有什么办法呢？中国历史上下五千年，人间所有能发生的，在中国都已经发生过了。

在上古的时候，中国人曾经以为外国人都跟兽类有点关系——不然怎么身上会有毛呢？后来进步一点了，叫外国人为"洋鬼子"。鬼虽不是好称呼，但毕竟是人类的续集。后来，慢慢地才发现他们是洋人而不是洋鬼——这一点我一直认为大家都应该感谢好莱坞，他们把多么优秀的洋人样品送给我们看啊。我们的男人很快地就爱上了嘉宝、秀兰·邓波儿、伊莉莎白·泰勒、费雯·丽或今天的费·唐娜薇，我们的女人也开始偷偷喜欢鲁道夫·瓦伦蒂、克拉克·盖博、罗勃特·泰勒或理查德·伯顿、查理士·布朗逊……"洋鬼子"原来也有这么漂亮的，大家都同意把"洋鬼子"改成"洋人"，这样比较有道理。

好，再回到那个老故事上来吧。如果你看到三个黑发黑眼黄皮肤的人，记住，有钱的那个是日本人，漂亮的那个是韩国人，聪明的那个（当然，也许他既有钱又漂亮）就是咱们中国人啦。

当然，如果你有足够的聪明去认出一个聪明的中国人来，那你自己倒也蛮聪明的啦！

---

①LSD：一种强烈的半人工致幻剂。纯净的 LSD 是一种无色、无气味、味微苦的固体。

想

丝路，一匹挂红

——夜读"丝路之旅"有感

曾有一行脚印，带着东方的紫气西向而去，一路走，一路走，竟走出一条丝路来了。

旅行者仰脸看星空，星空里流过清浅的银河，而丝路是地上的多瑙河，一路流泻着柔柔的丝光。从长安，流过酒泉，流过敦煌，流过波斯，流到地中海，流到罗马……那条路是东方和西方少年时代的恋情，他们彼此乍惊于对方的美丽丰富，他们探索着，想更了解对方。

那条路是一条不受干扰的热线，一往一返，一返一往，叠起他们互换的黄金珍宝，以及神秘信息。那条路是一条感性的相"思"路，那条路是一条知性的"思"想路。

那条路令人满怀虔诚，每一个奔走于这条路上的人都是玄奘，他们都是取经人，他们也都是送经人。当然，你可以说他们是商贾，但他们却是传经人，他们把东方送给西方去传诵，他们把西方送给东方去钻研。

那条路是一条漫长的神话路，有最可怕和最艳魅的妖怪，有最荒凉的死谷和最怡人的仙绣。《西游记》中的故事应该只是那条路上众多故事中的一部分。

那条路牵起长长的红丝罗，多么长的一匹挂红，东方和西方在艳丽的丝罗下结了姻缘。

春天来时，所有的桑树都猛然绿起来，肥厚的桑叶挂在那里，好一株原料仓库！春天的中国，宅院几乎淹没在桑树丛里。（那好听的、孩子念书的声音正从窗口飘出，他们念的是新上口的《孟子》："五亩之宅，树之以桑。"）而蚕是最干净的纤维工厂，于是到了暮春时节，每个女子都在缫丝，她们偶或抬头西望，怅怅地问：

"这一窝丝要留给他们——他们那边又是什么地方？他们也爱穿丝吗？他们的女孩儿长得什么样子？"

在意大利，在阿富汗，那高髻的贵族女子穿的岂止是丝，那是中国大江南北每一棵春来的绿意，是朝朝暮暮每一双中国女子柔荑下流动的思绪。东方女子和西方女子共用着曾在一个茧头上抽下来的新丝。

但西方渐渐长大，不再是那柔情的少年，他们的爱恋死亡了。西方第二次来的时候是从海上，大船冲开巨浪，犁下深红色的血沟。不是用温柔的旅者的足音，而是用一门又狠又准的炮，轰开了我们的门。中国惊惶地望着那似曾相识的脸，怎么会是他呢？不错，他不是罗马，他不是旧日的欧洲；但分明又是他。他怎么变得那么厉害，他的名字仍然叫西方，但他显然不记得那些温柔的往事了，他已经变成另外一个人了，他急切地搜刮，他来不及把东方的黄金搬回他们的大船。

不再是丝路，我们只见一条血路。

"如果，你不爱我，西方啊，"东方哭了，"你要去爱谁呢？"

"你没有选择，这世上只有一个叫东方一个叫西方的孩子，如果我们不相爱，我们还去爱谁呢？

"当然，也许你想，你还可以爱自己；但是，当你不爱我的时候，你也同时失去爱自己的能力了。你数着金币，渐渐遗弃自己。你不快乐，你像一只阉鸡一样不断在长肥长大，但你不快乐。

"我们仍然必须相爱，让我们拨开蔓草荒烟，重寻音尘寂然的古丝路，我们要再一次相期相遇，在我们最初约会的路上。让我们仍是年少的孩子，彼此交换着我们宝盒中的珍宝。也许我们仍要卖力地去各自跋涉那万里长路。注视我，发现我的优雅并且爱我，我们别无他路，我们注定要相爱。"

让长长的丝路仍然是一条披红挂彩的姻缘路。